BRETZEL ET BEURRE SALÉ

Margot et Jean Le Moal est un pseudonyme choisi par ce couple d'ingénieurs qui écrit à quatre mains. Elle est alsacienne et lui breton, Le Moal étant d'ailleurs le nom de sa grand-mère. C'est en s'amusant des différences entre leurs régions natales qu'ils ont donné vie à Cathie Wald, une héroïne alsaco-bretonne hyper attachante.

MARGOT ET JEAN LE MOAL

Bretzel et beurre salé

Une enquête à Locmaria

CALMANN-LÉVY

ISBN : 978-2-253-19531-3 – 1re publication LGF

AVERTISSEMENT

Ce livre est une œuvre de fiction. En conséquence, toute homonymie, toute ressemblance ou similitude avec des personnages existants ou ayant existé ne sauraient être que coïncidences fortuites et ne pourraient en aucun cas engager la responsabilité des auteurs.

Le village de Locmaria est issu de l'imagination de Margot et Jean Le Moal. Il se situe « quelque part » entre Quimper et Concarneau.

Prologue

Les nuages noirs sillonnaient le ciel, charriant des bourrasques de pluie qui giflaient le paysage martyrisé. Le vent, dont la force avait défié les prévisions des météorologistes les plus pessimistes, transformait la mer en marmite infernale. Des creux de plus de huit mètres, des vagues dont le sommet éclatait en embruns. À quelques miles du littoral, un navire hauturier se frayait un chemin dans la tempête, submergé par l'océan affamé en quête de victimes expiatoires. La mer, frappée par une de ses crises régulières, attaquait furieusement les côtes de granit aux formes déchiquetées et les plages de sable blanc. Elle savait qu'elle n'en viendrait pas à bout aujourd'hui, et qu'elle pouvait seulement les recouvrir d'algues arrachées par la violence de ses flots. Mais, dans quelques siècles ou millénaires, elle aurait grignoté ces rochers qui lui tenaient tête depuis si longtemps.

Sur terre, la situation était tout aussi chaotique, les vagues en moins, ce qui n'était quand même pas négligeable. Le vent prenait d'assaut le rivage et les landes dans des hurlements stridents. Il enveloppait les forêts centenaires, modulant ses cris en hululements lugubres quand il jouait avec les branches dénudées des hêtres et des chênes impavides. Puis il s'attaquait au village, s'engouffrant dans les rues abandonnées, renversant poubelles et vélos, arrachant le parapluie d'un passant imprudent, emportant ici ou là une ardoise en trophée.

Dans les maisons, les habitants vaquaient à leurs occupations. L'intensité de cette tempête de fin d'hiver dépassait ce que les incapables de la télé avaient annoncé. Cependant, il se trouvait, dans chaque foyer, un père, une tante ou un aïeul pour expliquer que c'était de la gnognotte comparé à ce qu'ils avaient connu dans leur jeunesse. Il suffisait donc de faire comme les anciens : attendre que ça se calme. Une maxime de paysan considérée comme un trait de sagesse… mais qu'on pouvait aussi considérer comme une bonne excuse pour procrastiner. Bref, la vie continuait à Locmaria, autour du poêle, de la cheminée ou du chauffage électrique.

Au cœur du village, l'église. Un bel édifice du XVIe siècle qui en avait vu défiler, des tempêtes ! Qu'elles soient le fruit de la nature ou de la folie des hommes. Quand on doit affronter la fureur du ciel, le soutien du Très-Haut et de Notre-Dame n'est pas à négliger. Ils en avaient ramené certains au port, pas tous, mais c'était la fatalité. Ici, on avait toujours vécu avec.

À côté de l'église, la mairie. Les rapports étaient souvent houleux entre les radicaux-socialistes et les calotins, mais cela finissait invariablement par s'apaiser un jour ou l'autre devant quelques pichets de cidre et des galettes.

Et devant ces symboles des pouvoirs religieux et politique, une place. Jolie et accueillante, avec ses magasins, son café, son petit jardin public et son terrain de boules.

Ce jour-là, même les plus téméraires étaient restés chez eux. « Ça va se calmer à l'heure du premier lambig », avait solennellement annoncé le vieux Jos. Une sentence nettement plus fiable que celle des scientifiques et qui faisait espérer une accalmie pour le lendemain matin, autour de huit heures et demie. Ce serait alors le moment de remettre le nez dehors, de constater les dégâts et de reconstruire, afin de montrer au ciel qu'on ne mate pas un Breton avec un peu de vent et quelques millions de litres d'eau.

1

Conseil municipal

Gros plan sur les fenêtres de l'hôtel de ville, éclairées comme un phare dans la tempête. La grande salle de la mairie est pleine. Exceptionnellement, il ne manque pas un élu à la session du conseil municipal. Le mauvais temps a vidé la mer et les champs pour remplir la maison du peuple. Un coup d'œil discret : la discussion est animée.

Mais qu'est-ce qui perturbe ainsi la vie du village de Locmaria ?

— C'est bien simple, je ne veux plus en entendre parler ! coupa sèchement Anton Manach devant les administrés surpris par la véhémence du propos. Ni maintenant ni à la prochaine réunion. Inutile de le remettre à l'ordre du jour !

— C'est pas parce que tu as été élu maire il y a trois ans que tu as droit de vie et de mort sur l'avenir du village ! réagit violemment Jean-Claude Quéré, chef autoproclamé de l'opposition au conseil municipal de Locmaria.

— D'abord, je vous prie de me vouvoyer, monsieur Quéré, et…

— J'ai connu ton père quand tu étais encore mioche, alors…

— Alors rien du tout ! On n'est pas au bar, mais dans une instance représentative de la République. Et ne me parlez pas de mon père, ou ça finira mal pour vous !

Quéré se leva. Massif, il tendit un doigt menaçant vers Anton Manach et gronda :

— Il me semble que tu oublies à qui tu t'adresses.

— Oh ça, pas de risque ! Un type qui a mis le village en coupes réglées pendant trente ans avec des méthodes dignes de la mafia, qui a utilisé ses prérogatives pour faire pression sur ses concitoyens quand ses intérêts personnels étaient en jeu. Mais vous oubliez une chose, monsieur Quéré. La population de Locmaria vous a remis à votre juste place lors des dernières élections : celle d'un retraité définitivement sur la touche.

Le poing s'abattit sur la table, sans pour autant émouvoir le maire. Anton Manach, trente-cinq ans, avait été élu par un concours de circonstances qu'il n'avait pas anticipé. Il s'était présenté sans penser obtenir la majorité, mais le scandale de la vente de la conserverie L'Atlantide avait précipité la chute de son propriétaire, Jean-Claude Quéré. Anton Manach avait dû réorganiser sa vie et ses activités pour assurer la fonction que ses concitoyens lui avaient attribuée. Après les cinq mandatures de Quéré, qui avait considéré le village comme une structure au service de sa fortune, la politique de Manach avait été une bouffée d'oxygène pour la communauté… mais un oxygène qui lui manquait parfois, à lui, lorsqu'il se couchait épuisé par son travail et par les maux de tête causés par ces réunions houleuses. Cependant, il ne s'en était jamais plaint et tout aurait été parfaitement gérable si Quéré et quelques-uns de ses amis ne s'étaient pas fixé pour objectif de lui pourrir la vie.

— Et toi, tu te prends pour qui ? tonna Quéré. Tu n'es qu'un pauvre type qui vend trois cageots de légumes sans pesticides dans un magasin pour Parisiens ou Rennais en vacances ! Avec ce que tu viens de sous-entendre, je pourrais t'attaquer pour diffamation et…

Anton Manach le coupa d'un éclat de rire factice.

— Ça suffit, Quéré ! Que vous le vouliez ou non, ce projet de zone commerciale n'est plus d'actualité. Nous en avons longuement délibéré il y a quatre mois et le conseil a voté contre, à une immense majorité. Nous avons tous compris que vous souhaitez apporter une touche de modernité à Locmaria en installant, en lisière du village, une grande surface d'outillage, un supermarché, un magasin de saloperies chinoises et deux fast-foods pour engraisser nos enfants. Tout comme vous, nous avons aussi fait un rapide calcul de la plus-value que vous réaliseriez sur vos terres. Alors, le débat est clos.

— Peut-être pour ce soir, mais ce centre, c'est l'avenir. Si cela ne se fait pas chez nous, il y aura toujours des terrains pour l'accueillir dans la région. Nous aurons perdu une source de revenus importante…

— … et précipité la mort de nos commerces et de nos restaurants. Si vous n'avez pas d'autres questions, je déclare la séance levée.

Comme quelques conseillers commençaient à repousser leur chaise, se rappelant que l'heure de l'apéritif avait sonné depuis longtemps, une voix les interrompit :

— La question n'était pas à l'ordre du jour, intervint Georges Lagadec, mais j'aimerais profiter de votre présence à tous pour savoir si vous avez des informations sur le nouvel acquéreur du domaine de la pointe de Kerbrat.

Le bruit cessa et tout le monde se rassit comme par enchantement. Le sujet occupait les esprits et en tracassait certains. Qui donc avait récemment acheté ce domaine ? Une belle propriété sur une avancée sauvage, avec une grande bâtisse laissée à l'abandon depuis une dizaine d'années. Refuge de Nicolaï Petrovski, un duc polonais qui l'avait fait construire dans les années 1930. Le bâtiment avait ensuite abrité la fille de l'aristocrate jusqu'à sa mort dix ans plus tôt. La recherche des héritiers avait été un parcours du combattant et le bien avait été mis en vente seulement huit mois auparavant.

Georges Lagadec, le plus important exploitant agricole de Locmaria, rêvait de cette maison depuis toujours. Un excellent moyen de prouver à tous sa réussite. En négociateur aguerri, il savait que le prix baisserait avec le temps. Les héritiers n'avaient qu'une envie : se débarrasser le plus rapidement possible de ce bout de terre, dont la plupart n'avaient jamais entendu parler, pour le transformer en cash. La propriété avait été estimée à sept cent cinquante mille euros, ce qui était légèrement surévalué dans la mesure où la maison était à rénover complètement. Georges Lagadec avait fait une offre à cinq cent mille, refusée par les vendeurs. Il avait prévu d'attendre deux mois et de revenir avec une proposition à cinq cent cinquante mille. Un employé de l'étude lui avait fait comprendre qu'elle serait acceptée. Mais il avait reçu un appel du notaire une semaine avant qu'il ne fasse sa seconde offre. Quelqu'un venait de mettre les sept cent cinquante mille euros sur la table, avec des fonds disponibles dans l'heure. Les vendeurs avaient sauté sur l'occasion, et l'affaire n'était pas rattrapable. Depuis six mois, Lagadec ne décolérait pas.

— Alors, vous avez des informations sur l'étranger qui nous envahit ? lança hargneusement Lagadec au maire.

— Pas plus que la dernière fois. La propriété a été achetée par une société immobilière. Impossible d'en connaître les actionnaires.

— Moi, je veux pas dire, commenta Arsène, le gérant du magasin de vêtements marins, mais je trouve ça louche.

— Pourquoi ? interrogea Manach.

— Quand on n'a rien à cacher, on donne son nom. Votre société, là... c'est un montage de brigands. Même que des politicards en ont créé pour planquer leur fric aux impôts.

— C'est arrivé, Arsène, mais ce n'est pas parce

qu'il y a eu quelques escrocs que tout le monde est pourri.

— Ça, mon garçon, c'est toi qui le dis. Toi, tu te démènes pour nous, mais c'est pas le cas de tous, ajouta-t-il en jetant un coup d'œil vers Quéré. D'autant plus que j'ai une information de première main à vous révéler. Accrochez-vous…

Il laissa planer un long silence pour profiter de son effet. Il baissa la voix, comme si d'invisibles espions cachés derrière les rideaux poussiéreux pouvaient les écouter.

— Pas plus tard qu'hier, j'ai rencontré Quemerais, mon collègue du Guilvinec. Il m'a expliqué que les Arabes, je parle de ceux qui ont le pétrole, hein, pas ceux qui traînent en mobylette dans les rues de Quimper, ben, les Arabes, ils commençaient à s'intéresser à notre Bretagne.

— Tu crains un djihad, Arsène ? s'amusa Marine Le Duhévat, responsable des sports du village.

— Tu peux rire, Marine, mais Quemerais m'a glissé que ça pourrait bien être un émir qui aurait acheté le domaine de la pointe de Kerbrat.

— Pour moins d'un million d'euros, ce serait un tout petit émir.

— Quemerais, il a ses sources ! enchaîna Arsène sans se laisser déstabiliser. Tu feras moins la maligne quand tu verras l'émir arriver sur la plage avec toutes ses femmes en burkini. Ah, elles seront chouettes, nos côtes bretonnes ! Et qu'ils me demandent pas de leur trouver leurs trucs noirs à grillage pour leurs filles ! S'ils ont froid ou qu'ils veulent cacher leurs cheveux, ils prendront du Armor-Lux ou du Saint James, de la vraie qualité de chez nous ! Et dans ma boutique, on vendra toujours des bottes Aigle, pas des babouches !

— Je ne suis pas certain que les informations de Manuel Quemerais soient très fiables, Arsène, tempéra Manach, en se souvenant du personnage, spécialiste en complot en tout genre.

— Arsène en fait peut-être un peu trop, mais c'est quand même bizarre que les acheteurs se soient pas présentés à la mairie, commenta le doyen de l'assemblée.

— Ils n'en ont pas l'obligation. La demande de travaux pour l'ajout d'une véranda a été déposée par le gérant de la société immobilière. Tout était en règle. On m'a appris que le chantier était quasi terminé. On aura peut-être bientôt le plaisir de découvrir l'identité de notre nouvel administré.

— N'empêche, insista le doyen, moi, j'ai eu des échos sur les travaux, et pas de n'importe qui : du mari d'une cousine de ma femme qui connaît un des gars qui a bossé sur le chantier. D'après ce qu'il aurait dit, c'est tout luxueux à l'intérieur, avec des salles de bains, des pièces où tu te fais cuire à la vapeur, d'autres où tu mijotes dans de l'eau bouillante. Des trucs à la con, tout ça…

— Et alors ? objecta Manach.

— Alors, alors ! Ben, vous vous souvenez plus de l'histoire de *Ty Jeannette* ?

— Quelle histoire ? s'enquit Manach en fronçant les sourcils.

— Ça s'est passé en juin 1969. Plusieurs d'entre

vous n'étaient même pas encore en projet dans les caleçons de leur père. Un Parisien à moitié corse avait fait retaper *Ty Jeannette*, vous savez, la grande longère derrière le bois de Fabri. Il y avait mis des sous, le bougre, et rien n'était assez luxueux pour lui ! Et que je te fais des lavabos en marbre, et que je t'installe le chauffage central et des lumières tarabiscotées partout, et que je te colle des miroirs aux murs. Pourquoi qu'il fait tout ça ? qu'on se disait. Ben paf, ça a pas raté. Pour les vacances, il est arrivé de la capitale avec ses quatre nièces. Quatre belles gosses de vingt ans qu'avaient pas froid aux yeux et qui mettaient nos pantalons en émoi !

— Vous êtes en train de m'expliquer, dans un langage dont j'apprécie la poésie, que le domaine de Kerbrat pourrait être transformé en bordel ? s'étonna Lagadec.

— Mon gars, j'ai tapé les quatre-vingts ans et ça veut dire que j'en ai vu, des coups fourrés ! Y a pas de fumée sans feu, ni de fille de joie sans fanfreluches. Va falloir être vigilants.

Anton Manach jeta un regard fatigué sur l'assemblée. Les sourires plus ou moins narquois des participants le rassurèrent. Il décida de lever la séance avant qu'une autre hypothèse farfelue ne s'invite dans les débats.

2

Pilates

— Allez, maintenant que vous avez terminé les *push-up*, une dernière petite séance de gainage avant les étirements finaux.

Marine Le Duhévat n'écouta pas les grognements de certains des participants et elle enchaîna :

— Mais si, vous pouvez tous y arriver ! Vous vous installez sur les avant-bras, vous mettez votre centrage en place, abdos et périnée bien contractés, et on est partis pour une minute de plaisir supplémentaire.

La coach observa ses élèves, encore sereins pour certains, proches de l'apoplexie pour d'autres. Six mois plus tôt, elle avait créé ce cours de Pilates qui remportait un joli succès. Quinze personnes se retrouvaient tous les mercredis à dix-huit heures pour travailler en profondeur leur ceinture abdominale.

Elle s'arrêta sur les deux hommes du groupe, minoritaires au milieu de treize femmes de vingt-cinq à soixante ans. Olivier, la cinquantaine, participait régulièrement avec son épouse. Il avait atteint l'âge où les effets de la gravité sur le ventre s'accélèrent et il donnait le maximum pour en contrer les outrages. Le second mâle était le cadet de l'équipe. Pourquoi venait-il dans ce cours plutôt que dans une des salles de sport qui fleurissaient dans la région ? Nul doute que la présence féminine avait tenu un rôle majeur dans ses critères de choix. Marine Le Duhévat trouva sa position étrange avant de remarquer son regard perdu dans le décolleté généreux de Natacha Prigent, mis en valeur par un justaucorps trop petit d'une taille.

— Replace ta tête dans l'axe de la colonne vertébrale, Tristan, tu vas te faire un torticolis.

Elle se demanda un instant si le rouge de son visage résultait d'un effort prolongé ou de la gêne de s'être fait prendre en flag.

— Bravo, on se relève doucement et on va respirer profondément !

Une fois les étirements terminés, le calme qui avait régné pendant le cours s'évapora aussi rapidement que les promesses d'un politicien au lendemain d'une élection. Les participants se changèrent puis se réunirent autour d'une table dans un coin de la salle. Un far et une myriade de paquets de biscuits apparurent comme par enchantement. Marine Le Duhévat sortit quelques bouteilles d'un sac isotherme.

— Un grand merci à Maëlle qui fête son anniversaire !

Olivier se proposa pour servir l'apéritif : deux

bouteilles d'Apérol, trois de prosecco, une de San Pellegrino, trois oranges… et le tour était joué. Des cris enthousiastes accompagnèrent l'ouverture des bouteilles, suivis d'un « Joyeux anniversaire » chanté à pleine gorge !

Sous l'effet de l'alcool consommé presque à jeun, les conversations s'animèrent.

— Alors, s'enquit Cécile Micolou-Minor, ça a donné quoi, hier soir, à la mairie ?

— Rien de bien particulier, répondit Marine Le Duhévat. Quéré a encore fait son cirque. Ah, si ! On a vécu un grand moment à la fin, quand on a parlé du propriétaire du domaine de Kerbrat.

— Vas-y, raconte !

La coach se tailla un franc succès en rapportant l'hypothèse d'une annexe d'un palais saoudien ou celle d'un bordel en devenir.

— On a quand même des cas ici ! constata Cécile. Et les autres, comment ils ont réagi ?

— Ça les a amusés, forcément. Même Lagadec, qui ne s'est toujours pas remis d'avoir raté l'affaire, a esquissé un sourire.

— Et toi, Marine, qu'est-ce que tu en penses ? demanda Romy, la fille de Cécile.

— Il n'y a rien d'extraordinaire derrière tout ça. D'après le maire, les travaux sont terminés. On devrait vite savoir qui est le propriétaire mystère.

— En attendant, on peut encore tout supposer, conclut Natacha Prigent. Vous imaginez, les filles, qu'une bande de beaux mecs s'installent dans la maison. S'ils ont construit un sauna, un jacuzzi et je ne sais quoi d'autre, ce n'est sûrement pas pour la transformer en maison de retraite.

Un murmure flotta dans la salle, laissant aux esprits le temps de s'échauffer.

— Ce serait bon, ça ! s'enthousiasma Simone. Un groupe de types bien baraqués, genre Chippendales.

D'un coup, les vannes s'ouvrirent.

— Et ils se feraient bronzer sur la petite plage du bout de la pointe de Kerbrat !

— Totalement nus !

— On pourrait les rejoindre discrètement en bateau. Ils ont forcément besoin de femmes pour leur étaler la crème solaire !

— Ah oui, sur leurs jolis petits culs musclés !

Du haut de ses dix-huit ans, Tristan se crut éjecté dans un monde parallèle. Comment ces femmes aussi sérieuses dans la journée, mères de famille pour la plupart, pouvaient-elles se transformer ainsi sous l'effet d'un spritz ? Même s'il était trop jeune pour savoir que le prosecco n'y était pas pour grand-chose, il rougit jusqu'aux oreilles, qu'il garda cependant grandes ouvertes. Au vu des conversations, peut-être devrait-il négocier avec son père un abonnement dans une salle de musculation en plus des cours de Pilates ?

— Et la pizzeria qui a fermé sur le port ? Quelqu'un a des news ?

— Le pas-de-porte a été racheté, annonça Cécile Micolou-Minor. C'est mon frère Malo qui a entendu ça en allant hier à Concarneau.

— Un nouveau resto ?

— Il semblerait. De toute façon, ça ne pourra pas être pire que ce qu'était devenu *Le Soleil de Sicile*.

— Les pizzas n'étaient pas si mauvaises, argumenta Natacha Prigent.

— Tu plaisantes ? Au début, ça allait. Mais à la fin, Luigi était tellement bourré qu'il n'arrivait même plus à préparer des pâtes al dente. Le comble, pour un Italien ! ironisa Cécile.

— Sauf que Luigi, intervint Marine, il s'appelait Jean-Luc et qu'il venait d'Issoudun.

— OK, mais c'est pas une excuse valable ! Tu prends une grande casserole d'eau, tu ajoutes suffisamment de sel et tu comptes les minutes : pas la peine d'avoir fait Polytechnique pour réussir la cuisson des pâtes.

— N'empêche, remarqua une autre convive, la fermeture de la pizzeria a fait du bien au magasin de l'Anglais qui s'est installé à côté.

— Mouais…, commenta Romy Micolou-Minor, j'y passe de temps en temps, mais je ne suis pas fan de ses sandwichs au pain de mie et aux tranches de concombre. Les *pickles*, les *shortbreads* et la confiture d'orange, ça va un temps, mais tu satures vite. Et puis le nom du truc, sans déconner : *God save the Queen*. Franchement, ça craint !

— Peut-être, releva une quinquagénaire aux rondeurs appétissantes, mais le patron, Charles Highbury, j'en ferais bien mon quatre-heures…

— Ah, c'est certain, confirma Natacha Prigent, s'il était dans mon lit, j'irais pas dormir dans la baignoire.

— Mesdames… et messieurs aussi, récapitula

Marine. Avant qu'on quitte le gymnase, car toutes les bonnes choses ont une fin, je vous propose d'organiser notre dîner de fin d'année dans ce nouveau resto. Ça nous permettra de le découvrir.

3

Arrivée

La nuit était tombée depuis plusieurs heures quand la voiture stoppa. Fin du voyage, début d'une nouvelle vie. Catherine Wald coupa le moteur et laissa le silence envahir l'habitacle. Elle avait roulé plus de dix heures, ne s'arrêtant que pour avaler un sandwich et trois cafés. Elle s'étira, bâilla longuement et regarda le paysage dévoilé par la lune. Les nuages avaient déserté le ciel, même si les ramures des arbres ployaient sous le vent encore vigoureux. La tempête qui avait frappé la Bretagne s'était dissipée… en attendant la suivante.

Catherine Wald ouvrit la porte de son Audi, et la fraîcheur de la nuit chassa la moiteur de l'habitacle. Au loin, le faisceau d'un phare apparaissait à intervalles réguliers. Le bruit des vagues qui venaient s'écraser sur les rochers de la pointe et l'odeur intense de la mer mélangée à celle des pins, sous lesquels elle s'était garée, lui donnaient l'impression d'avoir changé de planète. En fin de matinée, elle quittait l'Alsace où elle avait passé toute sa vie ; mille kilomètres plus loin, elle arrivait en Bretagne où elle allait la poursuivre.

Elle frissonna. Certes, elle avait laissé derrière elle près d'un demi-mètre de neige sur les pentes des Vosges, mais les palmiers aperçus à l'entrée de Locmaria n'étaient pas pour autant gages d'une chaleur caniculaire. Elle enfila sa veste matelassée, choisit une petite valise dans le coffre et extirpa un sac à dos de la voiture aussi pleine qu'un étudiant au sortir d'un *happy hour*. Cela suffirait pour ce soir. Elle avait initialement prévu de dormir à l'hôtel à la sortie de Rennes, mais, emportée par son élan et l'impatience de commencer sa nouvelle existence, elle avait finalement roulé jusqu'à Locmaria.

Quand l'agence chargée de lui trouver une maison lui avait présenté les photos de la propriété de feu le duc Petrovski, Catherine était tombée sous le charme.

Un billet d'avion pour Brest, une location de voiture à l'aéroport de Guipavas et, le lendemain après-midi, elle découvrait le domaine de la pointe. Situés sur une avancée à l'ouest de la station balnéaire de Locmaria, les lieux étaient enchanteurs. Plus d'un demi-hectare de terrain : sauvage sur la partie ouest, battue par les vents, mais paisible et doux du côté est, où se nichait une petite crique de sable fin, protégée par une arête rocheuse, accessible depuis le jardin par un escalier taillé dans la pierre. « Cette sublime plage n'appartient pas au domaine, mais le commun des mortels ne peut s'y rendre que par très grande marée, ou en bateau », lui avait pompeusement précisé l'agent immobilier.

Les épaisses haies de genêts qui ceinturaient la propriété offraient une intimité totale. Au milieu, la maison. Une bâtisse imposante de deux étages, conçue dans un style assez indéfinissable, mélange de manoir breton en granit et d'une vision très personnelle du style Art déco. Certes, les pièces décrépites avaient vécu et suintaient l'humidité, mais Catherine les avait instantanément imaginées après de notables rénovations. Elle transformerait ce manoir kitsch en une résidence de rêve. Enfin, derrière l'habitation, un bosquet enserrait un vieux menhir planté là depuis la nuit des temps. C'était du moins ce qu'affirmait l'agent immobilier à l'accent méridional. Sans aucun doute s'était-il laissé emporter par une âme de poète et par la suave odeur d'une commission de quarante mille euros au bas mot. Qu'importe ! L'Alsacienne était envoûtée par les lieux. Elle s'était rendue incognito dans le village encore animé par la présence de nombreux touristes et avait trouvé ce qu'elle recherchait. Elle avait fait une offre le jour même et avait rencontré le notaire le lendemain à la première heure. Un acquéreur qui ne négocie pas et qui dispose déjà des fonds, c'est un cadeau du ciel ! Quand, le soir, Catherine Wald avait quitté la Bretagne, elle venait de s'engager sur l'achat et de sceller son avenir.

Tirant sa valise, Catherine respirait à pleins poumons l'air saturé d'iode et d'embruns tant vanté dans les guides locaux. Un chemin pierreux d'une cinquantaine de mètres séparait le parking du petit portail d'entrée et rejoignait ensuite le sentier des douaniers.

Celui-ci longeait sa propriété, mais la végétation cachait la demeure et lui conférait le côté mystérieux qui fascinait les randonneurs et stimulait leur imagination.

L'agent immobilier avait déposé les clés sous un buisson et lui avait envoyé un véritable reportage photo par SMS pour qu'elle les trouve aisément… et surtout pour assurer sa propre tranquillité. Le stade brestois jouait le soir même contre son équipe de cœur marseillaise, il n'avait donc aucune envie de passer une partie du match accroché à son téléphone pour expliquer à cette exaltée sous quel massif d'hortensias il avait glissé le trousseau.

Catherine poussa le portail et pénétra dans son nouveau domaine. La mer scintillait sous la lune presque pleine. Elle abandonna ses bagages sur la terrasse toute neuve et se dirigea vers l'extrémité de la pointe. Elle avait suivi l'avancement des travaux depuis Strasbourg. L'architecte qu'on lui avait chaudement recommandé avait agi en excellent maître d'œuvre. Les bras serrés contre sa poitrine, elle ne savait pas si les frissons qui la parcouraient provenaient du vent frais ou de l'émotion qui nouait sa gorge. Immobile face à l'océan, elle évacua toutes les questions qui se bousculaient dans sa tête. À cinquante et un ans, était-ce sensé de refaire sa vie dans une région totalement inconnue ? Elle ne put retenir une larme en pensant à sa sœur et crispa imperceptiblement ses poings. Son choix était fait, et rien ni personne ne la forcerait à revenir en arrière. Elle inspira longuement, se remplissant de l'énergie de la Bretagne, puis retourna vers la maison. La réception des travaux était prévue pour le surlendemain. Le camion de déménagement arriverait dans trois jours et elle trouverait ce qui lui manquait à Quimper ou à Brest. Dans l'immédiat, elle avait son matelas, son sac de couchage et le contenu de sa valise : un gros pull, un legging chaud, des chaussettes tricotées dans un moment de désœuvrement, des petits gâteaux achetés chez *Christian* le matin même et l'édition du jour des *Dernières Nouvelles d'Alsace*. Elle était prête pour sa première nuit armoricaine.

4

Lire au large

Les nuages gris avaient envahi le ciel, un gris qui semblait prêt à durer une éternité. Heureusement, tout habitant ou vacancier connaît le fameux adage que l'on répète dans les quatre départements bretons, ou cinq si l'on est d'attaque pour ratiociner sur l'histoire de la région : « En Bretagne, il fait beau plusieurs fois par jour. » Philosophie météorologique qui, il faut l'avouer, se vérifie fréquemment.

Ce matin-là, le crachin patinait les rues de Locmaria. Catherine Wald, qui avait d'abord prévu de parcourir à pied le kilomètre qui la séparait du village, avait finalement pris sa voiture et s'était garée sur le parking entre l'église et la mairie. Elle s'habituerait à cette pluie fine qui mouille sans en avoir l'air. Elle traversa la place et emprunta la rue qui menait vers le port. S'il fourmillait de touristes en été, il était maintenant d'un calme olympien. La flottille composée d'une demi-douzaine de chalutiers avait pris la mer avant l'aube. Les pêcheurs devaient rattraper le temps perdu à cause de la tempête. Seules quelques barcasses de pêche étaient amarrées au corps-mort. Les bateaux de plaisance réapparaîtraient plus tard dans l'année.

Catherine fit quelques pas sur la cale et se retourna, embrassant les lieux d'un regard circulaire. Son nouveau cadre de vie. Il était nettement moins animé que le parvis de la cathédrale de Strasbourg un jour de marché de Noël, mais il lui permettrait de réaliser son projet. Un petit village breton typique, avec ses maisons en granit, ses toits d'ardoise, ses mouettes au rire sarcastique jouant avec les courants d'air. Tout à droite, une poissonnerie proposant les langoustines encore vigoureuses rapportées chaque jour par les pêcheurs. En face de Catherine, l'*Hôtel des Flots bleus* à la façade vieillotte, accolé à une crêperie, *Chez Maryvonne*. Puis *Lire au large*, une librairie à la devanture pimpante, un bar, un pâtissier-glacier, et une épicerie, à l'enseigne de *God save the Queen*, un nom provocateur pour cette région qui avait donné naissance à tant de corsaires français. À côté, une pizzeria abandonnée aux vitres maculées d'affiches pour des festivals de musique bretonne ou andine, des cirques qui ne survivaient que le temps d'une saison et des fest-noz de l'été dernier. Sur la gauche, pour finir, une boutique exhibait fièrement ses vêtements bretons. Des marinières, des pulls en laine avec leurs trois boutons à gauche de l'encolure. Sans oublier les classiques vareuses portées plus souvent par des Parisiens et des Versaillais pour faire leur marché que par les marins locaux. Bref, un joli petit port breton.

Catherine avait décidé de se présenter aux habitants de Locmaria. Elle voulait faire bonne impression pour faciliter son intégration. Aucune hésitation sur le lieu de sa première visite : elle se dirigea vers la librairie. La surface de vente était surprenante pour un aussi petit village. À l'entrée, des rayonnages de livres particulièrement bien achalandés. Vers le fond, la partie presse et papeterie. À cette heure de la matinée, seuls quelques habitués venaient acheter le journal ou tenter leur chance à un jeu à gratter. Mis en valeur sur un présentoir personnalisé, les ouvrages en version originale de Jean-Luc Bannalec s'apprêtaient à ferrer un Allemand solitaire, ensorcelé par la beauté des côtes bretonnes en hiver. Catherine flâna, découvrant avec plaisir des titres qui lui permettraient de bouquiner près de la cheminée qu'elle avait fait rénover. Comme elle feuilletait une romance à succès, une voix la tira de ses songes.

— Bonjour, souhaitez-vous que je vous conseille ?

Soudain intimidée comme une nouvelle élève qui rejoindrait une classe en cours d'année, Catherine ne répondit que par un sourire à la petite blonde à l'allure énergique.

— Si vous aimez la romance, c'est un livre qui offre un bon moment de détente… surtout si vous appréciez les scènes piquantes.

— Je vous remercie, mais je l'ai déjà lu. En fait, je passe chez vous pour me présenter. Je m'appelle Catherine Wald et je viens de m'installer au domaine de Kerbrat.

Un sourire radieux illumina le visage de la libraire.

— Enchantée de faire votre connaissance. Je suis Alexia Le Corre, propriétaire de *Lire au large*.

— Votre boutique est magnifique, et particulièrement bien fournie pour un village de la taille de Locmaria.

— Je l'ai créée il y a quatre ans et j'ai décidé d'en faire un lieu d'animations culturelles pour la région. J'invite des auteurs et propose des conférences littéraires, des séances de dédicaces, et même des lectures pour les enfants des écoles.

— C'est génial ! J'y participerai volontiers. Comptez sur moi pour devenir une de vos plus actives et fidèles fans.

— Vous savez parler à une libraire, et c'est vraiment gentil de venir vous présenter. Si vous imaginiez les fantasmes qui ont couru sur le nouveau propriétaire du domaine de Kerbrat…

— Ah bon ? Du genre ?

— Un émir wahhabite en babouches, une réincarnation de Madame Claude et ses filles, des strip-teaseurs en string, énuméra-t-elle en riant et en détaillant la belle femme qui lui faisait face.

Grande, élégante, vêtue de jodhpurs, d'une paire de bottes en cuir et d'une veste bien coupée, elle ne ressemblait pas à une touriste en vadrouille. C'étaient surtout ses yeux bleu clair et sa natte blonde qui attiraient le regard.

— Est-ce que je peux vous offrir un café pour vous remercier de votre visite ?

— Ce serait avec plaisir, mais je ne veux pas vous déranger.

— Ce n'est pas comme si on était en période d'affluence. Nadine, je vais chez Émile avec Catherine, la nouvelle propriétaire du domaine de Kerbrat, lança-t-elle à sa vendeuse.

Catherine comprit que le top départ était donné. Avant le soir, le village entier saurait qu'une blonde d'une cinquantaine d'années occupait la maison du duc Petrovski.

Les deux femmes sortirent pour rejoindre le bar contigu, *Le Timonier oriental*.

Quand elles pénétrèrent dans le café, le silence s'établit quelques instants. Tous les regards étaient tournés vers Catherine qui sourit chaleureusement à l'assemblée. Un couple de touristes se réchauffant devant un chocolat chaud, quatre retraités en train de jouer à la belote, la main en l'air comme figée par l'arrivée de l'inconnue, et trois messieurs accoudés au zinc.

— Bonjour à tous, jeta la libraire à la cantonade. Émile, tu nous sers un expresso et une noisette, s'il te plaît ?

Émile Rochecoët, patron du *Timonier oriental* depuis une vingtaine d'années, répondit par un grognement. Alexia Le Corre entraîna son invitée jusqu'à une petite table près d'une cheminée où crépitait un feu bienvenu. Ronflements du percolateur. Puis le patron, le visage fermé, s'approcha avec les deux boissons sur un plateau.

— Émile, je te présente Catherine, la nouvelle propriétaire du domaine de Kerbrat.

L'homme marqua un semblant d'intérêt, puis demanda :

— Vous venez séjourner quelques jours au bord de la mer pour oublier la folie de la capitale ?

— Non, je m'installe définitivement à Locmaria… et je suis arrivée hier d'Alsace.

— D'Alsace ? réagit-il en sortant instantanément de sa semi-léthargie. De quel coin ?

— Je suis originaire d'Andlau, à côté du mont Sainte-Odile, mais je vis… ou plutôt je vivais à Strasbourg.

— Ça alors ! J'ai fait mon armée à la base aérienne 124 à Entzheim. Vous connaissez ?

— Entzheim, bien sûr. J'y prends régulièrement l'avion, mais la base est fermée depuis près de trente ans.

— Ça alors ! répéta Émile, totalement transformé. Bon, j'ai servi comme rampant, pas comme pilote, mais j'ai passé une des plus chouettes années de ma vie en Alsace. Et qu'un Glazik admette qu'il existe dans le monde un endroit presque aussi beau que la Bretagne, c'est rare ! Pour fêter votre arrivée, je vais vous chercher une part de far préparé hier soir par Mme Rochecoët. Vous m'en direz des nouvelles ! Vos papilles vont découvrir le charme de la gastronomie de Locmaria.

Tandis qu'Émile Rochecoët retournait à son comptoir, Alexia Le Corre sourit en posant la main sur le bras de Catherine :

— Tu lui as fait un sacré effet ! Je ne l'ai jamais vu aussi enthousiaste… Oh ! pardon, je peux te tutoyer ?

— Avec plaisir. Mais d'après moi, c'est plutôt le fait d'évoquer ses aventures de jeunesse qui l'a réjoui. J'imagine que Mme Rochecoët portait encore son nom de jeune fille à l'époque où l'aviateur Émile batifolait dans la plaine d'Alsace.

La libraire éclata de rire.

— En tout cas, tu viens de marquer des points pour ton intégration !

— Tant mieux. Au fait, c'est quoi, un Glazik ?

— Un habitant du pays Glazik, autour de Quimper.

— Et là, nous sommes où ?

— Dans l'Aven, dans la région de Cornouaille.

5

L'Aven

Midi venait de sonner au clocher de l'église quand Catherine Wald quitta l'ambiance chaleureuse du *Timonier oriental*. Sans être spécialiste en far breton, elle s'était régalée avec le gâteau de l'épouse d'Émile Rochecoët. Ce dernier avait tenu à lui présenter sa femme, cuisinière hors pair qui aurait pu ouvrir un excellent restaurant si elle en avait eu le temps et les moyens – d'après Émile tout du moins.

Annick Rochecoët salua Catherine poliment, mais sans enthousiasme excessif. Craignait-elle que cette avenante femme blonde, qui s'introduisait dans la vie du village, perturbe l'équilibre affectif de son mari ? La patronne avait tordu le nez en apprenant qu'il n'y avait pas de M. Wald au domaine de Kerbrat ni nulle part ailleurs. Prétextant une course à faire avant le déjeuner, elle les avait quittés avec un sourire de façade. Tout Locmaria allait rapidement apprendre qu'elle était célibataire. Catherine n'était pas née de la dernière pluie et elle savait d'expérience que sa situation maritale ferait jaser, en agaçant certains et en donnant des ailes à d'autres.

Émile Rochecoët s'était mis à raconter ses aventures militaires et à parler de la beauté des vignes sur les contreforts des Vosges. Puis il l'avait invitée à se joindre aux clients accoudés au zinc. Comme Alexia Le Corre avait rejoint sa librairie, Catherine était restée un peu, afin de faire la connaissance des retraités qui se trouvaient là. Elle les avait charmés à force de sourires et de compliments sur leur magnifique pays. Après avoir bu deux verres de blanc offerts par l'un des convives, elle salua la compagnie pour reprendre son périple.

Catherine décida de rentrer chez elle. Même si l'entreprise de rénovation avait laissé un chantier plutôt propre, elle souhaitait nettoyer la maison de fond en comble. Une excellente occasion de se rendre à la supérette *L'Aven,* située sur la place de l'église, et d'y acheter quelques provisions ainsi qu'une bonne quantité de produits ménagers. Cela lui permettrait également de poursuivre sa tournée de présentation, entamée dans les meilleures conditions. Un tel succès était indispensable pour la réalisation de son projet…

Annick Rochecoët, de service pour le déjeuner au *Timonier oriental*, avait quitté le supermarché depuis plus d'un quart d'heure. La conversation allait bon train entre la propriétaire, Natacha Prigent, et trois clientes restées pour commenter la nouvelle, une fois leurs emplettes terminées. Natacha, quadragénaire au caractère affirmé, menait les débats. Elle se considérait comme l'une des personnalités majeures de la commune et, avec son frère qui tenait *La Frégate*, le second bar de Locmaria, elle maîtrisait tous les ragots qui couraient à travers le village.

— Non, mais vous vous rendez compte de ce qui vient de nous arriver ? Une mangeuse d'hommes en provenance directe d'Allemagne ! Une blonde à gros seins qui va mettre le bazar à Locmaria et qui a déjà envoûté le mari d'Annick !

— Tu exagères un peu, Natacha, nuança Marine Le Duhévat, la coach de Pilates. D'abord, elle est originaire d'Alsace, et…

— Alsace, Allemagne, c'est pareil !

— Eh bien, je te déconseille de lui dire ça ! J'ai passé deux ans avec Hervé à Strasbourg ; je peux t'affirmer que si tu veux avoir des problèmes avec un Alsacien, tu n'as qu'à lui balancer cette réflexion ! Je te rappelle qu'ils ont quand même eu quelques soucis avec les Allemands dans les années 1940. Tiens, c'est pire que si je te traitais de Normande !

— Oh là ! Commence pas à me chercher, hein !

— Je te cherche pas, je t'explique, la calma Marine. Et puis, il lui faudra plus qu'un physique avenant pour envoûter Émile. Il est bien gentil, mais, à part remplir des verres, faire du vélo le dimanche et se plaindre des impôts qui augmentent, y a pas grand-chose qui le passionne.

— Tu as vraiment décidé de me contrarier, c'est ça ? s'agaça Natacha Prigent.

— Moi, je suis d'accord avec Natacha, renchérit une des clientes. Une célibataire à peine arrivée qui traîne déjà dans les bars, c'est louche. Si tu voulais te présenter, tu irais boire des canons avec les hommes du village, toi ?

— Faut pas exagérer, soupira Marine. Le matin, il n'y a pas un client de moins de soixante-cinq ans devant le zinc. Je ne pense pas qu'elle vienne chasser l'héritage d'un retraité des postes ou d'un ancien marin. Laissez-lui une chance de nous montrer qui elle est !

— Pfff, ce que tu es naïve, ma pauvre…, lâcha la propriétaire des lieux en secouant la tête et en replaçant par habitude sa poitrine opulente dans son décolleté.

Célibataire endurcie par choix, Natacha Prigent symbolisait le fantasme d'une partie de la population masculine de Locmaria et des environs. Elle n'était pas une fille volage à qui on en racontait, loin de là. Cependant, elle aimait cette petite lueur qu'elle devinait dans le regard des hommes. Ça la flattait. Après avoir vu ses parents s'engueuler durant toute sa jeunesse, elle avait décidé que le mariage n'était pas pour elle. Depuis quelques années, elle ne vivait plus en couple, mais on lui attribuait quelques aventures du côté de Quimper. Jamais à Locmaria. Cela aurait nui à son image.

Le bruit de l'ouverture de la porte interrompit la conversation. Natacha fronça les sourcils et détailla la nouvelle arrivante de la tête aux pieds avec la précision d'une caméra ultra-haute définition. Au moins un mètre soixante-dix, bien que ses bottes à talons la grandissent un peu… des bottes de bonne qualité d'ailleurs. Blonde naturelle, les cheveux tressés. Des yeux bleus et un maquillage discret. Plutôt bien foutue pour son âge, même si sa veste dissimulait sans doute quelques rondeurs superflues qui charmeraient les hommes. Un visage agréable. Bref, cette Alsacienne lui déplut dès le premier regard.

— Bonjour, mesdames, lança Catherine à la cantonade.

— Bonjour et bienvenue à Locmaria, répondit Marine Le Duhévat en souriant.

Les deux autres femmes jaugèrent Natacha Prigent pour décider de l'attitude à tenir. Elles ne voulaient surtout pas se mettre leur amie à dos, mais la tradition d'accueil breton leur interdisait d'ignorer celle qui venait de les saluer de façon si sympathique. Une fois que la gérante eut émis un grognement en guise de réponse, elles lâchèrent un bonjour neutre, suffisamment poli pour ne pas passer pour des mufles, mais assez froid pour montrer à Natacha qu'elles étaient de son côté. Catherine attrapa un petit chariot et s'enfonça dans la supérette, à la recherche des produits qui lui faisaient défaut.

— Traînez pas, on ferme dans un quart d'heure ! lança la propriétaire avec un air supérieur.

— Une demi-heure, corrigea Marine Le Duhévat, en jetant un regard sur la pendule murale rapportée de Mykonos. Allez, je vous laisse. Mes filles m'attendent pour le déjeuner.

Catherine Wald parcourut lentement les rayons, étonnée par la froideur de celle qui semblait être la gérante. Elle se concentra sur ses achats. Un paquet de galettes au sarrasin, six œufs bio, du fromage, du jambon, une boîte de palets bretons et une bouteille de cidre brut. Pas très équilibré, mais les galettes lui avaient fait de l'œil et elle n'avait pas envie de leur résister. Elle passa ensuite aux choses sérieuses. À sa grande déception, le rayon « entretien » était assez minimaliste. Un balai, des serpillières, de l'eau de Javel, de la lessive en poudre pour nettoyer les sols, un gel pour faire briller l'émail, mais il lui manquait encore des produits pour constituer son kit de base de la parfaite ménagère. Peut-être étaient-ils en stock ? Elle regarda l'heure et se dirigea vers la caisse. Trois des quatre femmes présentes à son arrivée discutaient toujours. La plus sympathique, une brune mince aux cheveux longs, était partie entre-temps. Catherine déposa ses articles sur le tapis roulant avec l'étrange impression de passer un examen.

— Excusez-moi, je n'ai pas trouvé d'acide chlorhydrique ni de vinaigre blanc. En auriez-vous en réserve, s'il vous plaît ?

— Parce que vous croyez que je m'amuse à faire des allers-retours entre la réserve et le magasin !

— Pardon ? demanda Catherine, interloquée par une telle agressivité.

— Si les produits ne sont pas dans la boutique, c'est que j'en ai pas. Ça ne vous a pas traversé l'esprit ? ironisa Natacha Prigent.

— Ça va ! se rebiffa l'Alsacienne. Il me semble que je vous ai posé la question poliment.

— Vous cherchez quoi ? À montrer à tout le monde que ma supérette est mal approvisionnée ?

— Vous êtes comme ça avec tous vos clients ou j'ai droit à un traitement de faveur ?

— Quand on est nouvelle quelque part, on évite de faire des commentaires désagréables ! Si vous voulez vos produits, vous n'avez qu'à retourner les acheter là d'où vous venez !

— Mais enfin, c'est n'importe quoi ! s'emporta Catherine, furieuse. Puisque je ne suis pas digne de faire mes courses dans ce magasin, je vous laisse tout. Mesdames, je vous souhaite une bonne journée, lança-t-elle aux deux autres femmes, qui avaient observé la scène, sans voix.

Abandonnant ses marchandises à la caisse, Catherine quitta la supérette. Les trois femmes la regardèrent traverser la place sous la bruine et se diriger vers la boulangerie.

— Vous avez vu comme je lui ai rabattu son caquet, à cette étrangère ? triompha Natacha Prigent.

Un silence gêné lui répondit.

— Vous êtes de son côté ?

— Sans être de son côté, elle t'avait quand même posé la question poliment.

— En me demandant exprès des produits exotiques que je n'ai pas !

— Ben… le vinaigre blanc, j'en utilise chez moi, et on ne peut pas vraiment dire que ce soit tombé de la lune.

— Moi aussi, renchérit l'autre, je fais les parois de ma douche avec ça, c'est super efficace.

— Vous estimez donc que j'ai eu tort de la remettre à sa place ? grogna Natacha.

— Pas vraiment tort, mais… tu ne lui as clairement pas donné une bonne image de l'hospitalité des gens de Locmaria. Et ça, ça m'embête un peu.

— Enfin, merde, c'est à elle de faire les efforts, c'est elle, l'immigrante ! clama la gérante.

— Tout de même, elle est française, et blonde en plus… comme toi.

— Allez, ça suffit. Partez, je ferme. Et je peux vous dire que celle qui marchera sur Natacha Prigent n'est pas encore née !

6

Chemin des douaniers

Après avoir déserté le magasin, Catherine avait acheté de quoi déjeuner à la boulangerie. Elle avait mangé en rangeant ses vêtements dans les placards de sa chambre.

En ce début d'après-midi, le plafond de nuages s'était enfin déchiré, laissant place à un froid soleil d'hiver. Se promener ! Un moyen infaillible pour retrouver calme et sérénité ! Son passage au supermarché le plus proche attendrait, et le ménage serait remis à plus tard. Elle attrapa sa veste et décida de découvrir de jour les détails de son jardin. Son nouveau chez-elle !

La mer avait pris une splendide couleur bleu-vert, mouchetée d'écume qui surfait sur les vagues. Au-dessus d'elle, les mouettes dansaient dans le vent un ballet fascinant. Immobiles, elles se laissaient paresseusement porter par les courants d'air jusqu'au moment où, vives comme l'éclair, elles plongeaient dans les flots pour en ressortir quelques secondes plus tard, un poisson frétillant dans le bec. Tragique destin de la vie et de la mort résumé en quelques secondes. Catherine les observa durant de longues minutes, captivée par cette chorégraphie presque parfaite, mise en musique par les cris stridents qui se répondaient en écho. Puis elle regarda au loin. À deux miles nautiques, un archipel d'îlots. Ils n'étaient habités que par des oiseaux et quelques phoques, mais ils offraient des plages de rêve. « Les îlots de Men Du, c'est comme l'archipel des Glénan en miniature, sauf qu'il y a nettement moins de monde ! » lui avait expliqué l'agent immobilier. Elle aurait le temps de les découvrir à la belle saison. Catherine n'avait jamais été accro aux longues séances de bronzage passées à cuire scientifiquement, côté pile puis côté face, sous un soleil torride. Elle s'ennuyait au bout d'une heure… ou deux si elle disposait d'un bon bouquin. Cependant, les reflets dorés du sable qu'elle voyait au large l'attiraient déjà. Elle progressa jusqu'au bout de la pointe et se dirigea vers le petit escalier qui donnait accès à la grève en contrebas. Des marches taillées dans le granit, une rampe en fer mangée par la rouille. Catherine s'y engagea. Protégée par l'avancée rocheuse, elle ne sentait plus la morsure du vent, mais la douce tiédeur du soleil qui caressait sa peau. À l'horizon, un voilier glissait avec grâce sur les vagues. Elle était bien. L'altercation avec l'épicière lui sembla d'un coup très loin. Le hasard, ou la providence, au choix, lui avait fait un somptueux cadeau en lui offrant cette villa. Elle pourrait mener sa double vie à l'abri des regards et de la curiosité exacerbée d'une partie des villageois.

Ses déplacements réguliers seraient moins remarqués, dissimulés aux regards par la mer au sud et, pour le reste, par d'épais taillis de genêts. Elle savait qu'on ne manquerait pas de lui poser, plus ou moins discrètement, des questions sur ses absences ou sur l'origine de ses revenus, mais elle avait appris à y répondre par des sourires énigmatiques.

Une vague plus puissante que les autres termina sa course sur les rochers. Des embruns volèrent jusqu'à son visage et la ramenèrent à la réalité. Elle reprit sa découverte des lieux. Sur sa droite, le duc Petrovski avait construit une cale rudimentaire ainsi qu'un abri. Elle y grimpa et poussa la porte vermoulue. Une vieille barque en bois mangée par les années et l'humidité y reposait encore, souvenir d'une époque révolue. Elle achèterait peut-être un canot à moteur pour se promener les jours de beau temps. Son éducation alsacienne ne l'avait pas portée vers la mer, mais elle était maintenant bretonne d'adoption. Elle voulait tout connaître, tout ressentir du pays qui l'accueillait.

Elle remonta prudemment l'escalier, laissant l'océan derrière elle, et observa sa propriété. Côté ouest, battus par les vents, des pins aux formes torturées avaient défié les éléments et réussi à résister aux tempêtes. Catherine les caressa en passant, impressionnée par leur adaptation dans un lieu aussi hostile. Leurs troncs aux teintes orangées, le soleil qui jouait dans leur feuillage persistant : il se dégageait de ces arbres une force et une dignité qui la touchaient. Même dans les pires conditions, la vie pouvait prendre le dessus et devenir belle. Côté est, le terrain était légèrement en contrebas.

Protégée du vent, une nature plus florissante s'était développée. Un entrelacs de hêtres, de chênes et de pins occupait une partie de l'espace. Sous le plus grand arbre, les restes d'une balançoire que le sel avait rongée jusqu'à l'os avaient survécu aux années. Au fond du jardin, au centre du bosquet, le fameux menhir. Il n'avait certes pas les dimensions majestueuses de ses cousins de Carnac ou de Locmariaquer, mais Catherine n'en touchait le haut qu'en se hissant sur la pointe des pieds.

Derrière la propriété partait un chemin des douaniers. Catherine ressentait une envie viscérale de marcher. Elle l'emprunta sans hésiter, choisissant la direction opposée au village. Tantôt abrité par quelques arbres et tantôt traversant des landes couvertes de bruyère, ce sentier avait longtemps été parcouru par les douaniers traquant les contrebandiers qui débarquaient des marchandises. Regroupés sous le sigle de GR34, ces chemins longent toute la Bretagne, descendant dans les criques et suivant les falaises, du Mont-Saint-Michel au nord jusqu'à Saint-Nazaire au sud. Ils renferment une partie de l'âme de la région.

Apaisée par la marche, Catherine chercha cependant à comprendre ce qui avait motivé la dispute disproportionnée de la fin de matinée. La raison qui lui vint à l'esprit lui parut ridicule, mais pas insensée. La jalousie. La gérante de *L'Aven* avait un profil de croqueuse d'hommes, de dominatrice prête à tout pour séduire. Catherine devait bien avouer que, à défaut de charme, la femme dégageait une certaine sensualité. Fausse blonde, son visage était plutôt harmonieux même si le maquillage tendait vers le vulgaire, et, surtout, elle offrait aux regards une généreuse poitrine, prisonnière d'un chemisier largement décolleté. Une féline qui défendait son territoire à coups de griffes… peintes en rouge carmin. C'était stupide, mais les hormones de l'épicière étaient sans aucun doute entrées en action plus rapidement que ses neurones.

Sinon, la matinée avait été, somme toute, très fructueuse. Elle avait sympathisé avec l'adorable libraire, Alexia Le Corre, avait réveillé l'enthousiasme d'Émile Rochecoët en lui rappelant des aventures de jeunesse et avait copiné avec quelques piliers de bar. En Bretagne comme en Alsace, comme dans toute région française d'ailleurs, des amitiés naissent régulièrement autour de tournées de muscadet, de sylvaner ou de pastis. Elle avait même été invitée à assister à la prochaine répétition du bagad de Locmaria, preuve ultime d'une intégration prestement lancée. Au rayon des bémols, elle avait rangé la méfiance d'Annick Rochecoët qui ne semblait pas apprécier le réveil des ardeurs de son mari et cette scène insensée à la supérette. La gérante prendrait sans doute plaisir à colporter des ragots sur sa cliente alsacienne, mais tant pis. Catherine avait suffisamment vécu pour savoir que la terre n'était pas uniquement peuplée de personnes bienveillantes et qu'il fallait composer avec les cons. À elle de convaincre Locmaria que sa nouvelle administrée méritait d'être connue !

Le paysage défilait sous ses yeux, magnifique, sauvage, en mouvement perpétuel. Soudain, tandis que le chemin longeait une petite crique, le souvenir de

Sabine s'imposa à Catherine. Souriante, la fillette l'appelait pour jouer à la marelle. Sabine était aussi brune qu'elle était blonde. On ne les surnommait pas « les inséparables » pour rien. Ces images heureuses de son enfance la plongèrent dans une profonde mélancolie. Sabine, qui avait disparu à jamais ! Sabine, et cette promesse qui l'avait amenée à Locmaria ! Saoulée par le soleil et le vent, épuisée par les émotions de sa nouvelle vie, Catherine s'assit sur un rocher. Les larmes qu'elle avait emprisonnées au plus profond de son cœur depuis plus d'une année coulèrent sans retenue sur ses joues.

S'apprêtant à faire demi-tour, Catherine leva les yeux. Quelqu'un la regardait fixement. Depuis combien de temps ? De loin, l'inconnu avait l'air inoffensif. Elle remonta le sentier. L'homme n'avait pas bougé. Comme elle s'approchait, il fit quelques pas dans sa direction et lui tendit la main.

— Je me promenais et vous m'avez semblé un peu désemparée. Si je peux vous aider en quoi que ce soit…

Comme son interlocutrice ne répondait pas, il ajouta :

— Je m'appelle Hervé Le Duhévat, et j'habite Locmaria.

Catherine sortit de sa torpeur. Mais qu'est-ce qui lui arrivait aujourd'hui ? Elle que tout le monde prenait pour une femme forte, pourquoi se laissait-elle submerger par ses sentiments ?

— Tout va bien, je vous remercie. Je suis Catherine Wald, se présenta-t-elle en souriant. J'ai acheté la maison sur la pointe de Kerbrat.

— Ah, c'est donc vous ! Bienvenue à Locmaria, madame Wald. Je suis très heureux de faire votre connaissance. Cela ne vous dérange pas si je fais un bout de chemin avec vous vers le village ?

— Pas du tout, cela nous permettra d'échanger quelques mots.

L'heure de marche suffit à Catherine pour disposer d'un aperçu du CV de son guide. Originaire de Locmaria, Hervé Le Duhévat était parti à l'âge de six ans habiter à Rennes avec ses parents. Après des études d'histoire, il était devenu généalogiste et avait vécu à Paris. Il y avait rencontré Marine, une Bretonne comme lui. Ils s'étaient mariés et retrouvés à la tête d'un trio de filles. Retour en Bretagne il y a dix ans. Il avait changé alors de métier et était entré dans l'Éducation nationale pour tenter de faire aimer l'histoire à des adolescents plus ou moins réceptifs. Expliquer à certains élèves que les Trente Glorieuses n'étaient pas trente lauréates du concours Miss France de l'après-guerre demandait une certaine dose de sang-froid. Mais l'enseignement lui plaisait et lui laissait le temps de mener ses recherches sur les légendes bretonnes. Il offrirait à sa passagère son dernier livre, sur la place de l'Ankou dans le pays bigouden. Quand Catherine le quitta, elle avait gagné une sympathique invitation à dîner pour le surlendemain chez le couple Le Duhévat.

À peine rentrée, elle se prépara une pleine théière d'Earl Grey. Son breuvage en main, elle se dirigea vers la salle de détente qu'elle avait fait aménager au rez-de-chaussée. Elle alluma le chauffage du sauna, se déshabilla, prit une longue douche puis s'enferma dans la cabine. La chaleur sèche chassa rapidement l'humidité de la fin d'après-midi et le thé agit sur le mal de gorge qui pointait sournoisement.

7

Installation

Épuisée, mais comblée ! Après deux journées passées à cent à l'heure, Catherine se sentait enfin chez elle. La décoration était réussie ; elle y ajouterait les dernières touches au fur et à mesure.

La veille, elle avait réceptionné les travaux de la maison avec l'architecte et les responsables des différents corps de métier. Il restait juste quelques détails à régler. Elle n'avait que très peu négocié les prix, mais avait intégré des pénalités de retard importantes dans le contrat, compensées par de larges bonus pour des travaux terminés à temps, dans le respect des cahiers des charges. L'attrait de la carotte avait surpassé la peur du bâton. Ils avaient passé en revue tout le domaine. Pas un branchement, un câblage ou un tuyau qui n'ait été vérifié ! Ils avaient même commencé la mise en eau de la piscine intérieure pour s'assurer que tout fonctionnait correctement.

Catherine avait voulu se faire plaisir. Elle s'était offert un coin détente au rez-de-chaussée avec une piscine à contre-courant, un hammam, un sauna, une salle de repos et quelques appareils de musculation. Elle, qui avait abandonné le sport pendant une partie déprimante de sa vie, avait redécouvert quatre ans plus tôt les bienfaits de l'activité physique. Toujours au rez-de-chaussée, une cuisine s'ouvrait sur une grande pièce de réception avec cheminée, une chambre et des sanitaires. Catherine avait aussi fait construire une terrasse et y avait adjoint une véranda qui permettrait d'apprécier la beauté du paysage par tous les temps. Le premier étage était son domaine, ainsi que celui de ses amis et de ses enfants quand ils lui rendraient visite. Anna et Xavier, sa fille et son fils, vivaient et travaillaient à Lyon et à Grenoble, Anna dans la mode et Xavier dans la police.

Les déménageurs, arrivés la veille à Quimper, avaient débarqué à sept heures et demie du matin avec un camion plein à craquer, transportant les affaires de son appartement strasbourgeois et des achats récents. Pour éviter les mauvaises surprises, elle avait sélectionné une petite entreprise alsacienne. Le patron et deux de ses employés avaient traversé la France pour venir installer meubles et bibelots. Ils avaient parfaitement respecté ses consignes et étaient repartis vers dix-sept heures, un généreux pourboire en poche.

Catherine était attendue à dix-neuf heures chez les Le Duhévat. Cela lui laissait le temps de nager un peu avant de se préparer.

Catherine sonna au carillon qui lui joua les premières mesures de « London Calling », du groupe The Clash.

Inhabituel, mais original. Quand la porte s'ouvrit, elle reconnut la grande femme brune et mince qui l'avait chaleureusement saluée à la supérette *L'Aven*.

— Bienvenue, Catherine, entrez vite. Avec ce crachin, vous risquez d'être mouillée.

Comme Catherine retirait son manteau, son hôtesse se présenta.

— Je suis Marine Le Duhévat, l'épouse d'Hervé… comme vous vous en doutez.

— C'est très gentil à vous de m'accueillir, Marine.

— Cela nous fait très plaisir, d'autant plus que nous avons entendu beaucoup de bien de vous.

— Peut-être pas à l'épicerie, commenta Catherine avec une moue.

— Ne vous en faites pas, nous sommes habitués aux coups de sang de Natacha. Ce n'est pas une mauvaise fille, mais dès qu'elle croise une entité de sexe féminin capable de rivaliser avec elle, elle voit rouge et devient insupportable. Disons qu'elle fait partie du folklore du village. D'ailleurs, nous ne nous fions jamais à son jugement quand une belle femme est dans le coup.

— C'est gentil de me rassurer ! Je ne voulais pas arriver les mains vides, mais je n'ai pas eu le temps de faire de courses. Comme les déménageurs sont venus aujourd'hui, j'ai pu récupérer ça dans un de mes cartons, expliqua Catherine en lui tendant un paquet.

— Waouh, une bouteille de gewurzt ! s'exclama Marine en déballant le cadeau.

— Vous connaissez ? s'étonna Catherine.

— Nous avons vécu deux ans à Strasbourg juste après notre mariage. Hervé et moi aimons les bonnes choses. Alors nos week-ends étaient bien occupés ! Ne restons pas dans l'entrée, les filles sont impatientes de vous rencontrer.

Un feu crépitait dans la cheminée de l'ancienne ferme restaurée avec goût. Assises sur un canapé en cuir, trois filles attendaient l'arrivée de l'invitée. L'aînée envoyait des messages sur son téléphone, la deuxième était plongée dans une revue people et la dernière regardait avec envie le plateau de charcuterie posé sur la table basse.

— Je vous présente Viviane, quatorze ans, Morgane, douze ans, et Gwendoline, huit ans… nos trois fées domestiques.

— Bonsoir, je suis Catherine. Vous pouvez aussi m'appeler Cathie, ou Cath, comme vous voulez.

— Bonsoir Cathie. Et, c'est bon, maman, soupira Viviane, avec un sourire goguenard. Le coup des fées domestiques, c'était peut-être mignon quand on était petites, mais là, tu fais un peu pitié avec ta vanne ringarde.

— Moi, j'aime bien qu'on me dise que je suis une fée, rétorqua la plus jeune. Et toi, tu as une coiffure de princesse, c'est joli ! s'exclama-t-elle en regardant la tresse de son invitée. Tu m'apprendras à faire la même ?

— Avec plaisir, et on pourra même y ajouter des fleurs, si tu veux.

— Ah oui, trop bien… Maman, maintenant que Cathie est arrivée, on peut manger du saucisson et de l'andouille ? J'ai faim.

— Tu as raison, Gwen. Ne jamais oublier les choses

importantes ! Viviane, tu peux aller chercher les feuilletés dans le four et rapporter le cidre ?

— OK, mais j'ai pas quatre bras. Dis à Morgane de venir m'aider.

— Bon, j'y vais, puisque madame ne peut pas se débrouiller toute seule, rétorqua sa sœur de mauvaise grâce.

— Elles se chamaillent sans arrêt, commenta Marine, mais elles sont serviables et s'entendent bien.

— J'ai connu la même chose avec les deux miens, la rassura Catherine en regardant, amusée, la plus jeune, qui avait une tranche de saucisson dans chaque main et une troisième enfournée dans la bouche.

— Hervé aura quelques minutes de retard. Un conseil de classe s'est éternisé. Nous allons attaquer l'apéritif si mademoiselle Gwendoline nous laisse de quoi manger.

— Hmmmm hmmmm, fut la réponse indistincte qui leur parvint.

8

Histoires locmariaistes

Installée dans un fauteuil face à la cheminée, Catherine écoutait ses hôtes dans un état de semi-béatitude. Une choucroute au poisson, accord parfait de l'Alsace et de la Bretagne selon une Marine un peu éméchée, deux bouteilles de menetou-salon et un kouign-amann avaient anesthésié toute trace d'une éventuelle mélancolie. Les discussions étaient allées bon train pendant le dîner, et les trois filles y avaient largement participé. Malgré les piques des deux adolescentes, Catherine avait rapidement découvert la tendresse qui unissait cette famille. Après le repas, les jeunes étaient montées dans leur chambre et les adultes étaient restés entre eux. La petite poire distillée par un des voisins avait repoussé, chez Catherine, l'intention de rentrer se coucher. Elle ne s'était pas sentie aussi bien depuis longtemps.

— Alors, Cathie, maintenant que les minettes sont parties dormir, pouvez-vous nous donner vos premières impressions sur notre village ? la questionna Hervé.

— Rassurez-vous, je n'ai rien de choquant à raconter, s'amusa Catherine.

— Et si on se tutoyait, intervint Marine. Après ce que tu nous as fait boire, lança-t-elle à son mari, je pense qu'on peut presque se considérer comme des copains de régiment.

— Ça me va, commença Catherine. En fait, avec mon installation, j'ai encore peu fréquenté Locmaria. Et ma première expérience m'a un peu refroidie…

— Natacha lui a sorti sa spéciale « marche pas sur mes plates-bandes », expliqua Marine.

— Effectivement, confirma Hervé en hochant la tête, ça a commencé fort ! Mais ne t'inquiète pas, à quelques exceptions près, ce village est civilisé et même très accueillant.

— Je m'en suis rendu compte.

Elle relata sa première matinée et les tournées au bar du *Timonier oriental*.

— Voilà le vrai visage de Locmaria ! s'enthousiasma Hervé. Comme partout, on peut croiser quelques aigris ou des abrutis. Avec Natacha Prigent, tu as rencontré notre Miss Monde locale : plus le temps passe, plus elle doit se rassurer sur son pouvoir de séduction.

— Tu exagères, Hervé, tempéra Marine.

— Attends, c'est toi qui m'as expliqué qu'elle exhibe à moitié ses seins pendant tes cours de Pilates pour allumer ce jeune garçon.

— Je ne l'ai pas dit comme ça, mais je ne peux pas nier qu'il y a du vrai.

— Donc le phénomène Natacha, tu le connais. Dans

la famille Prigent, il y a aussi son grand frère, Gérard, le patron du bar *La Frégate*, juste à côté de la supérette. Gérard… s'il avait pu épouser sa sœur, il l'aurait fait. Pour lui, elle représente la quintessence de la femme, un mélange parfait de Diane et d'Aphrodite… ou de Nabilla et de Scarlett Johansson si l'on veut coller à ses références. Gare à celui qui ose murmurer une critique à l'égard de Natacha.

— Tu es en train de m'expliquer que je ne serai pas la bienvenue non plus dans son bistrot ?

— Tout dépend de ce que tu commandes. Tu connais la réputation des Bigoudens ?

— Non.

— C'est d'avoir des oursins dans les poches. C'est un cliché, bien sûr, mais cette image de radinerie s'applique bien à Gérard Prigent. Si tu arrives dans son bar en payant deux ou trois tournées, il oubliera peut-être ton différend avec sa sœur… le temps que ses clients vident leurs verres.

— Je ne suis pas venue pour acheter des amitiés.

— Et tu as raison. Une amitié ne s'achète pas, elle se cultive. Bon, continuons le tour des personnages locaux. Un cousin de feu leur mère s'appelle Jean-Claude Quéré. Ça te dit quelque chose ?

— Absolument pas.

— Il a été conseiller régional. Pendant des décennies, Quéré a été le principal notable de Locmaria. Il a été maire pendant près de trente ans et n'a perdu sa fonction que lors des dernières municipales.

— Ah bon ? Pourquoi ?

— Il était propriétaire d'une conserverie, L'Atlantide,

que tu as peut-être aperçue en te promenant sur le port. Une petite entreprise fondée par son grand-père juste après la guerre. Au sommet de sa splendeur, elle employait plus d'une soixantaine d'habitants de Locmaria et des environs. Il y a dix ans, vingt personnes y travaillaient encore. La conserverie a connu des difficultés économiques, mais les efforts financiers conjoints des salariés et du village ont permis de la sauver de la faillite et de surfer sur la mode du bio. Il faut dire que L'Atlantide faisait partie du patrimoine : dans chaque famille, un Locmariaiste y a gagné sa vie. Trois ans plus tard, Quéré l'a vendue en catimini à un groupe international. Quand ça s'est su, l'émotion a été vive. Il a juré ses grands dieux qu'il avait fait écrire noir sur blanc dans le contrat que tous les emplois seraient conservés.

— J'imagine la suite : ils ont connu le même drame que les ouvriers de Mittal à Florange ou de General Electric à Belfort.

— Tout à fait. Deux ans plus tard, alors que les résultats étaient bons, l'entreprise a annoncé un plan massif de licenciements et sa fermeture. Incompréhension totale ! Les employés se sont mis en grève, soutenus par toute la population de Locmaria et des environs. Quand ils ont attaché le DRH, venu spécialement de Paris, au mât du voilier de Quéré, ça a fait du bruit dans la région. Surtout qu'ils ne lui avaient laissé que son slip !

— On peut dire qu'ils n'y sont pas allés de main morte.

— Ça n'a pas empêché la conserverie de fermer. Au début, les propriétaires avaient osé proposer à des salariés de les reclasser dans une de leurs usines de l'île Maurice ! Finalement, ils ont reçu une indemnité, mais aujourd'hui, trois gars n'ont toujours pas retrouvé de travail.

— Et c'est tombé juste avant les municipales, c'est ça ?

— Exact. Du coup, le jeune Anton Manach a été propulsé maire. Il ne s'y attendait pas, mais il fait tout ce qu'il peut pour administrer au mieux la commune.

— Et qu'est devenu Quéré ?

— Beaucoup le considèrent comme un traître. Néanmoins, sa famille possède de nombreux terrains dans la région, et il a prêté de l'argent à beaucoup de monde. Alors il tient une partie de la population par la dette.

— On ne peut pas dire que tu en aies tracé un portrait flatteur.

— Quéré aurait pu représenter le village, s'il n'avait pas eu cette constante volonté d'affirmer sa supériorité. Tu auras sans doute l'occasion de le rencontrer.

— Il apprécie les belles femmes et reste persuadé qu'il a gardé un physique d'Apollon malgré ses soixante-six ans et ses bajoues tremblotantes, ajouta Marine. Il n'hésite pas à faire des avances bien graveleuses.

— Tu dis ça d'expérience ?

— Il a vite compris qu'il avait intérêt à me laisser tranquille. Mais je l'ai vu tourner autour de certaines filles d'une manière indécente.

— Il y en a encore beaucoup, des comme ça ? s'enquit Catherine en haussant les sourcils.

— Pour moi, Quéré se situe au sommet de la

pyramide des gens infréquentables. Un cran en dessous, on trouve Georges Lagadec.

— Et quels sont les faits d'armes de ce Georges ?

— C'est un riche agriculteur, le genre de personne à te dire bonjour uniquement quand elle a besoin de toi.

— Je ne pense pas qu'il aura besoin de moi. Nos relations seront donc limitées.

— Il te connaît, pourtant.

— Allons donc, qu'est-ce que je lui ai fait sans m'en rendre compte ?

— Tu es devenue la propriétaire du domaine de Kerbrat.

— Oui, et alors ?

— Il en rêvait depuis la mort de la descendante du duc Petrovski. Ça aurait été la preuve ultime de sa réussite à Locmaria.

— Qu'est-ce qui l'a empêché de s'en porter acquéreur ?

— Il attendait que le prix baisse… mais tu es arrivée.

— Et du coup, il m'en veut, c'est ça ?

— Oui. Cet achat aurait contrebalancé la honte que lui causent les frasques de son fils Erwan.

— Encore quelqu'un d'infréquentable ?

— Non, juste un garçon qui a mal tourné, expliqua Hervé. Il a trente ans et traîne toujours sa misère dans le village, accepte des petits boulots à gauche et à droite, touche quelques allocations, se saoule avec ses amis certains soirs.

— Des gens comme ça, il en existe dans tous les

villages de France. Vous ne pourriez pas me parler des personnes plus recommandables ?

— Tu en verras plein, affirma Marine. Je peux t'assurer que tu seras bien reçue, surtout avec les lauriers que te tressent Émile Rochecoët et les sonneurs du bagad. Leur chef de groupe, Alex Nicol, ne tarit pas d'éloges sur toi.

— C'est gentil de leur part.

Le silence retomba, à peine troublé par le crépitement d'une bûche qui s'effondra dans le foyer.

— Je peux te poser une question à mon tour ? s'autorisa Hervé.

— Je t'en prie.

— Tu n'es pas obligée d'y répondre si tu la trouves trop indiscrète, mais… pourquoi es-tu venue au bout du Finistère alors que tu habitais Strasbourg et que tu n'as aucune attache ici ?

— J'ai un projet.

— Et on peut le connaître ?

— Pourquoi pas… De toute façon, tout le monde l'apprendra bientôt ! Vous voyez l'ancienne pizzeria sur le port ?

— Bien sûr.

— J'ai acheté les locaux et je vais y ouvrir un restaurant alsacien.

— Et tu serviras des tartes flambées ? s'enthousiasma Marine.

— Les flammekueches occuperont le centre de la carte.

— C'est quoi des *flamkuk* ? interrogea une petite voix depuis l'étage.

9

Travaux

Catherine secoua la poussière qui maculait sa blouse. Les travaux avaient débuté deux semaines plus tôt, et le local prenait forme selon ses goûts. La surface de la salle était modeste, mais convenable pour se lancer. Elle pourrait servir environ vingt-cinq couverts en même temps. Si le restaurant avait du succès, elle installerait quelques tables en terrasse pour les touristes estivaux. Enfin, chaque chose en son temps. Le four à bois était parfaitement adapté à la cuisson des flammekueches, qu'elle appellerait « tartes flambées » sur sa carte pour ne pas perturber les Français de l'intérieur. Elle avait prévu d'ouvrir cinq soirées par semaine, du mardi au samedi. Chaque jour, elle proposerait des tartes flambées et quelques plats froids. Des tartes aux fruits et d'autres desserts préparés la veille ou dans la journée feraient le plaisir des plus gourmands. Et le vendredi, une unique spécialité chaude, dont l'incontournable choucroute.

Elle avait disposé de tout l'hiver à Strasbourg pour peaufiner son menu et se former avec un ami qui tenait une auberge sur les bords de l'Ill. Elle avait dressé sa liste de plats froids disponibles quotidiennement. Des salades : vertes, de tomates, de gruyère, de pommes de terre au lard ou au cervelas. Leur élaboration demanderait un peu de temps, mais ce serait conciliable avec le service. La carte comporterait aussi un assortiment de charcuteries et de jambon en croûte, appréciés en Bretagne tout autant qu'en Alsace. Et puis une dernière proposition plus noble : le foie gras d'oie et de canard mi-cuit cuisiné par un éleveur du Kochersberg, région située à l'ouest de Strasbourg.

Pour les vins, elle avait sélectionné deux fournisseurs du côté de Colmar. Riesling, gewurztraminer, sylvaner et edelzwicker constitueraient l'ossature de la carte, ainsi qu'un pinot rouge des plus subtils. Elle y adjoindrait l'indispensable rosé de Provence pour l'été et des côtes-du-rhône robustes pour ceux qui préféreraient des vins plus tanniques. Et puis, il ne fallait pas oublier la bière ! Les microbrasseries ne manquaient pas en Alsace. Grande amatrice de boissons houblonnées, elle ferait découvrir la richesse du patrimoine culinaire de sa région à ses amis bretons…

À peine arrivée à Locmaria, Catherine était partie en chasse de fournisseurs sérieux et proposant des produits de qualité. Anton Manach, le maire du village, cultivait avec sa femme des fruits et légumes biologiques. Catherine s'était tout de suite bien entendue avec le couple. Ils l'approvisionneraient en produits frais. Par ailleurs, Malo Micolou, avec l'aide de sa sœur Cécile, veuve, et de ses deux nièces, élevait une centaine de cochons et fabriquait lui-même une charcuterie tout simplement délicieuse ! Catherine avait immédiatement sympathisé avec la famille Micolou. Malo avait même accepté d'apprendre la recette alsacienne du *kassler*, rôti de porc fumé, et de le confectionner exclusivement pour elle.

Tout aurait été parfait si elle avait trouvé un cuisinier. Depuis maintenant trois semaines, elle avait posté des annonces auprès de tous les organismes existants, mais n'avait reçu que peu de réponses, et les candidats ne lui convenaient pas. Elle proposait pourtant un salaire bien supérieur à la moyenne de la profession pour travailler de quinze heures à vingt-trois heures cinq jours par semaine, mais son offre ne semblait pas intéresser les chefs de la région. Le marché était-il saturé ? Elle ne voulait pas d'un intérimaire qui ne resterait pas plus d'un mois. Même si les plats qu'elle proposait étaient relativement simples, Catherine avait besoin de former son collaborateur à l'art de la gastronomie alsacienne. Besoin aussi d'avoir confiance en lui. Ils ne seraient que deux pour tenir le restaurant, tout du moins au début, et des absences inopinées conduiraient à la catastrophe ! Si l'oiseau rare ne se présentait pas d'ici un mois, cela repousserait la date d'ouverture.

Tandis qu'un technicien suait sur le circuit électrique qu'elle faisait complètement remettre aux normes, elle se rendit à la cuisine où l'installateur prenait les mesures pour rééquiper tout le local avec du matériel neuf. La réhabilitation du *Soleil de Sicile* se révélait plus onéreuse que prévu, mais un ouvrier se doit de travailler avec de bons outils.

10

Saint-Ternoc

Troisième dimanche après l'arrivée du printemps. Comme tous les ans depuis près de sept siècles, Locmaria fêtait saint Ternoc. Ceux qui n'avaient pas coutume d'aller à la messe faisaient le déplacement pour saluer Ternoc, que les villageois s'étaient arrogé comme protecteur. Saint Ternoc, un des nombreux missionnaires irlandais ou gallois venus évangéliser les terres de Bretagne. Plus personne ne connaissait sa véritable histoire, mais sa légende avait traversé les siècles, embellie avec le temps. L'ermite avait converti les Bretons à la religion du Christ et multiplié les miracles. Le plus célèbre d'entre eux avait eu lieu en 1348. Alors que la peste noire frappait l'Europe, saint Ternoc aurait disposé autour du village une série de croix bénites en bois de chêne. Une femme l'aurait croisé en lui demandant qui il était et ce qu'il faisait. La réponse avait été gravée sur un pilier : « Je suis saint Ternoc, envoyé par Notre Seigneur pour vous sauver. Priez, et le mal vous épargnera. » Pour une raison qu'aucun historien ne savait expliquer, Locmaria avait effectivement été épargné par la peste. Les habitants avaient bâti une église en l'honneur du saint cinq ans plus tard. Le fameux pilier trônait toujours dans l'église.

Midi. Loïc Troasgou, le recteur de la paroisse, sourit en regardant les fidèles qui s'égaillaient. La messe terminée, ils se précipitaient vers les buffets installés à équidistance de la maison du peuple et de la maison de Dieu, selon la tradition imposée par un accord âprement négocié en 1887. Une fois par an, la grande église reprenait vie. Le prêtre avait suffisamment d'expérience pour ne pas imaginer que la grâce frappait ses ouailles ce jour-là, mais il aimait voir s'asseoir côte à côte des personnes qui ne se parlaient pas le reste de l'année. Si cette fête permettait ne serait-ce qu'un rapprochement, le saint aurait réussi son œuvre.

Il se dirigea vers la sacristie, suivi de deux enfants de chœur pressés d'aller saliver devant les porcelets qui finissaient de griller.

— Vous avez été parfaits, les gars, vous pouvez y aller. Je m'occuperai de tout ranger.

— Cool, mon père.

Ils se hâtèrent de retirer leur aube.

Loïc Troasgou remit à leur place le cierge pascal, le lectionnaire et le ciboire. Dans ses oreilles résonnait encore la musique d'*Amazing Grace* jouée par Alex Nicol et Anton Manach, les deux sonneurs les plus doués du bagad. Une mélodie qui tirait toujours des larmes à une partie de l'assemblée. Une fois tous les objets rangés, il se changea. Du haut de son mètre quatre-vingt-quinze et de ses cent kilos, il inspirait le respect même à ceux qui ne croyaient pas en la parole de Dieu. Il s'observa dans un miroir posé entre deux bougeoirs rutilants d'un autre temps. Le visage buriné par le soleil et le vent, des cheveux en bataille : Loïc Troasgou ressemblait plus à un loup de mer qu'à un prêtre. C'est peut-être ce qui plaisait à certaines paroissiennes qui avaient retrouvé la foi à son arrivée. Qu'importe… les voies du Seigneur sont impénétrables.

— Ça avance vite, les rénovations de l'Alsacienne ! lança Georges Lagadec en saisissant une tartine généreusement recouverte de pâté de campagne. Je suis passé hier devant la pizzeria, et ça bossait dur.

— Et un samedi, vous vous rendez compte ! claironna un petit homme chauve à la trogne déjà rougie par quelques verres de côtes-du-rhône. Le pire, c'est qu'elle trouve des andouilles pour travailler le week-end !

— Ah, c'est sûr que pour un retraité de La Poste, ça fait un choc de voir ça ! se moqua Lagadec, habitué à trimer dans les champs à toute heure et par tous les temps.

— Tu sais ce qu'elle te dit, La Poste ?

— Avec ses horaires de fonctionnaire anorexique, La Poste a eu tout son temps pour préparer sa réponse. J'espère au moins que ça ne sera pas aussi long qu'un discours de Fidel Castro !

— Messieurs, messieurs, pensez-vous que notre bon saint Ternoc apprécierait ces paroles le dimanche où on le célèbre ? intervint Loïc Troasgou en réprimant un sourire.

— Vous avez raison, mon père, c'est pas le jour. Tiens, Albert, proposa Georges Lagadec à l'ancien postier, je te paye un Eddu à la santé de saint Ternoc !

La face de nouveau joyeuse, Albert accepta avec plaisir un verre de whisky au blé noir distillé près de Quimper.

— Je vous en offre un, mon père ?

— Si c'est pour fêter une réconciliation, volontiers, remercia le recteur. Alors, dites-moi, qu'est-ce qui a déclenché cette embrouille ?

— Rien de bien méchant, on discutait des travaux de la pizzeria du port. Au fait, vous l'avez croisée, la Catherine Wald ? On ne l'a pas vue, aujourd'hui. Elle qui veut devenir une vraie Locmariaiste, elle aurait pu faire l'effort de célébrer la Saint-Ternoc avec nous…

— Elle est effectivement venue se présenter la semaine dernière. Nous avons longuement bavardé. C'est une femme extrêmement sympathique, et qui cherche sincèrement à s'intégrer à la vie du village. Je lui ai évidemment parlé de notre fête, mais elle avait déjà prévu d'aller rendre visite à ses enfants à Lyon.

— Donc, c'est une divorcée, conclut Annick Rochecoët avec un air entendu.

— Et alors ? s'étonna le prêtre. En quoi cela vous gêne-t-il ?

— Vous n'avez pas remarqué comme elle se pavane en dandinant ses fesses ? Même que ça a choqué Natacha !

— Choquer Natacha Prigent ? Ne seriez-vous pas en train de flirter avec la calomnie ?

— Malgré tout le respect que j'ai pour vous, mon

père, vous êtes bien naïf ! Elle vous a envoûté, l'Alsacienne.

Loïc Troasgou la regarda fixement.

— Plutôt que de colporter ce genre de bêtise sur votre prochain, Annick, apprenez à le connaître. Ces ragots ne sont pas dignes de vous.

Annick Rochecoët baissa les yeux et se retira en marmonnant. Le groupe formé autour de Natacha Prigent réserverait un meilleur accueil à ses analyses pointues. Et faire courir le bruit que le prêtre n'était pas insensible au charme de l'étrangère lui offrirait sans aucun doute un auditoire des plus attentifs.

— Ah, les femmes et leur jalousie ! philosopha Albert avec l'expérience d'un don Juan d'opérette.

— Elle vous a parlé de ses travaux ? insista Georges Lagadec.

— Oui, elle m'a décrit son projet. Le gros œuvre sera bientôt terminé.

— Elle n'aura pas traîné, commenta Jean-Claude Quéré qui s'était joint à la conversation. Le temps de réaliser les finitions, la décoration et de remplir ses frigos, elle pourra ouvrir à la mi-mai.

— Eh bien, nous pourrons bientôt déguster de délicieuses spécialités alsaciennes à Locmaria, se réjouit Loïc Troasgou en se dirigeant vers un autre groupe.

— Je pense que notre recteur s'illusionne, lâcha Lagadec, mystérieux, une fois le prêtre parti.

— Pourquoi donc ? s'enquirent ses interlocuteurs en se rapprochant.

— Je vais vous expliquer ça, mais on va d'abord aller goûter le cochon avant qu'il n'en reste plus.

11

La kermesse

Après des journées de pluie continue, le printemps avait enfin rapporté la chaleur en Bretagne. La météo n'avait jamais été scrutée d'aussi près qu'au cours de la semaine qui venait de s'écouler. La perturbation qui ne semblait pas vouloir quitter les côtes du Finistère s'était éloignée la veille. À croire que saint Ternoc veillait lui-même sur sa fête !

Les rayons du soleil et les apéritifs avaient échauffé les visages. Sur la place principale, de longues tables invitaient les habitants à festoyer ensemble. Locmaria n'était qu'une grande kermesse, et les stands tenus par des volontaires proposaient des plats roboratifs. Devant leur *billig*, plusieurs femmes préparaient les éternelles galettes au sarrasin ou les crêpes au froment. Œuf, jambon ou andouille les garnissaient au gré des désirs des villageois affamés. D'autres avaient confectionné des gâteaux ou des salades. Ceux qui préféraient les produits de la mer pouvaient aussi déguster des huîtres, accompagnées d'un verre de muscadet…

ou de plusieurs. Mais le plus occupé était sans conteste Malo Micolou, l'éleveur de porcs. Il avait passé les deux semaines précédentes à cuisiner des monceaux de charcuteries et veillait depuis l'aube, avec sa sœur et ses nièces, sur la cuisson des cochons de lait.

Les bénéfices de la kermesse paroissiale étaient partagés entre l'entretien du bateau des sauveteurs en mer et la rénovation de la chapelle centenaire de Bonne-Nouvelle. Du coup, même les anticléricaux payaient leur écot sans avoir l'impression de subventionner les œuvres occultes du Vatican.

Les boissons coulaient à flots, cidre, bière, vin et digestifs locaux, et les rires s'amplifiaient au fil des minutes. Dans le ciel, des goélands à l'œil perçant surveillaient les convives les plus imprudents pour plonger en piqué et les déposséder d'une partie de leur nourriture. Un peu à l'écart, les membres du groupe folklorique qui allait animer les festivités de l'après-midi avaient déjà terminé leur repas et les musiciens commençaient à s'échauffer et à accorder leurs instruments.

Après être passés devant des enfants dont les récriminations ne les émurent guère, Lagadec, Quéré et leurs compagnons récupérèrent un plat débordant de morceaux de porcelet et de charcuterie. Ils investirent ensuite dans deux bouteilles de vin rouge et s'installèrent tous les six au bout d'une table en bois.

— Alors, ton scoop ? lança Quéré en déchiquetant à belles dents une côte de porc sans se soucier de la graisse qui coulait le long de ses doigts.

— Une seconde, on n'a pas encore goûté ce

bordeaux, se rebiffa Lagadec. Je vous ai quand même offert du saint-estèphe pour soixante-quatre euros !

— Eh bien, Georges, interrogea Quéré, ce n'est pas dans ta nature d'être prodigue comme ça ! Qu'est-ce que tu fêtes avec ces deux bouteilles ?

— Une vengeance !

— *Gast*, mais de qui veux-tu donc te venger ? s'étonna un des convives.

— De celle qui a brisé mon rêve. Mes amis, buvons à la ruine de l'Alsacienne qui m'a piqué le domaine de Kerbrat !

— Bah, elle a l'air plutôt brave fille, répliqua l'ancien postier.

— Toi, tu ne vas pas t'y remettre ! menaça Lagadec. Qu'une étrangère vienne me voler la propriété du duc Petrovski, ça ne te choque pas ?

Albert préféra ne pas polémiquer. Non, ça ne le choquait pas, et cette sympathique femme le saluait avec un sourire chaleureux chaque fois qu'il la croisait. Cependant, c'était Georges Lagadec qui avait acheté les bouteilles et il avait envie d'en profiter.

— Tu parlais d'une vengeance ? reprit Quéré pour recentrer les débats.

— Oui ! Elle va avoir besoin d'un cuistot pour son restaurant, n'est-ce pas ?

— Bien sûr ! Elle ne pourra pas être en même temps en salle et aux fourneaux. Et, vu son physique, elle a tout intérêt à assurer le service pour attirer la clientèle. Si c'est elle qui m'apporte les plats, je peux vous dire que j'en boufferai, de la choucroute, lança Quéré avec un rire aussi gras que son menton.

— Mais vous m'emmerdez avec vos propos libidineux ! explosa Lagadec qui voyait son pouvoir d'attraction diminuer. Vous en avez rien à foutre, de ce que j'ai à vous raconter ?

— Si, si, le calma Quéré. Alors, qu'est-ce qui l'attend ?

— Elle a embauché ce fameux cuistot ! Et cette gourde a sélectionné le champion du monde des guenilles. Impossible de faire pire !

— Arrête de nous faire languir, Georges. On le connaît ?

— Mon abruti de fils !

Un grand éclat de rire secoua la tablée. Quéré manqua d'avaler de travers un énorme morceau de pâté qu'il venait d'ingérer et l'ancien postier recracha une partie du nectar bordelais par le nez.

— Effectivement, avec un boulet comme Erwan aux casseroles, on n'est pas près de les savourer, les spécialités alsaciennes ! s'esclaffa Quéré.

— Tu peux même ajouter que ce n'est pas à la mi-mai qu'elle ouvrira. De toute façon, je me débrouillerai pour qu'elle se casse la gueule avant, menaça Lagadec. Sans revenus, elle n'aura pas d'autre choix que de quitter Locmaria et de revendre le domaine de Kerbrat… *Mon* domaine.

— Je te promets que tu auras mon soutien, Georges, lâcha solennellement Quéré en lui posant la main sur l'épaule. Le soutien d'un ami de plus de soixante ans.

12

Formation

Catherine quitta la cuisine, traversa la salle du restaurant et sortit s'aérer quelques instants. Elle se pinça la base du nez et souffla plusieurs fois, puis elle suivit du regard des mouettes au comble de l'excitation qui escortaient un chalutier de retour de pêche. Une fois calmée, elle rejoignit son nouvel employé. L'homme qui officiait derrière les fourneaux s'entraînait à confectionner les tourtes à la viande selon une recette transmise par un ami traiteur de Breuschwickersheim.

Il avait accepté de passer le tablier blanc que Catherine lui avait imposé. Vêtu d'un jean déchiré, plus sûrement par un manque d'entretien que par un effet de style de son créateur, d'un tee-shirt siglé d'une marque de bière batave et de baskets qui avaient connu des jours meilleurs, Erwan Lagadec était penché sur une pâte feuilletée. Sa barbe broussailleuse et ses cheveux longs un peu gras lui avaient valu des reproches de sa patronne. Elle y voyait une insulte à l'hygiène de base, nécessaire dans la cuisine de tout établissement qui se respecte. Catherine inspecta le résultat.

— Ça s'améliore, mais ce n'est pas encore ça. Est-ce que vous avez compris le truc ? La qualité d'une pâte feuilletée n'est pas uniquement liée à la qualité du beurre et de la farine qu'on utilise. Elle dépend surtout du tour de main du chef et de la finesse des pliages qu'il va réaliser.

— C'est bon, c'est pas une première pour moi !

— Sans doute, mais vous n'avez pas préparé ce que je vous ai demandé.

— Cool ! Il n'y a pas de quoi s'exciter !

— Eh bien si, justement, il y a de quoi ! Hier, en partant, vous m'aviez promis que vous liriez la recette. De toute évidence, vous m'avez menti.

— Tout de suite les grands mots ! Je suis sorti avec des potes. On avait un truc à fêter.

— Si ça vous amuse d'aller traîner sur le port en vidant des 8.6, pas de souci, mais apprenez aussi à tenir vos engagements ! Maintenant, on recommence. C'est une recette centenaire, respectez-la ! Il faut absolument que la pâte soit très fine. D'ailleurs, si vous allez un jour au château de Schönbrunn à Vienne, profitez-en pour vous arrêter à l'atelier de confection de l'*Apfelstrudel*. Vous connaissez ?

— Vienne, Schönbrunn ou l'*Apfelstrudel* ?

Cathie prit sur elle afin de ne pas se laisser envahir par son agacement.

— OK, c'est bon, reprit Erwan Lagadec. Peut-être qu'aujourd'hui je végète au fin fond de la Bretagne, mais j'ai pas mal bourlingué. Même si ça risque de vous étonner, j'ai visité le château de la famille des Habsbourg et j'ai aussi goûté leur gâteau aux pommes. Mais j'ai pas claqué mon fric dans un cours de pâtisserie pour touristes.

— Eh bien, vous avez eu tort ! Vous auriez remarqué avec quelle dextérité ils fabriquent leur pâte. On peut littéralement lire le journal à travers.

— La belle affaire, on fait des tourtes ou un numéro de cirque ?

— Ça suffit, Erwan ! Vous voulez cuisiner ici, oui ou non ?

Il haussa les épaules et s'attela à la tâche sous les yeux inquisiteurs de Catherine. Elle avait eu un mal fou à trouver un candidat pour le poste de cuisinier… Elle avait reçu le CV d'Erwan Lagadec assez tard. Elle le voyait régulièrement traîner sur le port avec deux gars du village et elle n'aurait pas donné suite si Yvonne Le Moal, la grand-mère maternelle d'Erwan, n'était pas venue la rencontrer. Avec ses cheveux blancs tirés en chignon et sa voix douce, cette dernière avait plaidé pour son petit-fils. Dès le plus jeune âge, avait-elle expliqué, Erwan avait aimé préparer à manger. Il rêvait d'en faire son métier, mais son père Georges ne l'entendait pas de cette oreille. Même si Paul Bocuse faisait la une depuis longtemps, travailler dans une cuisine n'était pas un travail d'homme, selon le rugueux paysan. Il voulait absolument qu'Erwan étudie la mécanique : il s'occuperait de l'entretien des machines agricoles. Après des discussions tumultueuses, le garçon avait capitulé. Une fois son diplôme en poche, il avait gardé intact son désir de devenir cuisinier, espérant que son vieux le laisserait enfin réaliser son rêve. La réponse ne s'était pas fait attendre, et, après une scène mémorable, Erwan avait préféré quitter la maison familiale plutôt que de vivre avec ce père qui l'étouffait. Il s'était installé durant deux mois chez sa grand-mère, qui lui avait appris ses secrets culinaires.

À partir de ce jour, Georges Lagadec n'avait plus montré que du mépris pour ce fils qui lui avait désobéi et tenu tête devant les habitants de Locmaria. Mais si l'agriculteur impressionnait une partie du village avec sa carrure de bûcheron et ses colères épiques, Yvonne Le Moal ne s'en était jamais laissé compter par son gendre. Depuis quarante ans, Georges s'était toujours senti impuissant face à cette petite femme de moins d'un mètre soixante qui lui souriait quand il tentait vainement de la faire plier.

Après cette formation familiale, Erwan avait quitté Locmaria pendant quatre ans. Il avait décidé de voyager en Europe pour acquérir de l'expérience et revenir monter son restaurant. Il prouverait ainsi à tous, et particulièrement à Julie Fouesnant dont il était amoureux depuis l'âge de dix ans, qu'il n'était pas le bon à rien que son père critiquait à longueur de journée.

Yvonne était la seule personne avec qui il avait correspondu pendant ces années d'exil. Il avait commencé à travailler en Bretagne, puis en Espagne, en Italie et enfin dans un établissement de la Côte d'Azur. Un jour, Yvonne avait perdu tout contact avec son petit-fils, avant qu'il réapparaisse quatre mois plus tard en Bretagne. Ce n'était plus le même garçon. Il était parti plein d'espoir et revenait détruit. Jamais il n'avait raconté ce qui s'était passé.

Georges Lagadec avait sauté sur l'occasion pour affirmer qu'il avait toujours estimé son fils à sa juste valeur, c'est-à-dire pas grand-chose. Erwan avait plongé dans une existence minable, comme il le disait lui-même. Il n'avait plus envie de rien, et sa grand-mère avait craint plusieurs fois qu'il attente à sa vie. Depuis des années, elle essayait en vain de l'aider. « On ne saurait faire boire un âne qui n'a pas soif », se moquait son gendre. Mais elle ne pouvait accepter de voir ce garçon qu'elle aimait se marginaliser jour après jour. Quand elle avait pris connaissance de l'annonce de Catherine, elle avait insisté pour que son petit-fils postule. C'était pour lui une chance unique de reprendre pied. Erwan avait la cuisine dans le sang, avait-elle affirmé à la future restauratrice, elle ne pourrait pas trouver meilleur que lui.

Catherine avait longuement hésité. Certes, cette adorable vieille dame qui lui rappelait sa grand-mère était une excellente avocate, mais elle avait encore en tête les propos peu enthousiasmants de Marine et Hervé à propos du jeune homme. Ce n'était pas vraiment un délinquant, plutôt un pauvre type, pas le genre de personne à qui on accorde instinctivement sa confiance ! Sur la demande insistante d'Yvonne Le Moal et devant l'absence d'autres candidats, elle l'avait néanmoins pris à l'essai. Pas de doute, ce garçon était doué ! Elle avait tenté le pari, sans doute un peu stupide, de l'aider à s'en sortir. Mais Catherine était en train de le regretter. Son cuisinier était tout simplement ingérable ! Elle ne savait même plus quels arguments avancer pour lui faire accepter la discipline nécessaire. Cependant, elle était piégée : elle n'avait pas le temps de trouver et de former un autre collaborateur avant la date d'ouverture. Il ne lui restait donc qu'à persévérer dans l'apprentissage, en comptant sur l'influence d'Yvonne Le Moal, et à croiser les doigts pour que tout se passe bien… ou du moins pas trop mal.

13

Charles

Le mois d'avril touchait à sa fin et, malgré le dicton, les robes, tee-shirts et chemisettes étaient de sortie en ce samedi matin. Après un hiver particulièrement tempétueux et un début de printemps plutôt maussade, la chaleur s'était abattue sur Locmaria. Catherine avait d'abord été surprise quand ses amis du *Timonier oriental* avaient évoqué la canicule alors que le thermomètre venait à peine de franchir la barre des vingt-cinq degrés. Cependant, elle avait vite compris que commenter le temps en Bretagne était un exercice qui pouvait se révéler périlleux. Habituée à la rigueur du climat continental alsacien, elle avait des notions différentes de grand froid et de température insupportable. Arborer un sourire complice et hocher la tête d'un air entendu étaient finalement la réaction la plus sage. Comme approuver le fait que Locmaria disposait d'un microclimat plus favorable que celui des villages voisins.

Vêtue d'une blouse parsemée de taches de peinture, Catherine profitait de la terrasse de son restaurant.

Elle en avait presque terminé avec la décoration intérieure. Tout s'était déroulé plus rapidement que dans ses estimations les plus optimistes. Elle avait de nouveau fait appel aux entrepreneurs qui avaient rénové sa maison, avec M. Esturillo, l'électricien de Locmaria, en renfort. Ce grand gaillard n'avait pas chômé : l'installation électrique du local était déplorable. Il avait travaillé des soirées et même des week-ends pour tout remettre aux normes. Pour le remercier, en plus d'une généreuse rétribution, elle l'avait invité à dîner, en tout bien tout honneur, dans un établissement réputé de Quimper. Caresser un bon artisan dans le sens du poil, ça peut toujours servir !

Elle observait l'animation du port et des commerces, et ne remarqua pas l'homme qui s'approchait d'elle.

— *Mrs Wald, I presume ?*

Surprise, elle tourna la tête vers l'inconnu. Beau mec, pensa-t-elle en le dévisageant. Son accent anglais ne laissait pas planer de doute. Elle devait faire face à Charles Highbury, le propriétaire de la boutique *God save the Queen*. Le portrait qu'en avaient dressé les femmes de Locmaria n'était pas exagéré. Il offrait aux regards son abondante chevelure brune avec quelques fils d'argent sur les tempes, un visage ovale, bronzé, des yeux verts à faire craquer la plus revêche des féministes… Sans parler de sa tenue : il arborait une veste bleu marine, une chemise blanche au col largement ouvert, un pantalon parfaitement repassé et des chaussures impeccablement cirées : waouh ! Catherine comprit enfin les gloussements et les soupirs qui accompagnaient toujours l'évocation du Londonien.

— *Mister Highbury ?* répondit-elle en se levant et en lui tendant la main.

Il s'en saisit en lui décochant un sourire qui contribua activement au réchauffement climatique.

— C'est moi-même. *Nice to meet you.* Je ne suis rentré de *London* qu'hier, et on m'a déjà parlé plusieurs fois de vous... je devais venir vous saluer, ajouta-t-il avec un délicieux accent britannique.

« Tu te calmes, ma fille ! » s'admonesta Catherine en s'apercevant qu'elle ne lui avait pas encore lâché la main.

— Il devait faire nettement plus beau à Londres qu'en Bretagne pour que vous nous reveniez aussi bronzé !

Il se mit à rire comme s'il avait entendu la plaisanterie la plus subtile de l'année.

— Non, et *London* perdrait de son charme et de son mystère sans son indispensable *fog*. Auriez-vous envie de vous réfugier dans la chaleur d'un pub pour boire une pinte de bière et manger un *fish and chips* si le soleil écrasait la ville ? N'oubliez pas que c'est pour fuir ce *fog* que nos ancêtres ont conquis la terre. Et c'est pour synthétiser un peu de vitamine D que j'ai passé deux semaines aux Seychelles.

— C'est gentil à vous de prendre le temps de me saluer. Je suis très heureuse de faire la connaissance du célèbre Charles Highbury dont on m'a tant vanté les qualités.

— *Really ?* Je suis flatté de savoir que les produits britanniques de ma boutique sont si appréciés, rétorqua-t-il avec un sourire complice.

Ce mec était à craquer, mais il fallait qu'elle se reprenne, elle réagissait vraiment comme une midinette.

— Ils compléteront les plats alsaciens que j'offrirai bientôt.

— Très bonne nouvelle. Seriez-vous assez aimable pour me donner la chance de visiter votre restaurant ?

— Évidemment, s'empressa-t-elle de répondre en l'invitant à la suivre.

Charles Highbury ne put contenir sa surprise. Il eut l'impression d'être téléporté en Alsace avec les aquarelles originales du fameux dessinateur Hansi. Catherine avait même ajouté d'anciens outils agricoles chinés dans les fermes du Kochersberg. Tout était parfait sans être ostentatoire.

— Les tables et les chaises arriveront la semaine prochaine d'Alsace. Je pourrai servir jusqu'à vingt-cinq couverts. Ce sera bien suffisant pour un début.

— *Lovely !* s'extasia l'Anglais. Si les plats proposés sont à la hauteur de votre décoration, votre succès est déjà assuré.

— Ne vendons pas la peau de l'ours avant de l'avoir tué.

— Vous n'avez aucune raison de douter.

— Si. Mon cuisinier n'est pas encore tout à fait prêt.

— Vous l'avez aussi ramené d'Alsace ?

— Non, c'est un pur produit de Locmaria.

— Oh, *really* ? Et qui est donc ce fameux chef ?

— Erwan Lagadec, lâcha Catherine avec une moue.

— Ce n'est pas le premier nom qui me serait venu

à l'esprit, commenta Charles Highbury, mais avec un *coach* comme vous, il répondra certainement à vos attentes.

— Puisse le ciel vous entendre. Pourrais-je avoir à mon tour la chance de découvrir votre domaine ?

— *With great pleasure !* Suivez-moi !

La boutique du Britannique jouxtait celle de Catherine. Charles Highbury avait quitté Locmaria quarante-huit heures avant son arrivée. Il avait débarqué en Bretagne deux ans plus tôt et partait toujours deux mois à la fin de l'été et à la fin de l'hiver. Des rumeurs couraient sur lui, notamment sur sa possible appartenance à la famille royale, certes comme vague arrière-petit-cousin de la reine d'Angleterre… mais quand même, ce n'était pas rien. Si les avis sur les produits du magasin différaient d'un client à l'autre, ce célibataire de quarante-cinq ans ne laissait personne indifférent. Les femmes craquaient pour son sourire enjôleur, son accent, ses compliments si bien enrobés et son physique avenant. Les hommes le détestaient et insinuaient qu'un Anglais ne pouvait être qu'homosexuel… sans se rendre compte qu'ils rendaient le personnage encore plus mystérieux et attractif.

— *Welcome to Little London*, Catherine ! Je peux vous appeler Catherine ?

— Oui, bien sûr, dans ce cas je vous appelle Charles.

— Puis-je vous offrir un thé… ou une bière ?

— Volontiers, Charles. Vu l'heure, une bière fera parfaitement l'affaire.

Comme il se dirigeait vers sa réserve, Catherine se

promena dans les rayons. Le magasin était de petite taille, essentiellement achalandé en produits comestibles : gâteaux, *lemon curd*, boîtes de soupe, chips au vinaigre, et autres articles importés directement de Grande-Bretagne. Au fond se trouvaient les alcools et les bières. Quelques vêtements au style britannique ainsi qu'une poignée de maillots de rugby de l'équipe d'Angleterre étaient exposés dans un coin. Près de la fenêtre, trois tables permettaient de grignoter sur place. Enfin, à côté de la caisse trônaient toute une panoplie de gadgets, d'un goût un peu douteux, à l'effigie des membres de la famille royale.

— Je n'ai prévu de rouvrir que demain et je n'ai pas encore eu le temps de préparer des sandwichs et des cookies, dit Charles en revenant avec deux bouteilles. *I am really sorry*, mais, si vous voulez, nous pouvons accompagner notre première bière d'un incomparable paquet de chips.

— Ce sera parfait.

Installés au comptoir, ils discutèrent pendant plus d'une heure, partageant leurs expériences de néo-Bretons. Catherine écouta avec attention les conseils teintés d'humour de son interlocuteur. Rapidement, ils se découvrirent des passions communes, notamment la lecture et l'équitation. Ravie d'avoir un voisin aussi charmant, Catherine regagna son restaurant le sourire aux lèvres.

14

Bretzel et beurre salé

Samedi. Ouverture du nouveau restaurant *Bretzel et beurre salé*.

La pendaison de crémaillère de l'auberge alsacienne était très attendue à Locmaria. Les tables avaient été poussées contre les murs afin d'accueillir le plus d'invités possible. La météo favorable et la douceur ambiante permettraient d'installer un buffet supplémentaire sur la terrasse. Menu unique : charcuterie, parts de tartes flambées, tartes pour le dessert et bière, le tout à volonté, pour dix euros par personne. Catherine entrerait à peine dans ses frais, mais cette première soirée offrait l'occasion de se faire connaître et apprécier. Elle avait passé les deux derniers jours aux fourneaux. Les relations avec Erwan avaient été plus que tendues la veille, mais il avait cuisiné correctement. Malo Micolou, l'éleveur-charcutier, avait confectionné de magnifiques *kasslers*.

Il ne restait plus qu'à préparer les fameuses flammekueches à la demande. Tout était dans le « plus que ». Les tartes flambées se servent chaudes et ne tolèrent pas la tiédeur. Cela signifiait donc deux heures de travail intensif à enfourner les tartes l'une après l'autre. Il fallait exactement deux minutes et demie de cuisson, et trois pouvaient cuire en même temps dans le four. Vu comme ça, la production paraissait énorme, mais ces flammekueches se grignotent avec gourmandise. Catherine avait donné rendez-vous à Erwan à quatorze heures.

Seize heures. Assise à une table, la tête entre les mains, Catherine savait qu'Erwan ne viendrait plus. Il ne répondait pas au téléphone. En désespoir de cause, elle avait contacté Yvonne Le Moal qui avait sillonné le village à la recherche de son petit-fils… sans succès. Ce salopard l'avait plantée le jour où elle avait le plus besoin de lui ! La situation était dramatique : ce qui s'annonçait déjà comme un tour de force à deux était tout bonnement impossible à réaliser seul. Depuis des mois, Catherine mettait toute son énergie dans ce projet et ce qui aurait dû symboliser le couronnement de son entreprise s'effondrait à quelques heures de son accomplissement. Tout ça parce que, une nouvelle fois, elle avait fait confiance à une personne qui ne le méritait pas ! Quelle conne ! Elle n'apprendrait donc jamais ? La gorge serrée, elle se leva. Que pouvait-elle faire maintenant ? Repousser l'ouverture d'une semaine et perdre tous les produits entreposés dans ses frigos ? Maintenir la soirée, mais sans servir ces fameuses tartes flambées que tous attendaïent avec curiosité ? Un bide assuré. Et surtout un rendez-vous manqué !

Cela faisait quatre ans qu'elle se battait ! D'abord pour retrouver sa liberté et son envie de sortir du gouffre dans lequel son divorce l'avait plongée ! Ensuite pour accompagner Sabine dans son calvaire ! Enfin pour monter ce restaurant et tenir la promesse qu'elle avait faite à sa petite sœur ! Certes, elle disposait d'autres revenus bien plus substantiels, mais elle avait mis tout son cœur dans ce projet et elle voulait absolument que ça marche !

Assise à sa table, elle regardait passer les habitants et premiers touristes derrière la vitrine. *Bretzel et beurre salé* ! Elle esquissa un rictus en prononçant le nom de ce restaurant qui n'ouvrirait pas ce soir… et peut-être jamais. Malgré elle, quelques larmes amères roulèrent sur ses joues. Elle n'avait qu'une envie : aller se réfugier dans sa maison, ou plutôt dans la petite crique au pied de sa propriété, protégée par les rochers. Personne ne la trouverait là-bas.

Des coups à la fenêtre la tirèrent de sa torpeur. Elle cligna des yeux pour tenter de deviner l'identité de l'intrus : une femme, vu la silhouette. Elle ne bougea pas. Les coups redoublèrent. Catherine finit par se lever et se dirigea péniblement vers la porte. En reconnaissant Marine Le Duhévat, elle se décida à ouvrir.

— Mais qu'est-ce qui t'arrive ? s'alarma la Bretonne en découvrant le visage abattu de son amie.

— J'arrête. Il n'y aura pas de pendaison de crémaillère ce soir.

Marine la dévisagea, puis se glissa derrière le comptoir et prépara deux cafés.

— Maintenant, explique-moi ce qui se passe ! Hier,

tu étais excitée comme une puce quand je t'ai quittée et, aujourd'hui, tu tires une tête de six pieds de long.

— Erwan m'a plantée. Je ne m'en sortirai pas toute seule.

— Tout ça à cause de ce petit con !

— Petit con, peut-être, mais c'est mon cuisinier. Pas question d'organiser une « première » au rabais. Après tout, Locmaria a toujours vécu sans restaurant alsacien ! Si j'annule la soirée, ça ne perturbera pas la vie des habitants.

Marine ne releva pas les dernières phrases.

— Tu sais confectionner les flammekueches ?

— Bien sûr, c'est moi qui le lui ai appris.

— Évidemment. Dans ce cas, on est sauvées !

— Et comment ? reprit Catherine, étonnée par l'enthousiasme de son amie.

— Tu as prévu l'ouverture à dix-neuf heures trente. Ça nous laisse un peu plus de trois heures pour nous mettre en ordre de bataille. C'est toi qui seras en cuisine. Hervé t'aidera. Il allumera le feu. Et puis il étalera la pâte et garnira les tartes flambées. Moi, je passe voir Alexia à la librairie. Elle ferme à dix-neuf heures. Elle aura le temps de se changer pour assurer le service avec moi. La nourriture du ventre au lieu de celle de l'esprit. C'est très noble ! J'appellerai aussi Romy Micolou. Avant de travailler à la ferme avec sa mère et son oncle, elle officiait dans un resto chic à Rennes. Ce soir, ça va dépoter, ma belle ! D'ici là, je t'aiderai à dresser le buffet et tout sera prêt pour l'ouverture. Quant à mes filles, continua-t-elle avec le même débit, c'est notre voisine qui les amènera. Ça fait une semaine que Gwendoline compte les nuits qui la séparent de la découverte des tartes flambées de sa grande copine Cathie. Pas question de la décevoir, elle ne s'en remettrait pas ! Tu vas voir, Cathie, Locmaria se souviendra longtemps de cette pendaison de crémaillère, je te le promets.

Submergée par l'émotion, Catherine la serra dans ses bras et conclut :

— Merci… Allez, j'ai déjà assez pris de retard comme ça. Tu m'envoies ton mari ?

— Il sera là dans moins d'une demi-heure !

— Préviens-le juste que je suis parfois chiante quand je suis en cuisine.

— T'inquiète pas. Celle qui déstabilisera Hervé n'est pas encore née.

15

Crémaillère

— Alors ça vient, ces tartes flambées ? lança Marine. Elles ont un succès fou et je n'arrive pas à nourrir tous les voraces.

— *Arrivo, arrivo, amore mio !* répondit Hervé qui s'activait devant le four, revêtu d'une blouse de pizzaïolo.

Catherine lui avait abandonné, durant quelques minutes, la responsabilité de la cuisson des flammekueches et, le visage en sueur, il menait sa mission avec brio. Il sortit deux tartes et les glissa sur des planches en bois. Marine les attrapa aussitôt, les découpa en huit et repartit dans la salle bondée. Il avait juste eu le temps d'en enfourner deux autres qu'Alexia apparaissait à son tour pour réclamer une nouvelle tournée.

Vingt et une heures. Catherine avait l'impression que tout Locmaria s'était retrouvé dans son restaurant. Malo Micolou et Charles Highbury s'étaient octroyé le rôle de barmans et servaient les bières à la chaîne. Comment avait-elle pu imaginer un instant pouvoir s'en sortir uniquement avec l'aide d'Erwan ? D'ailleurs, il ne s'était pas montré, mais elle ne s'en souciait pas. À chaque jour suffit sa peine. Quand, les deux jours précédents, ils avaient préparé des montagnes de tourtes et de tartes, elle avait eu peur de trop cuisiner. Elle savait maintenant qu'il ne resterait rien à la fin de la soirée. Lorsque le buffet est à volonté, les appétits s'aiguisent... encore plus si les plats sont bons. Elle n'avait pas compté les participants, laissant à l'entrée une urne où chacun avait glissé les dix euros du repas. Elle venait d'abandonner sa place devant le four à la demande des convives qui souhaitaient la féliciter. Comme elle arrivait sur la terrasse, elle sentit soudain un bras lui enlacer les épaules.

— Je vous le dis, mes amis, lança Émile Rochecoët d'une voix à la fois docte et enflammée par l'ambiance, les tartes flambées de notre Cathie valent largement celles du petit resto que je fréquentais du côté de Stutzheim. Croyez-moi, vous avez goûté à l'âme de l'Alsace. Allez, pour Cathie, hip, hip, hip...

Le hourra qui souleva la foule réjouit autant Catherine que l'enthousiasme si inhabituel du patron du *Timonier oriental*. Elle passa d'un groupe à l'autre, recueillant les compliments des villageois, ravis du côté si convivial et exotique de la soirée. Un homme qu'elle avait déjà croisé plusieurs fois l'arrêta.

— Je suis désolé de vous déranger alors que vous êtes si occupée, mais j'aimerais vous adresser une requête.

— Je vous écoute, répondit Catherine, étonnée.

— Je m'appelle Yann Lemeur, et je travaille pour *Ouest-France*. J'ai proposé à mon journal de couvrir l'ouverture de *Bretzel et beurre salé*. Je suis vraiment emballé par les plats que vous proposez, et par l'ambiance de cette soirée. Vous savez, ce genre d'événement est souvent un peu guindé ou impersonnel, mais là, on a l'impression d'être entre copains.

— Le mérite en revient aux amis qui m'ont apporté leur aide.

— Justement, c'est aussi cette solidarité qui me plaît. Pourriez-vous m'accorder un peu de votre temps demain pour une interview ?

— Avec grand plaisir, se réjouit Catherine en repensant à l'état d'esprit dans lequel elle se trouvait quelques heures plus tôt.

Légèrement à l'écart, Georges Lagadec et Jean-Claude Quéré observaient la scène, une bière à la main.

— Finalement, ton fils aurait peut-être mieux fait de rester en cuisine plutôt que de se barrer au dernier moment, commenta l'ancien maire. L'Alsacienne ne pouvait pas rêver mieux qu'un tel succès pour son ouverture.

— Pour sûr, ça n'arrange pas mes affaires, grommela Lagadec, mais comment est-ce qu'elle va faire, ensuite ? Elle va pas pouvoir tenir son resto avec une prof de gym et une libraire !

— Non, mais elle peut embaucher la petite Romy comme serveuse et préparer la bouffe. En plus, elle a un châssis plutôt avenant, la fille de notre éleveuse de porcs.

— Je préfère pas relever… Quant à l'Alsacienne, d'après ce que j'ai compris, elle n'a pas l'intention de s'installer tous les soirs derrière les fourneaux. Je te parie qu'une fois l'enthousiasme retombé, elle va se retrouver dans la panade. Elle va mettre un moment avant de trouver et de former un nouveau cuistot. Et pendant ce temps-là, l'argent n'entrera pas.

— Peut-être, mais on ne sait toujours pas d'où elle a tiré son fric pour acheter la propriété de Petrovski. Alors, si on veut qu'elle te la revende, il va falloir être plus offensif.

— Tu as des idées ?

— Je vais y réfléchir. Et tu me connais : pour les coups tordus, j'ai un don…, conclut Quéré dans un rire mauvais. Cela dit, allons nous resservir de la tarte flambée. C'est quand même vachement bon ! Ça me manquera, ces petits machins.

Vingt-deux heures. Quelques sonneurs du bagad de Locmaria venaient de terminer une sérénade improvisée pour fêter l'ouverture de *Bretzel et beurre salé*. Le restaurant et la terrasse n'avaient pas désempli. Malgré la disparition de l'ultime part de *Linzertorte*, les villageois étaient restés pour profiter de l'ambiance bon enfant et de la douceur de l'air. Les dernières lueurs orangées du soleil s'effaçaient derrière la ligne d'horizon. Plus loin, assis sur une bitte d'amarrage, un homme observait discrètement la scène, les épaules basses.

Une canette de bière bon marché à la main, Erwan Lagadec fixait les convives éclairés par les lumières du restaurant. Il s'était promis de ne pas passer, mais cela avait été plus fort que lui. Il était là depuis un quart d'heure, à l'abri des regards. Ils étaient pratiquement tous venus… sauf lui. Quand, quelques minutes plus tôt, il avait aperçu la silhouette menue de sa grand-mère qui rentrait chez elle, il s'était retenu de la rejoindre et de lui demander de l'excuser. Mais l'excuser de quoi ? Cela faisait des années qu'elle se démenait pour l'aider, elle était la seule à croire encore en lui. Et lui, qu'est-ce qu'il avait fait ? Il s'était conduit comme une merde. Elle était sans doute venue pour le voir œuvrer derrière les fourneaux, fière de sa volonté de s'en sortir. Et il lui avait une nouvelle fois déchiré le cœur. S'il n'avait pas été aussi con, il aurait été l'un des héros de la soirée au milieu de cette foule joyeuse. Il aurait montré à son père qu'il était capable d'exercer sa passion et de se rendre utile. Il aurait prouvé à Julie Fouesnant qu'il n'était pas condamné à être un zonard tout juste bon à éveiller sa pitié en souvenir de leurs jeux d'enfance. Il l'avait aperçue, Julie, tous les jours plus belle et plus inaccessible. Son estomac s'était crispé quand il avait vu son frère aîné lui tourner autour.

Et Catherine ? Il avait décidé de ne pas venir cet après-midi pour lui donner une leçon ! Il ne supportait pas ses ordres, ses reproches. Mais elle lui avait offert sa chance. Elle avait tenté de tirer de lui le maximum. Combien auraient abandonné devant ses retards récurrents et son humeur toujours maussade ? Durant la soirée, il s'était repassé le film de ces dernières semaines et il avait eu honte, honte comme jamais, tellement plus honte que quand il se réveillait dans un fossé après une nuit trop arrosée. Il avait trahi les rares personnes qui lui avaient accordé leur confiance.

Il jeta sa canette dans l'eau sombre du port et la regarda s'enfoncer inexorablement. Oui, c'était évident. Après cet ultime désastre, il savait ce qui lui restait à faire. Il n'avait plus le choix.

16

Le jour d'après

Catherine entra dans le restaurant et resta immobile quelques secondes, figée sur le pas de la porte. Un énorme travail de rangement l'attendait !

La veille, en ouvrant la « tirelire » elle avait eu l'agréable surprise d'y trouver plus de deux mille euros ! Tout le monde avait payé, et certains avaient sans conteste donné plus que ce qui était demandé. Puis, sur son petit nuage, elle était rentrée chez elle en longeant la mer.

Après une courte nuit perturbée par une saine excitation qui ne retombait pas, elle avait consacré sa matinée à une séance détente. Une demi-heure de sauna, puis un interminable bain chaud parfumé aux huiles essentielles. Rien ne pressait. Elle avait prévu de faire l'ouverture officielle une semaine plus tard. Le temps de trouver une solution pour remplacer Erwan Lagadec. Elle pourrait toujours se mettre aux fourneaux et embaucher une serveuse, mais ce n'était pas ainsi qu'elle avait envisagé les choses. Une telle configuration la couperait du contact avec les clients, et c'était ce qu'elle préférait.

Catherine ne regretta pas d'avoir cédé aux sirènes du cuisiniste qui l'avait convaincue d'investir dans un lave-vaisselle professionnel de grande taille. Des cycles de trois minutes pour nettoyer couverts, verres et assiettes, c'était le rêve… surtout aujourd'hui. Les premières notes d'un album de Simple Minds donnèrent le top départ du rangement.

Elle avait attaqué le récurage du sol quand on frappa. Elle se releva et observa l'inconnu. Glabre, cheveux presque rasés, blouson en cuir, pantalon en toile. Impossible d'en distinguer plus avec le soleil qui se reflétait sur la vitre. Catherine se dirigea vers la porte et ouvrit. L'homme resta sur le seuil, la tête penchée.

— Je peux entrer ? demanda-t-il dans un souffle.

— Erwan ? s'étrangla Catherine en reconnaissant sa voix.

Il acquiesça sans un mot.

Le matin même, elle avait échafaudé plusieurs scénarios sur le discours qu'elle lui tiendrait quand elle le reverrait : une version hystérique, une railleuse, une glaciale… Mais devant cet Erwan physiquement métamorphosé, la curiosité prit le dessus sur le besoin de cracher sa colère.

— Entre, dit-elle simplement en s'écartant et en employant naturellement le tutoiement, après tout, elle n'était plus sa patronne. Tu es venu chercher ton solde de tout compte ? ne put-elle s'empêcher d'ajouter.

Il s'arrêta au milieu de la pièce et leva enfin la tête. Son regard avait changé. Toute trace d'agressivité avait disparu.

— Non, c'est plutôt moi qui devrais vous rembourser ce que vous m'avez déjà donné.

Ces mots d'introduction intriguèrent Catherine.

— Trouve un coin propre et installe-toi. Je vais nous préparer un café.

— Bougez pas, j'y vais.

— Seul le personnel a droit de se servir de la machine, cingla-t-elle pour lui montrer que ce café était un signe de politesse et pas un début de pardon.

Le sifflement du percolateur brisa le silence qui s'était établi. Catherine posa les tasses sur un plateau et y ajouta deux parts de tarte qui, par un incompréhensible miracle, avaient échappé à l'appétit des Locmariaistes. Ils mangèrent sans un bruit.

— Je t'écoute, lança-t-elle une fois les assiettes vides.

Erwan déglutit deux fois et, un tremblement dans la voix, commença :

— Je suis venu m'excuser. Voilà, depuis notre première rencontre… j'ai agi comme un trou du cul.

Il laissa passer un temps, que son interlocutrice ne coupa pas. Elle voulait découvrir ce qu'il avait dans le ventre. Erwan continua.

— Depuis le début, vous m'avez donné ma chance. Je sais bien à quoi je ressemble et la réputation que je traîne. C'était courageux de votre part. Ensuite, vous m'avez permis de me remettre à ce que j'aime pardessus de tout : cuisiner. Vous m'avez enseigné votre savoir-faire, vous avez supporté mon caractère de merde. Vous m'avez tout donné pour que je reparte du bon pied… et je vous ai lâchée quand vous aviez besoin de moi. Je suis le dernier des derniers, pire que mon père. Lui, au moins, il est fidèle à ses principes. Voilà, c'est ce que je voulais vous dire… Et aussi que votre fête était une des plus belles que j'ai connues à Locmaria.

— Tu étais dans le coin ?

Il hocha la tête et tendit le bras vers le port.

— Là-bas, près de la cale. Je sais que je ne vaux pas grand-chose, mais je n'avais jamais fait une saloperie pareille. Je m'en suis voulu. Alors je suis venu observer en cachette… sans doute mon côté maso.

Il jeta un œil en direction de Catherine, hésitant à se mettre à nu. L'intérêt qu'elle semblait porter à son discours lui donna le courage nécessaire pour continuer.

— Quand j'ai vu l'ambiance qui régnait, ça m'a soulagé pour vous, mais j'ai aussi eu l'impression de m'enfoncer dans un immense trou sans fond. Vous étiez tous là, heureux… et puis j'ai aperçu mamie Yvonne qui repartait chez elle, le dos voûté. J'ai jamais eu autant les boules. Je l'avais déçue une fois de plus. J'étais plus rien, juste une loque avec la dernière canette d'un pack de dix à la main. J'ai regardé l'eau sombre du port et je me suis dit qu'elle seule pouvait cacher ma honte. Au moment où j'allais sauter, les cloches de l'église ont sonné. Et j'ai eu un flash…

Erwan s'arrêta longuement. Il n'avait pas imaginé se livrer ainsi quand il avait frappé à la porte. Il se sentait à la fois gêné et libéré. Libéré de huit ans de vie marginale et surtout d'une existence sans aucun sens.

— Que s'est-il passé ? demanda Catherine avec douceur.

— Je me suis revu à la sortie de la messe. J'avais neuf ans et je tenais Julie Fouesnant par la main. On venait de faire notre première communion et on était comme en extase. Sur le parvis, elle m'avait glissé à l'oreille : « Quand on sera grands, tu seras mon mari. » J'avais ri comme une andouille, et une immense chaleur s'était emparée de moi. J'imagine que j'étais rouge comme une pivoine. J'ai évidemment repensé plein de fois à ce moment… mais j'avais jamais ressenti à nouveau ce bien-être. Vous croyez que ça peut être un message de saint Ternoc ?

— Je ne suis pas une spécialiste des miracles de ce vénérable saint, répondit Catherine sans moquerie, mais c'est sans aucun doute un signe.

— Alors j'ai couru comme un fou jusqu'à mon appart. D'abord, j'ai pris une longue douche, et puis je me suis rasé et coupé les cheveux à la tondeuse. Après huit ans d'absence, le vrai Erwan fait son retour. Je me suis promené toute la nuit sur les sentiers côtiers. J'adorais faire ça quand j'étais ado. Et tout est devenu très simple. J'ai envie d'être de nouveau heureux, d'être le type qui rend service et pas celui qu'on regarde avec dégoût ou, au mieux, avec pitié.

Les paroles d'Erwan résonnèrent en Catherine, lui remémorant ses dernières années de mariage. Elle se leva.

— Un autre café ?

— S'il vous plaît, oui.

— Alors, va le faire.

Un grand sourire aux lèvres, Erwan se précipita vers le percolateur.

— Et quels sont tes plans, maintenant ?

— Je vais écrire un CV digne de ce nom, même si ça va pas être simple. Je vais aussi nettoyer la porcherie qui me sert d'appart, balancer mes bouteilles d'alcool à la benne et chercher du boulot.

— C'est un beau projet. Bonne chance.

— Merci. Et merci de m'avoir écouté.

Catherine l'observa avec attention. Le garçon qu'elle avait en face d'elle n'avait plus rien de commun avec celui qu'elle avait connu et voué aux gémonies quelques heures plus tôt. Il était habillé proprement, son visage glabre avait rajeuni de dix ans, mais surtout il s'était redressé, et la lueur qui brillait au fond de ses pupilles reflétait la résurrection de son âme.

— Tu sais que j'ai toujours besoin d'un cuisinier ? ajouta-t-elle.

Il s'arrêta net. Une boule noua sa gorge et l'empêcha de parler. Par trois fois, il hocha la tête de haut en bas, les yeux humides. Puis il réussit à déglutir et retira son blouson.

— Si on s'y met tout de suite, on aura fini de tout ranger pour sept heures, annonça-t-il en s'emparant du balai.

— Une minute. Tu vas d'abord aller rassurer ta grand-mère : elle le mérite plus que moi. Tu prends le temps qu'il te faut avec elle et tu reviens ensuite. Et ne t'inquiète pas. Vu le *gremble* qu'il y a ici, il te restera du travail.

17

À cheval

Catherine remit sa jument au pas et lui flatta l'encolure. Charles Highbury la rejoignit. Il l'avait invitée dans le centre équestre qu'il fréquentait régulièrement, au sud de Quimper. Catherine avait souvent monté dans sa jeunesse. Elle adorait les chevaux et avait trouvé auprès d'eux la sérénité qui lui avait manqué durant ses années adolescentes. À la naissance de ses enfants, elle avait cessé de pratiquer cette activité et son mari s'était ensuite opposé à ce qu'elle la reprenne. « C'est trop de risques ! » disait-il alors qu'il s'adonnait à la moto et au parapente. En bonne épouse, elle avait obéi. Le lendemain même de son divorce, elle s'y était remise. Si faire du vélo ne s'oublie pas, ne pas monter pendant vingt ans sur le dos d'un cheval, ça laisse des traces. Catherine était repassée par la case manège et avait rapidement retrouvé ses sensations. Et la quinzaine de kilos accumulés depuis son adolescence lui offraient une meilleure assise sur la selle.

Catherine et Charles pénétrèrent dans un petit bois

pour retourner aux écuries. Les ramures des arbres les protégeaient du chaud soleil de midi. Les oiseaux profitaient de l'ombre pour donner de la voix. « Un décor de conte de fées », pensa-t-elle en observant le profil agréable de son ami anglais.

— Vous êtes une excellente cavalière, *indeed.*

— Venant d'un champion comme vous, c'est un beau compliment, Charles. J'ai l'impression que vous êtes né sur un cheval.

— Presque, sourit-il en écartant une branche d'un geste désinvolte. Ou peut-être que c'est de l'atavisme.

— Vous pouvez préciser ?

— J'ai des liens de parenté avec la famille royale.

La rumeur qui circulait dans Locmaria était donc exacte.

— Un futur *King* Charles en perspective ? s'amusa-t-elle.

— Si un Charles doit être couronné, j'ai bien peur de ne pas arriver en tête de liste. Dans un moment de désœuvrement, mon père avait calculé son ordre d'accession au trône, et il était deux cent quarante-huitième ! Autant dire que je ne suis pas près de dormir à Buckingham Palace.

— C'est en tout cas un grand honneur de chevaucher auprès d'un lord anglais.

— Mon grand-père était lord, mais le titre est parti dans une autre branche de la famille. Mon père n'a hérité que d'un vieux château en Écosse. C'est donc dans les Highlands que j'ai appris à monter.

— Vous y retournez régulièrement ?

— *Not really, unfortunately*. Le jour de mes

onze ans, mon père nous a réunis, ma mère, mon jeune frère et moi, pour nous expliquer qu'il avait joué et perdu le château au casino de Monaco. J'aurais dû lui en vouloir, mais j'ai été impressionné par le sang-froid et l'apparent détachement avec lesquels il nous a annoncé notre ruine. *So British !* J'ai même été heureux d'aller habiter à Londres plutôt que d'attraper en permanence des rhumes dans ce château qui n'était qu'un courant d'air du XIVe siècle. C'est donc sans regret que ma mère, mon frère et moi avons abandonné le bâtiment et les portraits de nos ancêtres qui m'effrayaient chaque fois que j'allais me coucher. L'appartement dans lequel nous logions n'avait rien de royal, mais la vie à Londres était tellement plus excitante. Malgré son flegme de façade, mon père avait mal vécu la perte de notre dernière possession familiale. Il passait de plus en plus de temps avec d'autres aristocrates ruinés à boire au bon vieux temps. Un jour, il n'est pas rentré.

— C'est terrible. Savez-vous ce qu'il est devenu ?

— *No idea*. Il s'est volatilisé. Deux jours après sa disparition, ma mère a prévenu la police. Après enquête, il aurait embarqué plus ou moins clandestinement sur un bateau en direction de l'Inde. Cela fait exactement trente ans, et nous n'avons plus jamais eu de ses nouvelles.

— Alors qu'avez-vous fait ?

— Ma mère a travaillé comme modiste dans une boutique non loin de chez Harrods. Comme elle avait du talent et surtout parce que c'était une très belle femme, elle y a rencontré un banquier de la City qui a remplacé sa famille légitime par ma mère, mon frère et moi. Notre condition sociale s'est donc soudainement considérablement élevée… et j'ai pu recommencer à monter à cheval. Voilà, vous savez tout. Et vous ?

— Oh, mon histoire est beaucoup moins romanesque, répondit-elle en replaçant une mèche de cheveux blonds sous sa bombe. Jusqu'au mois de février, j'avais toujours vécu en Alsace et, depuis, j'ai traversé la France pour m'installer ici.

— Venir seule dans un lieu inconnu pour ouvrir un restaurant demande un fort caractère ! s'exclama l'Anglais. Je ne vous imagine pas avoir mené une existence, comment dites-vous déjà… plan-plan ?

— Eh bien si ! Mon adolescence a été assez agitée, mais je me suis mariée à vingt-deux ans, j'ai eu deux enfants, heureusement adorables. Après vingt-cinq ans d'une vie conjugale déplorable, mon mari est parti avec la DRH de la société où on travaillait tous les deux. Une belle salope. Ce n'était pas la première femme avec laquelle il me trompait, mais c'était la première fois qu'il le faisait au vu et au su de tous… et presque devant moi. Je me suis enfin révoltée. Une paire de claques à la *bitch* et une engueulade mémorable avec mon boss m'ont valu un licenciement. C'était finalement ce qui pouvait m'arriver de mieux.

— Et que vous est-il arrivé ensuite ?

— J'ai bricolé pendant quatre ans, touché une grosse somme d'argent et décidé de changer de vie. Et je n'ai pas rencontré de prince charmant.

— Peut-être pas un prince, mais un très lointain descendant d'un illustre roi d'Angleterre apprécie votre compagnie, glissa-t-il avec un large sourire.

Le compliment ne laissa pas Catherine de marbre. Elle détourna le regard, car elle sentait que ses joues s'empourpraient. Charles venait régulièrement lui rendre visite dans son restaurant avant le service du soir… pratiquement tous les jours, d'ailleurs. Elle aimait sa présence à la fois discrète et envoûtante. Après son divorce, Catherine avait traversé une période agitée. Pendant deux ans, elle avait multiplié les liaisons sans pour autant y trouver une quelconque satisfaction autre que des orgasmes plus ou moins réussis, suivis d'une grande solitude quand le petit matin arrivait. Et, depuis plus d'un an, elle n'avait pas croisé d'homme qui vaille la peine de tenter une aventure commune. Elle ne cherchait pas le prétendant parfait, car elle ne croyait plus depuis longtemps au coup de foudre dans des rues de New York enneigées avec une musique de George Michael en fond. Cependant, à cinquante et un ans, elle désirait une vraie complicité… et tout de même toujours du sexe. Charles n'était pas dénué de charme, loin de là. Elle avait apprécié les contacts physiques discrets qu'il savait instaurer sans passer pour un gros lourd. La classe anglaise ! Mais pas d'emballement !

— Votre restaurant marche magnifiquement bien ! reprit Charles pour rompre le silence qui s'éternisait.

— Je l'espérais, bien sûr, mais je ne m'attendais pas à un tel succès. Je fais le plein tous les soirs pour les deux services et j'ai refusé beaucoup de monde pour ma soirée choucroute de vendredi dernier. L'article de Yann Lemeur dans *Ouest-France* attire des clients. J'ai même accueilli un couple de libraires venant de Concarneau.

— Ce Lemeur a l'air de vous avoir à la bonne !

— Vous connaissez cette expression ? s'esclaffa Catherine. Il est très gentil et semble beaucoup m'apprécier effectivement…

— Et c'est réciproque ?

— Enfin, Charles, un *gentleman* ne pose pas ce genre de question ! s'amusa-t-elle en lui touchant l'avant-bras.

Ils mirent pied à terre et installèrent les chevaux dans leur stalle. Comme ils les étrillaient, Charles s'adressa à Catherine avec une hésitation :

— Je ne sais pas si je dois vous le dire…

— Quoi donc ?

— C'est un peu… *embarrassing*…

Catherine observa son compagnon, surprise. Ce type de comportement n'était pas habituel.

— Si vous avez quelque chose à m'avouer, lancez-vous.

Il se mordit les lèvres, puis lâcha :

— C'est au sujet de votre cuisinier.

— Erwan ?

— Lui-même. Je l'ai aperçu récemment, continua Charles comme s'il venait de livrer un scoop.

— Allez, arrêtez de prendre cet air mystérieux, Charles. Que s'est-il passé ?

— Je m'étais rendu à Quimper mercredi en fin d'après-midi et, en rentrant, je l'ai croisé.

— Il était en congé, confirma Catherine. Il m'a demandé s'il pouvait s'absenter exceptionnellement, mais n'a pas voulu m'expliquer pourquoi. Donc… il est allé à Quimper… Mais pourquoi ne m'en a-t-il rien dit ? Je ne l'aurais pas mangé.

— Justement. Je roulais en périphérie de la ville. Il attendait sur le trottoir avec deux autres hommes. J'allais ralentir pour le saluer, mais à ce moment une grosse BMW noire est arrivée et s'est arrêtée devant le groupe. Un *boy* d'une vingtaine d'années en est sorti et ils ont commencé à discuter. J'ai accéléré et je suis reparti. Je ne voulais pas de problème.

— *And so what?* reprit volontairement Catherine en anglais. Alors quoi ?

— Je connais peu de métiers qui permettent de s'acheter une berline haut de gamme à vingt ans ! Cependant, je n'affirme rien, Catherine, je vous relate seulement ce qui s'est passé.

— J'ai toute confiance en Erwan !

— Loin de moi l'idée que vous lui retiriez votre confiance. Vous avouer cela a été très pénible, mais il était de mon devoir de vous le dire.

18

Cécile Micolou-Minor

Quatorze heures. Cécile Micolou-Minor lissa sa jupe d'un geste réflexe et sonna à la porte. La nervosité qui l'habitait ne lui ressemblait pas. À quarante-huit ans, elle avait eu plus que sa part de situations difficiles et elle les avait toujours affrontées avec courage et volonté. Elle s'était mariée à vingt ans et installée à Quimper avec son époux. Le couple avait ouvert un magasin de sport dans le centre-ville. Un pari risqué ! Après quelques années de vaches maigres, les affaires avaient fini par décoller. Malheureusement, un soir, son mari avait croisé la route d'un homme trop pressé avec plus de deux grammes et demi d'alcool dans le sang. L'assassin s'en était tiré avec une jambe cassée et un an de prison avec sursis, et son mari avec un aller simple pour le cimetière. Cécile s'était retrouvée seule avec ses deux filles : Romy avait dix ans et Margaux huit. Pendant près d'un an, la jeune veuve avait essayé de s'en sortir. Mais son commerce et le temps consacré à l'éducation de ses enfants avaient peu à peu rongé ses nuits et son énergie. En désespoir de cause, elle avait vendu sa boutique et était revenue à Locmaria. Elle s'était alors associée à son frère Malo qui venait de reprendre la ferme familiale et l'avait transformée en élevage de cochons. Habiter à « la maison des porcinets » avait comblé les deux fillettes. Chaque cochon avait droit à son petit nom, et les filles avaient compris qu'un jour ils partaient dans un camion vers le paradis des cochons. Elles avaient aussi compris que la charcuterie était un cadeau de Babe, de Bonjambon ou de Cochonou, mais cela ne les dérangeait pas. Elles les avaient bien câlinés pendant qu'ils étaient à la ferme, à eux de leur rendre la pareille sous forme de rillettes ou de saucisson. Cécile avait repris vie en voyant ses enfants si heureuses. Par ailleurs, coopérer avec son frère avait été plus simple qu'elle ne l'avait initialement pensé. Malo était devenu un père de substitution pour ses filles, cela avait atténué la douleur du drame. Et si quelques rivalités d'adolescence remontaient parfois à la surface, ils les évacuaient rapidement. « Maman et Malo s'entendent comme lardons en foire », s'amusait à raconter Margaux. Avec le temps, Cécile avait retrouvé toute son énergie et sa joie de vivre.

Mais, aujourd'hui, elle n'aimait pas l'homme qu'elle allait rencontrer. Dire qu'elle ne l'aimait pas était même un euphémisme, elle le détestait !

Jean-Claude Quéré ouvrit, un sourire gras accroché aux lèvres. « Libidineux » était le mot qui venait à l'esprit de Cécile quand elle croisait l'ancien maire de Locmaria ! Bien qu'il soit marié, Quéré n'avait jamais caché son attirance pour les femmes… ou tout du moins pour « leur cul », comme il se plaisait à le claironner. Cécile savait que, à quarante-huit ans, elle était toujours une femme appétissante. Certes, elle n'avait pas un physique à porter du trente-six, mais elle ne l'avait jamais eu et s'en était parfaitement accommodée. Une robe bien remplie rassurait la plupart des hommes… et elle était très rassurante. Elle se souvenait avec une pointe d'agacement d'un reportage mené par une chaîne de télévision cinq ans plus tôt. Une équipe de tournage était venue passer une semaine à la ferme pour filmer le quotidien d'une famille impliquée dans la confection d'une nourriture de qualité. « Un bon truc qui plaira aux prolos comme aux bobos », leur avait annoncé sans ambages le producteur. Cette émission leur avait apporté de la notoriété dans la région et quelques subsides bienvenus. Le réalisateur avait insisté pour qu'elle fasse une prise vêtue d'un jean, une chemise aux motifs vichy style fermière « belle des champs » et un chapeau de paille. Elle avait accepté, amusée par le cliché. Ce qui l'avait moins amusée, en revanche, c'était le commentaire lorsque le documentaire était passé sur les écrans. Elle était devenue une « saine et robuste fermière qui communiait avec la nature bretonne ». « Saine et robuste fermière » ! Quel con ! Heureusement pour lui qu'ils ne s'étaient jamais recroisés : elle lui aurait sainement et robustement expliqué sa façon de penser.

— Alors, ma belle, on n'ose pas entrer ? Si je ne m'abuse, c'est vous qui avez souhaité me rencontrer.

— Je ne suis pas votre belle, monsieur Quéré, mais

je vous remercie de me recevoir, répondit-elle en s'efforçant de cacher sa crispation.

— Moi, quand je vois une belle femme, je le lui dis ! C'est ça, la galanterie française. Allez, ne faites pas la timide.

Cécile pénétra dans la grande maison en se retenant de lui donner un cours sur ce qu'était vraiment la galanterie. Elle aurait perdu son temps, et elle ne tenait pas à rester là plus que nécessaire. L'homme s'écarta à peine pour la laisser passer et elle serra les dents en sentant la main qui avait frôlé « par hasard » sa cuisse alors qu'il lui indiquait la direction du salon. Elle était déjà venue ici trois ans auparavant avec son frère Malo. À l'époque, ils devaient mener des travaux urgents à la ferme et leur banquier n'avait pas voulu prendre de risques. Elle avait pourtant constitué un dossier solide avec de belles perspectives, mais leur interlocuteur avait définitivement refusé de leur accorder un crédit. Ne restait que Jean-Claude Quéré, celui chez qui on allait frapper en dernier recours une fois que les banques vous avaient fermé la porte… Au vu des modalités financières imposées par l'ancien maire, les Micolou se seraient volontiers épargné un emprunt auprès de cet usurier. Douze pour cent ! Alors que les taux bancaires oscillaient entre un et deux pour cent. Malo avait failli quitter la pièce quand Quéré avait annoncé ses conditions ! Cécile l'avait retenu. S'ils ne pouvaient pas assurer la modernisation des installations comme la commission d'hygiène l'exigeait, ils seraient condamnés à déposer le bilan. Ils n'avaient pas expliqué à Quéré que la situation était aussi dramatique. Leur riche bailleur les aurait regardés s'enfoncer pour racheter ensuite à bas prix les terres qu'il convoitait depuis la mort du père Micolou. Malo s'était rassis, n'avait plus rien dit et avait laissé sa sœur mener les négociations. Quéré n'avait pas accepté de revoir ses prétentions à la baisse, mais ils avaient quand même obtenu un prêt sur cinq ans qui les avait sauvés.

19

Négociations

— Alors, Cécile, qu'est-ce qui me vaut le plaisir d'avoir une belle femme dans ma demeure ? Ce n'est pas tous les jours que ça m'arrive.

— Charmant pour votre épouse.

— Allons, allons, mon épouse a soixante-sept ans et vous voyez bien à quoi elle ressemble aujourd'hui ! Pas de quoi faire rêver un mâle.

— Elle serait heureuse de vous entendre, commenta Cécile, consternée par sa muflerie.

— Elle ne serait pas surprise. Je ne manque pas de lui rappeler régulièrement les ravages du temps qui passe. Bon, vous ne m'avez sans doute pas demandé un rendez-vous pour que nous parlions de ma femme. Que puis-je faire pour vous ?

Cécile se cala dans le fauteuil face à lui, repositionna la jupe sur ses cuisses et commença :

— Je viens discuter du prêt que vous nous avez accordé, monsieur Quéré.

— Vingt-trois mille cinq cent vingt-deux euros

restants dus, avec un remboursement de deux mille cinq cents euros que vous allez me verser dans une semaine.

— C'est bien ça.

— Évidemment que c'est bien ça ! Vous croyez qu'il est attaqué par Alzheimer, le Jean-Claude Quéré ? Alors, si vous le saviez déjà, pourquoi êtes-vous ici ? relança-t-il avec le plaisir d'un félin tournant autour de sa proie.

— Je vous demande de bien vouloir repousser cette prochaine échéance. Nous vous paierons un dédommagement attractif, s'empressa d'ajouter Cécile qui répugnait à s'abaisser devant cet homme méprisable.

— Tiens donc, des soucis à la SARL Micolou ?

— Un problème avec le laboratoire de la charcuterie. Pour tout vous dire, nous avons dû remplacer de toute urgence un réfrigérateur et deux autres éléments. Cela nous a forcés à puiser dans les réserves.

— C'est désolant, vraiment ! Surtout que vos produits sont excellents ! Mais pourquoi devrais-je assumer les conséquences d'un entretien sans doute mal réalisé ?

Cécile bouillait intérieurement, mais s'énerver ne conduirait qu'à des résultats désastreux.

— Depuis trois ans, monsieur Quéré, nous vous avons toujours payé rubis sur l'ongle, sans un jour de retard.

— Et c'est heureux ! Vous n'avez fait que respecter vos obligations, ce qui me semble le minimum.

— Nous avons effectivement respecté le contrat. Vous savez que nous sommes des gens de parole. Je vous sollicite donc pour une suspension de deux mois des versements. Pour vous dédommager, nous nous engageons à vous régler dans soixante jours non pas deux mensualités de deux mille cinq cents euros, mais trois !

— Quelle générosité ! J'avoue que votre offre est alléchante, vraiment alléchante.

La poitrine de Cécile se décrispa légèrement. Elle avait insisté auprès de Malo pour proposer cette offre qui paraissait délirante à son frère… et qui l'était. Mais, selon les termes du contrat qu'ils avaient signé, les conséquences d'un défaut de paiement étaient terribles… et on n'attrape pas les mouches avec du vinaigre.

— Même si c'est tentant, vous comprendrez que je ne peux pas l'accepter, expliqua Quéré avec un regard narquois.

— Mais pourquoi ? s'étrangla Cécile sous cette douche écossaise.

— C'est enfantin, ma chère. Si j'accepte votre proposition, le village saura aussitôt qu'il est devenu possible de ne pas rembourser ses dettes à Jean-Claude Quéré.

— Je vous assure que nous ne parlerons à personne de cet arrangement, promit-elle.

— Sans doute pas aujourd'hui ni demain. Mais dans six mois, qui peut m'affirmer que vous, votre frère ou vos filles ne raconterez pas cette anecdote au cours d'un dîner ?

— Pourquoi voulez-vous que nous allions hurler sur les toits que nous vous avons payé trois mensualités alors que nous n'en devions que deux ?

— Parce que la nature humaine est ainsi faite ! Les seuls secrets vraiment bien gardés sont ceux que me livre ma femme, ajouta-t-il d'un ton mystérieux.

— Pourquoi ? interrogea Cécile, tentant de s'intéresser aux confidences de celui qui tenait entre ses mains leur destinée financière.

— Parce que je ne les écoute pas, rugit-il avec un rire gras.

Cécile ne répondit pas. Entrer dans son jeu ne servait à rien.

— Je ne peux que vous renouveler notre offre, monsieur Quéré, insista-t-elle. Elle est tout ce qu'il y a de plus honnête.

— Honnête, je veux bien le croire, mais porteuse pour moi de lendemains qui déchantent.

— Quelles… quelles seraient les conditions qui vous feraient changer d'avis ? reprit-elle avec l'insupportable impression de s'abaisser plus bas que terre.

Quéré la regarda comme un serpent fixe un lapin, prêt à l'avaler. Un sourire s'afficha sur son visage.

— Vous n'êtes pas à court d'arguments, Cécile. Cela en devient agréable de négocier avec vous.

Elle le laissa continuer.

— Mon problème est double. Je veux être motivé pour accepter votre demande, mais je dois éviter que vous alliez raconter notre arrangement.

— Pour la discrétion, je vous donne ma parole.

Quéré la détailla de haut en bas et se pencha vers elle.

— Je vais vous proposer quelque chose qui pourrait réunir nos intérêts mutuels.

— Je… je vous écoute, monsieur Quéré.

Il laissa planer un long silence et se rapprocha jusqu'à ce qu'elle sente un souffle aux relents avinés sur son visage. Tendue comme un arc, Cécile se força à ne pas bouger.

— Ma femme est absente jusqu'à seize heures. Elle joue au bridge avec son club de vieilles biques. Si vous acceptez de passer une partie de l'après-midi avec moi, vous aurez vos deux mois de répit. Et je suis certain que ce secret restera entre nous.

Comme Cécile ne réagissait pas, il s'enhardit.

— Vous découvrirez que j'ai une imagination débordante, ajouta-t-il en glissant la main sous sa jupe.

Le claquement sonore de la gifle ne suivit que de quelques dixièmes de secondes le geste de Quéré. Sonné, celui-ci devina plus qu'il ne vit son invitée se lever.

— Puisque vous avez une imagination débordante, trouvez donc une belle histoire à raconter à votre femme pour lui expliquer les traces de doigts qui zèbrent votre visage, jeta Cécile en quittant la pièce.

20

Contrôle

Seize heures. Catherine et Erwan arrivèrent en même temps devant *Bretzel et beurre salé*. Depuis qu'il avait repris son poste, le comportement du jeune Breton était exemplaire. Non seulement il progressait dans la réalisation des plats, mais il ne quittait jamais la cuisine avant qu'elle soit parfaitement nettoyée et rangée. Catherine se réjouissait de lui avoir accordé une dernière chance : il s'était transformé en collaborateur idéal. Elle essaya d'ouvrir la porte, mais sans succès. Elle batailla et, après une ultime tentative, la clé accepta de tourner.

— Il faudra que je mette un *schpritz* de dégrippant dans cette serrure, commenta-t-elle.

— Un quoi ?

— Une giclée de dégrippant, un *schpritz*, quoi…, expliqua-t-elle en souriant.

— Ah, d'accord… Mais c'est quand même bizarre. Quand je l'ai fermée hier, je n'ai senti aucune résistance. Je peux regarder ?

— Si tu sais communiquer avec les serrures, vas-y, l'encouragea-t-elle, curieuse de le voir à l'œuvre.

Erwan s'accroupit, observa le mécanisme, introduisit la clé avec difficulté et l'inspecta de nouveau.

— Alors, docteur, c'est grave ? demanda Catherine amusée.

Quand son employé releva la tête, il avait l'air préoccupé. Il hésita quelques instants et annonça :

— Elle a été forcée. Quelqu'un est entré ici par effraction cette nuit.

— Tu en es sûr ?

— Oui, répondit Erwan qui ajouta, gêné : Il m'est arrivé de déconner un peu ces dernières années... et de m'intéresser aux serrures. Vous devriez aller porter plainte à la gendarmerie.

— On verra ça, mais on doit d'abord savoir ce qui a été volé.

Ils se précipitèrent dans le restaurant. Erwan s'occupa de la cuisine et Catherine inspecta la salle. Quelques minutes plus tard, le bilan était sans appel.

— Rien, annonça Erwan. Il ne manque pas une spatule ni une cocotte. Pourtant, on a des casseroles qui valent plusieurs centaines d'euros. Et vous ?

— Rien remarqué non plus. Tu es certain que quelqu'un est entré ?

— Pourquoi forcer une porte si on ne veut pas entrer ? Ou alors, faut vraiment être con !

Catherine s'assit, pensive. Erwan avait l'air convaincu de ce qu'il avançait. Le voleur cherchait-il uniquement de l'argent liquide ? Dans ce cas, il en avait été pour ses frais. Elle retirait tous les soirs la recette de la caisse et la transférait dans un coffre mural caché derrière un tableau de la cathédrale de Strasbourg. D'ailleurs, la plupart des clients payaient avec leur carte de crédit.

— Même si, a priori, il n'a rien embarqué, allez quand même porter plainte, insista Erwan. Ça ne mange pas de pain.

— Tu as raison.

Comme Catherine s'apprêtait à partir, un homme et une femme apparurent dans l'encadrement de la porte.

— Désolé, mais nous n'ouvrons qu'à dix-neuf heures, leur indiqua Catherine avec un sourire.

— Hubert Delabrouette et Francine Leseaux, DDCSPP. Nous venons réaliser un contrôle sanitaire.

Catherine se figea.

— Mais j'ai rencontré vos collègues il y a à peine un mois.

— Contrôle de routine. Pouvons-nous inspecter la cuisine ?

— Je vous y donnerai accès dès que vous m'aurez montré vos cartes professionnelles, exigea Catherine, soudain prudente.

Surpris, les deux fonctionnaires obtempérèrent. Erwan s'approcha et les observa avec attention. Il avait déjà subi ce genre d'inspection à l'époque où il avait travaillé en cuisine.

— Elles sont vraies, conclut-il.

— Pourquoi voudriez-vous qu'elles soient fausses ? grinça la femme.

— La porte du restaurant a été forcée dans la nuit,

expliqua Catherine. Alors, voir débouler un contrôle sanitaire juste derrière, ça fait beaucoup.

— Vous avez quelque chose à vous reprocher ? demanda le contrôleur.

Catherine haussa les épaules et leur indiqua Erwan.

— M. Lagadec va vous faire visiter la cuisine, c'est son royaume.

Erwan les accompagna. Ils vérifièrent l'état des sols, des ustensiles et la propreté des plats, assiettes et couverts.

— Maintenant, ordonna Delabrouette, montrez-moi vos réfrigérateurs.

— Comme vous le souhaitez, acquiesça Catherine. Nous en utilisons deux. Dans le premier, nous conservons la charcuterie. Elle n'y reste pas plus de soixante-douze heures. Notre fournisseur nous livre tous les trois jours, voire plus souvent. Dans le second, nous stockons les desserts et tourtes : deux jours maximum. Les chambres froides sont vidées le dimanche matin, car nous sommes fermés le dimanche et le lundi.

— C'est très bien, tout ça, mais nous nous sommes déplacés pour inspecter ce qu'ils contiennent, s'agaça le contrôleur.

— Évidemment.

Un grand silence suivit l'ouverture de la porte, brisé par Catherine :

— Mais c'est quoi ce binz ? Du matériel tout neuf !

Aucune lumière ne s'était allumée et des coulures d'eau maculaient les parois.

— Il semblerait que la fraîcheur des aliments laisse à désirer, commenta le contrôleur presque satisfait.

Vous comptiez servir ça ce soir ? Vous avez l'intention d'empoisonner vos convives ? ajouta Delabrouette en regardant le cuisinier avec un sourire ironique.

L'insulte fit réagir Erwan au quart de tour. Il saisit le fonctionnaire par le col de sa veste.

— Tes allusions de merde, tu les gardes pour toi. Celui qui vient dîner chez nous, on le soigne et on le respecte !

Catherine se précipita pour séparer les deux hommes. Laissant l'inspectrice réconforter son collègue, elle emmena Erwan dans la salle à manger.

— Va marcher dehors et respire un bon coup.

— Mais, Cathie, vous avez entendu comment il nous a parlé ?

— D'accord, c'est un connard, glissa-t-elle. Mais un connard qui a assez de pouvoir pour fermer le restaurant. Je m'en occupe. Toi, va faire la déclaration à la gendarmerie.

Elle rejoignit les deux fonctionnaires dans la cuisine.

— C'est la première fois que ça nous arrive ! s'étouffa le contrôleur.

— Je vous prie sincèrement de bien vouloir excuser le comportement de mon collaborateur, monsieur Delabrouette. Il est vraiment impardonnable… mais avouez que votre allusion était un peu rude, ajouta-t-elle avec un sourire contrit.

— Où est-il ? aboya Delabrouette.

— Je l'ai envoyé voir les gendarmes. Je vous ai dit que nous venons d'être cambriolés. Cela explique la très malheureuse réaction de mon employé.

— Montrez-moi l'autre frigo !

C'est presque sans surprise que Catherine constata que le second réfrigérateur était également en panne. L'homme, remis de ses émotions, fronça les sourcils.

— Francine, veuillez faire des prélèvements, ordonna-t-il à sa collègue. Quant à vous, madame Wald, j'aimerais d'abord vérifier votre tableau électrique et ensuite discuter avec vous cinq minutes.

Alors qu'ils s'installaient dans le bureau, Catherine ne se berçait guère d'illusions sur le contenu du rapport qui suivrait. Entre l'agression d'Erwan et deux réfrigérateurs en rade, Hubert Delabrouette détenait de quoi rédiger un document croustillant. Cependant, le silence qui s'éternisait et le calme soudain de son interlocuteur l'étonnèrent.

— Si l'on met de côté la réaction sauvage et disproportionnée de votre employé, ce que nous avons découvert dans votre cuisine est pour le moins inhabituel.

Catherine haussa les épaules, l'air désolé. Elle voulait le laisser dérouler son réquisitoire avant de plaider sa cause.

— Je ne connais votre restaurant que de réputation, madame Wald, et elle est très bonne. Mais certains établissements dont les façades brillent possèdent parfois des cuisines nettement moins reluisantes.

— Ça arrive, en effet.

— Je ne devrais pas vous le dire, mais ma direction a reçu un signalement vous concernant, tôt ce matin. On m'a sommé d'agir rapidement.

— Vous vous êtes déplacés sur dénonciation, c'est ça ?

— On parle de « signalement » quand cela provient d'un consommateur. La vue du premier réfrigérateur a donné raison à cette personne, mais un second frigo en panne, ça commence à faire beaucoup.

— Sincèrement, je ne comprends pas ce qui s'est passé. Voulez-vous jeter un œil sur les factures ? proposa Catherine en lui tendant des feuillets qu'elle venait de sortir d'un classeur. J'ai passé commande de ces deux réfrigérateurs au mois d'avril.

Delabrouette étudia les documents, et, dubitatif, les rendit à sa propriétaire.

— Vous avez choisi une marque de qualité.

Il se leva, se dirigea vers le mur et regarda un tableau de Hansi.

— Si un seul de vos appareils était en panne, le rapport aurait été salé. Mais deux ! Je ne suis pas borné et je n'aime pas être pris pour une andouille… d'autant plus que vous m'avez annoncé votre cambriolage dès notre arrivée. Alors voilà comment je vais procéder. On va analyser au plus vite les produits que ma collègue a saisis. Si j'ai la preuve qu'ils sont encore consommables, je ne ferai pas fermer votre restaurant. Par contre, je vous demanderai de ne servir que des tartes flambées ce soir… à condition de disposer d'ingrédients frais d'ici là.

— Vous connaissez la spécialité de *Bretzel et beurre salé* ?

— La réputation des flammekueches de Locmaria est parvenue jusqu'à Quimper, lâcha-t-il en souriant pour la première fois. De votre côté, tenez-moi au courant de l'enquête que mènera la gendarmerie… et dites à votre collaborateur d'apprendre à se maîtriser.

Catherine lui rendit son sourire, ne comprenant pas comment ce personnage qui l'insultait pratiquement vingt minutes plus tôt avait pu opérer un tel revirement. Décidément, la nature humaine était bien surprenante.

Catherine, depuis sa terrasse, regardait les fonctionnaires s'éloigner. Charles Highbury quitta sa boutique et s'approcha.

— *Hello*, Cathie. Des touristes qui veulent dîner avec les poules ? Des Anglais, peut-être ?

— Non, un contrôle sanitaire.

— *Oh my goodness ! Why ?*

Catherine lui raconta sa mésaventure. Charles la réconforta et prit tout de même quelques secondes pour vérifier sa propre serrure. Rassuré, il revint vers elle et lui demanda :

— Avez-vous pu expertiser vos frigos ?

— Pas encore eu le temps ! Bonnie *and* Clyde viennent juste de partir. Dès qu'Erwan sera de retour, j'appellerai Esturillo à l'aide.

— *For sure*. Tiens, voilà un admirateur, remarqua Charles en voyant une silhouette massive se diriger vers eux.

— Vous avez eu de la visite ? interrogea Jean-Claude Quéré sans la saluer.

Catherine répondit par un haussement de sourcils étonné.

— Hubert Delabrouette est un excellent fonctionnaire, affirma l'ancien édile. Il ne se déplace jamais pour rien.

Surprise par l'attaque de Quéré, Catherine l'observa. Était-ce une jubilation mauvaise qu'elle devinait au fond de ses yeux ? Se pourrait-il que l'informateur anonyme se tienne là, juste devant elle ? Non, elle était sans doute en train de faire du délit de sale gueule. Elle n'aimait pas ce type malsain qui la déshabillait du regard chaque fois qu'il la croisait.

— C'est effectivement une personne charmante… et un futur client, d'après ce qu'il m'a dit.

Une ombre de contrariété sembla traverser le visage de l'ancien maire.

— Tant mieux pour vous. Mais je ne suis pas ici pour parler de contrôle sanitaire. Quand aura lieu la prochaine soirée où vous servirez de la choucroute ?

— Vendredi en huit.

— Alors vous serez bien aimable de réserver une table pour quatre à huit heures. Je viendrai goûter à votre spécialité avec quelques amis.

— Vous serez les bienvenus, monsieur Quéré. Je note ça tout de suite.

Comme l'homme s'éloignait, Charles passa la main dans ses cheveux.

— L'entente n'a pas l'air des plus cordiales entre vous.

— Il a un don pour ne pas se faire apprécier… toujours une petite remarque désagréable au passage. Et les mâles qui regrettent l'époque où le droit de cuissage s'appliquait encore, ça me rebute !

21

Réfrigération

Dix-huit heures. Loïc Esturillo, l'électricien de Locmaria, avait répondu à l'appel urgent de Catherine et venait d'entrer dans la cuisine, sa caisse à outils à la main. Erwan avait accepté d'attendre l'arrivée de l'artisan pour expertiser les appareils récalcitrants. Catherine regarda les deux hommes s'attaquer au premier réfrigérateur et les quitta. Ce n'était pas avec son bagage technique, proche de celui d'un candidat d'émission de téléréalité, qu'elle pourrait les aider.

Elle retourna donc en salle pour terminer la mise en place des tables. La conjonction de cette visite sur dénonciation, des pannes des frigos et de l'effraction de sa porte lui déplaisait fortement. Sans crier au complot, il y avait de quoi se demander si quelqu'un ne cherchait pas à lui nuire. Et la phrase sibylline de Jean-Claude Quéré au sujet de la venue d'Hubert Delabrouette en rajoutait une couche. S'il avait pu prévenir la DDCSPP, elle le voyait mal forcer une serrure de nuit, il tenait trop à sa réputation. De toute façon, pour quelle raison obscure se serait-il livré à ce genre de méfait ? Le bonhomme était antipathique, mais elle ne lui avait jamais porté préjudice de quelque manière que ce soit. De quoi aurait-il voulu se venger ? Par ailleurs, elle avait toujours veillé à respecter les villageois. Certes, sa relation avec la gérante de la supérette et ses groupies n'était pas un modèle de cordialité, mais elle n'imaginait pas Natacha monter un tel scénario. Elle aurait cherché à lui nuire directement, sans plus de subtilité. Allez, elle ferait changer sa serrure, et le plus simple était de passer à autre chose.

Comme elle pliait une serviette pour la déposer sur une assiette, Cécile Micolou entra dans le restaurant, le visage fermé.

— Qu'est-ce qui t'arrive ? Tu viens de croiser un commando de véganes ?

— Déconne pas, je crois que j'ai fait une grosse connerie.

— À cause du fric que vous devez à Quéré ? interrogea plus sérieusement Catherine.

— Non… enfin oui… c'est-à-dire que… c'est un effet collatéral, bafouilla Cécile.

— Bon, assieds-toi. Tu vas m'expliquer tout ça devant une petite bière.

En servant les deux pressions, Catherine observa son amie qui jouait nerveusement avec son collier. Elle n'avait jamais vu Cécile contrariée à ce point.

— Dis-moi tout, lança Catherine.

— Ben voilà, en début d'après-midi, j'ai annoncé à Malo que tu nous avais prêté de quoi rembourser Quéré les deux prochains mois…

— Et ton frère l'a mal pris ? Ça l'a vexé ?

— Non, pas du tout. Il était un peu gêné au départ, mais tellement soulagé de ne pas devoir faire la danse du ventre devant l'autre escroc. D'ailleurs, il te remerciera lui-même dès que possible.

— Après tout ce que vous avez fait pour moi, c'était la moindre des choses. Mais pourquoi tu tirais cette tête en entrant ?

— Eh bien, portée par mon enthousiasme, je lui ai raconté les détails de mon entretien avec Quéré.

— Vous n'en aviez pas déjà parlé ? s'étonna Catherine.

— Je lui avais juste dit que Quéré avait refusé de décaler les paiements. Là, je lui ai avoué qu'il m'avait fait des avances et tripoté la jambe.

— Et… ? insista Catherine.

— Eh bien, je pensais faire rire Malo avec la gifle que j'ai retournée à l'autre porc et la façon dont il a dû expliquer ça à sa femme. Il a réagi… mais pas comme je m'y attendais. Il est entré dans une colère noire et, si je ne l'avais pas retenu, il prenait sa voiture pour aller régler son compte à Quéré.

— Lui qui a toujours l'air si posé ! Il se sent protecteur de sa grande sœur ?

— Non, il n'a jamais eu ce genre de réaction. Mais les Micolou et les Quéré ont un lourd passif !

— Je peux faire quelque chose pour toi ? demanda Catherine.

— Non… j'avais juste besoin de me confier à quelqu'un. J'ai été tellement surprise de voir Malo perdre les pédales à ce point !

— Mais, rassure-moi… il ne s'en est pas pris à toi ?

Cécile éclata de rire.

— Malo ? Jamais il ne lèverait la main sur une femme !

Une voix masculine sortit de la cuisine.

— Mesdames, quand vous aurez fini de papoter, je vous propose de venir voir ce que nous avons découvert !

Devant l'un des frigos démontés, Esturillo brandissait une carte électronique.

— Vas-y, dis-leur ! demanda Erwan à son compagnon de travail.

— Madame Wald, votre réfrigérateur a bien été saboté.

Catherine hocha la tête durant quelques secondes.

— Saboté… Et comment ?

— J'ai dans la main la carte qui permet de contrôler la température de l'appareil. Regardez, dit-il en approchant l'équipement défaillant du visage des deux femmes, des composants ne sont plus sur leur support !

— Je ne vois rien de particulier, avoua Catherine, mais je vous fais confiance. Ça n'aurait pas pu arriver par hasard ?

— Si elles avaient cramé, on aurait pu avoir un doute. Mais là, on remarque bien que les pattes ont été arrachées. C'est un acte volontaire.

— Il faut s'y connaître en électricité pour faire ça ? intervint Cécile.

— Disons que ça aurait été plus simple de s'attaquer directement au compresseur ou de cisailler les fils d'alimentation. Vandaliser le régulateur, c'est plus discret.

— C'est fou, conclut Cécile. Catherine, qui pourrait t'en vouloir à ce point ?

— Je suis persuadé que Quéré est derrière ça ! affirma Erwan.

— Mais pourquoi ? s'étonna Cécile.

— Le mec est passé il y a une heure et il a fait un commentaire ironique sur le contrôleur qui sortait juste de chez nous. Tu trouves pas ça chelou ? Ce type est une pourriture, tout le monde le sait ! Il prépare toujours ses coups l'air de rien. Faut le surveiller de près et l'empêcher de nuire !

— On ne va pas l'accuser comme ça, le calma Catherine. Et je ne suis pas certaine que ce soit un as du bricolage !

— Avec le fric qu'il a, il ne va pas s'amuser à se salir les mains !

— Bon, on reparlera de ça plus tard. Et le second frigo ? interrogea Catherine.

— Je vous parie que je vais retrouver la même panne ! clama l'électricien.

Un long silence suivit, interrompu par Catherine.

— Combien de temps faut-il pour changer la pièce ?

— J'ai pas ça en magasin, mais il doit forcément y en avoir en stock à Quimper. Donc je peux vous faire ça demain !

— Loïc, vous êtes un ange, affirma Catherine en lui prenant les poignets. Je vous revaudrai ça.

Cécile se retint de ne pas pouffer de rire en voyant

le visage de l'électricien rosir. Erwan, lui, déplaçait déjà le second appareil.

— Eh, Loïc, si on veut vérifier ta théorie avant que les premiers clients arrivent, il va pas falloir mollir ! Je te laisse faire, moi je vais allumer le feu pour mon four à bois.

22

Soirée choucroute

Les scientifiques, les pêcheurs confirmés et les anciens du village ayant affirmé que la soirée se déroulerait sous une météo clémente, Catherine avait pris le risque d'installer quatre tables supplémentaires sur la terrasse. Dès la veille, elle savait qu'elle jouerait le dîner à guichets fermés. La choucroute avait attiré du monde et elle avait prévu quarante couverts. Pour répondre à la demande, elle avait une nouvelle fois fait appel à Romy Micolou. Charles Highbury était aussi venu donner un coup de main à la dernière seconde. Buté, Erwan avait refusé qu'un Anglais, culturellement imperméable à toute notion culinaire, selon lui, intervienne dans la préparation des plats. La preuve, l'échoppe *God save the Queen* ne vendait que des sandwichs au concombre que tout amateur de bonne chère n'aurait jamais osé porter à la bouche ! Amusé, Charles avait encaissé la pique et travaillait à dresser les assiettes.

À vingt heures, presque toutes les tables étaient déjà

occupées. Catherine avait reçu le chou deux jours plus tôt, directement envoyé par un de ses fournisseurs, un petit producteur de Krautergersheim. Anton Manach, le maire-producteur de légumes bio, lui avait livré les pommes de terre. La charcuterie provenait évidemment de la ferme Micolou : knacks, lard fumé, jarret, palette de porc fumé et *kassler*. Dans l'après-midi, Catherine et Erwan avaient préparé la choucroute avec du riesling.

Le service était lancé depuis près d'une demi-heure, et les assiettes arrivaient sur les tables, réjouissant les convives et désolant les badauds de passage qui apprenaient que le restaurant affichait complet. Quatre jours auparavant, un médecin de Concarneau avait réservé pour quinze personnes ; il avait demandé en sus s'il était possible de sonoriser la salle avec de la musique alsacienne. Catherine avait été bien ennuyée. Contrairement à son père, elle n'avait jamais été une grande amatrice de mélodie sur fond d'accordéon, de trompette et de trombone à coulisse. Enfant, elle en avait trop subi chaque samedi soir, sur les chaînes allemandes. Mais le médecin avait tant insisté qu'elle avait fini par trouver une solution de dernière seconde. C'est en fait Alex Nicol, instituteur à la retraite et responsable du bagad local, qui avait eu une idée originale. Dans le cadre du jumelage franco-allemand de Locmaria avec la petite ville de Geltendorf, quatre membres de son groupe musical s'étaient initiés à la musique folklorique germanique. Ils avaient volontiers accepté d'interpréter un récital d'une vingtaine de minutes.

Jean-Claude Quéré était arrivé vers vingt heures trente. Accompagné de son inséparable ami Georges Lagadec, de Mathieu Lagadec, fils aîné de Georges et frère d'Erwan, et de Marc Dubourg, son ex-bras droit à la conserverie L'Atlantide, il avait commandé quatre choucroutes impériales. Le concept d'« impérial » venait d'être créé par l'ancien maire qui avait demandé de servir toutes les viandes en double portion. Un défi de taille pour un estomac normalement constitué, mais pas pour celui d'un homme habitué à participer à des agapes pantagruéliques ! Quand Erwan avait aperçu son père et son frère à la table de Quéré, il avait blêmi, prêt à rendre son tablier plutôt que de servir deux des personnes qu'il exécrait le plus au monde. Catherine était intervenue pour le ramener à la raison.

Quéré et ses compagnons avaient déjà vidé deux bouteilles de riesling quand Romy déposa leurs plats devant eux. L'apparition des musiciens épargna à la jeune femme les commentaires graveleux de Quéré. Les joueurs de biniou et de bombarde attaquèrent « Frida Oum Papa » dans une interprétation sans doute encore jamais osée, mais non dénuée d'intérêt. Un joyeux brouhaha emplit le restaurant durant quelques minutes, alimenté par les mouvements entre la salle et la terrasse. Personne ne voulait rater cette première musicale.

Alors qu'une partie des clients avaient terminé leur repas, Catherine remarqua que le niveau sonore de la conversation à la table de Jean-Claude Quéré avait sérieusement diminué. Il était allé crescendo jusqu'à la sixième bouteille de riesling, mais le passage au gewurztraminer semblait avoir éteint leur enthousiasme. Quand elle s'approcha d'eux, la pâleur de Quéré l'inquiéta. Ses compagnons ne paraissaient guère plus vaillants.

— Monsieur Quéré, s'enquit-elle en lui posant la main sur l'épaule, vous n'avez pas l'air dans votre assiette.

— Non, pas terrible, en effet. Qu'est-ce que vous avez mis dans votre choucroute ? On est tous malades, ajouta-t-il en désignant les mines tendues de ses amis.

— Vous avez tous mangé les mêmes produits, répondit-elle en montrant les autres tables. Peut-être les parts impériales étaient-elles trop copieuses, ou…

— Vous voulez me faire passer pour une fiotte ? J'ai participé à des banquets nettement plus plantureux que ce dîner, et…

Il s'arrêta, faisant un effort pour ne pas vomir.

Catherine se dirigea vers la terrasse et sollicita l'aide du médecin concarnois. Légèrement éméché, il accepta de bonne grâce et rendit un verdict rapide : indigestion. Une bonne nuit là-dessus et on n'en parlerait plus. Le diagnostic n'avait que partiellement rassuré Catherine. Elle rejoignit la cuisine où Erwan rangeait son matériel.

— J'ai un service à te demander, Erwan. Quéré, ton père, ton frère et leur ami sont dans un sale état. Indigestion carabinée, d'après le toubib amateur de musique. Je sais que ça ne va pas te faire plaisir, mais j'aimerais que tu prennes ma voiture et que tu les reconduises chez eux.

Erwan fixa sa patronne pour voir si elle se moquait

de lui. Son air sérieux et contrarié démentit aussitôt cette hypothèse.

— OK, parce que je vous dois bien ça… Si on m'avait dit il y a deux mois que je ramènerais mon enfoiré de père et mon enculé de frère chez eux, je ne l'aurais jamais cru !

Il la suivit jusqu'à la table. La condition de Jean-Claude Quéré et de ses amis ne s'était pas améliorée. Malgré ses nausées, Quéré insista pour payer. Il ne résista pas longtemps quand Catherine lui expliqua qu'Erwan allait les raccompagner. Il ne se sentait plus en mesure de prendre le volant. Elle les regarda s'éloigner dans la nuit, guidés par leur nouvel ange gardien. Une belle revanche pour le garçon.

Les derniers convives étaient partis quand Erwan revint. Ses traits tendus alertèrent Catherine.

— Il y a eu un problème ?

— Et comment ! Deux de ces porcs ont dégueulé dans votre bagnole.

— Ah, merde. Je m'occuperai de ça demain. Et eux ?

— Dans un sale état ! Sincèrement, je ne sais pas ce qui a pu les mettre aussi minables.

— Peut-être près d'un kilo de viande et deux litres de vin par personne ?

— Pourtant, Quéré et mon père sont habitués à ce genre de bouffes ! Ils sont chasseurs. Quand j'étais enfant, je les ai régulièrement vus terminer des repas de plusieurs heures, encore debout alors que tous les autres étaient à quatre pattes dans leur dégueulis.

— Ils n'ont plus le même âge, remarqua Catherine. Ils passeront une mauvaise nuit et ça ira mieux au réveil ! Maintenant, va te coucher.

— Non, il faut que je nettoie votre voiture, expliqua Erwan.

— C'est bon, ça attendra demain.

— Si on attend, le cuir sera ruiné et vous allez rouler dans une odeur de gerbe pendant des jours… et puis c'est pas la première fois que je le fais !

— Dans ce cas, je suis d'accord mais moi, je suis claquée, je vais rentrer. Je finirai de tout remettre en place demain matin. Je te laisse fermer le restaurant.

— OK, vous faites pas de souci, je m'en occupe. Bonne nuit, Cathie.

— Merci, bonne nuit à toi aussi… et ne passe pas trop de temps sur la voiture.

23

Balade sur un sentier

Catherine avait hésité à prendre son vélo pour se rendre au restaurant. Le chaud soleil de juin et la petite brise d'ouest l'avaient finalement incitée à emprunter le sentier des douaniers. Le temps était absolument fantastique, et on annonçait de belles journées à venir. Locmaria avait revêtu cet aspect qui attirait les touristes fuyant les chaleurs caniculaires du sud de la France.

Chaussée d'une paire de ballerines, elle avançait d'un pas léger, accompagnée par les cris des mouettes qui surveillaient les bancs de sable découverts par la marée descendante. Malheur au mollusque ou au crabe qui ne regagnait pas assez vite un abri. Elle quitta le chemin et fit quelques pas dans la lande jonchée de bruyère en fleur. Elle s'assit sur un rocher, les genoux enserrés entre ses bras. Au loin, les plages des îlots de Men Du, tels des rubans scintillants, reflétaient les rayons du soleil. Elle n'avait pas encore trouvé l'occasion de s'y rendre, mais cela ne saurait tarder.

Le succès de son restaurant dépassait ses rêves les plus optimistes et elle pourrait bientôt y consacrer moins d'énergie. Elle avait besoin de temps pour ses occupations personnelles plus rémunératrices et avait prévu d'embaucher une collaboratrice à qui elle pourrait confier certains jours la totale responsabilité du service. Romy Micolou se situait évidemment en tête de liste : la jeune femme avait prouvé son professionnalisme et la clientèle l'appréciait. Cependant, si elle était prête à travailler certains soirs, elle ne souhaitait pas en faire son activité principale : elle fourmillait d'idées pour le développement de la ferme et avait prévu de se lancer dans un master en alternance marketing et vente. Après de longues hésitations, Erwan lui avait suggéré en bafouillant le nom de Julie Fouesnant. Catherine avait caché son sourire en entendant son cuisinier évoquer son amour d'enfance.

Elle avait gardé en mémoire le nom de Julie. Elle l'avait rencontrée plusieurs fois dans le village et avait eu l'occasion de discuter avec elle. La jeune femme était charmante, semblait avoir la tête sur les épaules et avait travaillé deux ans dans une crêperie avant d'occuper une place d'assistante dans l'agence immobilière de Locmaria. D'après Erwan, elle ne s'y plaisait pas et était prête à étudier de près toute autre proposition.

24

Julie Fouesnant

Julie Fouesnant et Erwan n'avaient jamais été séparés jusqu'à l'âge de dix-huit ans ! Néanmoins, hormis un petit flirt, tout était resté platonique entre eux, leur relation étant presque fraternelle. Quand Erwan avait quitté Locmaria pour parfaire sa formation, il avait promis à Julie qu'il ouvrirait son propre restaurant en revenant et qu'il la demanderait en mariage. Julie y avait cru et avait attendu. Les sollicitations masculines n'avaient pourtant pas manqué. Cette jolie fille aux cheveux de feu attirait irrésistiblement les regards. Avec son physique de Morrigane celte, elle avait fait chavirer plus d'un cœur. Mais elle n'avait qu'une parole et avait écarté ses prétendants.

Le retour d'Erwan l'avait anéantie. Julie avait vu s'en aller un garçon plein de projets, elle avait retrouvé un être asocial qui refusait tout contact. Pendant une année entière, elle avait tout fait pour aider son amour d'enfance. Douze mois à accepter ses rebuffades, ses absences, ses soudaines crises de colère. Douze mois pendant lesquels elle avait mis sa vie privée entre parenthèses pour le ramener dans le monde des vivants. Douze mois d'échecs, à se heurter à un mur. Elle avait vite compris que ces rejets répétés n'étaient pas liés à l'existence d'une autre femme. Un drame avait sans aucun doute frappé son ami. Mais il l'avait enfoui au plus profond de lui et ne voulait pas se confier. Alors, avec un mélange de désespoir et de fureur, Julie avait laissé Erwan s'enfoncer dans ce gouffre où il se complaisait.

La nouvelle s'était propagée comme une traînée de poudre et, dès le week-end suivant, les prétendants avaient refait leur apparition. Comme pour exorciser sa peine et sa frustration, Julie était sortie avec un admirateur de presque vingt ans son aîné qui la courtisait depuis le départ d'Erwan, cinq ans plus tôt. Pensant lier sa destinée à celle d'un homme mature, Julie avait accepté le mariage. Elle s'était rapidement aperçue qu'elle n'était décidément pas douée pour orienter sa vie amoureuse. Après quatre ans d'une existence insipide et déprimante à jouer les bonniches dans une quincaillerie des faubourgs de Concarneau et un divorce arraché de haute lutte, elle avait abandonné son époux esclavagiste.

Elle était alors revenue à Locmaria. Les prétendants étaient toujours là. Mais, comme elle l'expliquait à ses amies, « chat échaudé craint l'eau froide ». Cependant, ces derniers mois, Mathieu Lagadec, le fils aîné de Georges Lagadec, avait marqué un intérêt tout particulier pour la fière Bretonne.

Les rares fois où Erwan évoquait son frère, il lui fallait ensuite un moment pour retrouver son calme.

Pour leur père, Mathieu était le fils parfait : magnifique mâle viril à la chevelure blonde que George Michael n'aurait pas reniée dans les années 1980, capitaine de l'équipe de foot de Locmaria, responsable adjoint à l'Intermarché, danseur hors pair qui hantait la boîte de nuit *Les Chandelles*.

Pour Erwan, en revanche, Mathieu était un des plus gros cons que la terre ait portés : imbu de lui-même, ce frère aîné l'avait rabaissé et humilié pendant toute son enfance. Malgré son look ringard, il jouissait d'une popularité qu'Erwan ne comprenait pas. Il considérait les femmes comme des objets, et sa promotion comme directeur adjoint avait failli être compromise par une vendeuse qui l'avait accusé de harcèlement sexuel. Sous la pression du directeur, la jeune employée n'avait pas déposé plainte : un autre poste, une prime et la menace d'être licenciée si elle continuait à allumer Mathieu Lagadec pendant ses heures de travail avaient eu raison de sa combativité.

Quand, quelques semaines plus tôt, Erwan avait vu Mathieu tourner autour de Julie, il en avait été malade… Malade, mais incapable de s'y opposer. Depuis que son destin avait rebasculé grâce à Cathie, il rêvait de reconquérir le cœur de son amour de toujours. Mais comment Julie pourrait-elle lui pardonner toutes les rebuffades qu'il lui avait infligées ? Un soir, après le service, il s'était jeté à l'eau et avait demandé conseil à Cathie. Pour la première fois, sa patronne s'était confiée à lui et il avait compris que sa vie n'avait pas été un long fleuve tranquille. Cela n'avait fait qu'augmenter l'immense respect qu'il lui portait déjà.

25

Le jour d'après

Catherine sortit de sa torpeur en entendant sonner au loin les cloches de l'église Saint-Ternoc. Elle s'était laissé bercer par le ressac et par le vent qui bruissait dans les landes. Elle se releva, s'étira longuement et reprit sa marche.

Une joyeuse activité régnait sur le port. Le beau temps avait amené les premiers touristes avec un peu d'avance et les habitants de la région flânaient dans les allées du petit marché qui prenait ses quartiers d'été tous les samedis. Auprès des inévitables vendeurs de crêpes, confitures, sardines, caramels et miels se tenaient des artisans bretons ou des revendeurs de produits de grande distribution. Quelques véritables céramiques de Quimper côtoyaient des bols venus tout droit de Chine par cargo, des créateurs de bijoux locaux exposaient leurs breloques et, profitant du soleil, un Africain animait avec verve un stand de chapeaux de paille, de lunettes de soleil et de serviettes de plage. Un marché qui attirait plus par son ambiance bon enfant que par l'originalité de ses produits !

Catherine tiqua en approchant du restaurant. Devant la porte, Erwan discutait avec deux militaires en faisant de grands gestes. Que s'était-il encore passé ? En s'avançant, elle reconnut le major Julienne et le maréchal des logis Colin, deux des gendarmes de la brigade de Locmaria.

— Qu'est-ce qui nous vaut le plaisir de votre visite ? entama Catherine après les avoir salués.

Gêné, le major Julienne lui répondit en claquant des talons.

— Nous venons vous signaler qu'une plainte a été déposée contre vous. Enfin… contre votre restaurant.

— Mais par qui ?

Avant que le gendarme réagisse, Erwan intervint furieusement.

— Mon père et mon frère ! Ces enculés nous accusent d'avoir voulu les empoisonner hier soir.

Catherine regarda alternativement Erwan et les gendarmes, comme pour se convaincre qu'il s'agissait d'une mauvaise blague.

— Mais c'est absurde. Pourquoi aurait-on fait ça à des clients ? Pourquoi est-ce que j'aurais porté préjudice à mon établissement ? C'est complètement stupide !

— C'est aussi ce que je me suis dit, madame Wald, s'excusa le gendarme. Cependant, je tenais à vous prévenir. D'autant plus que M. Quéré a été conduit cette nuit aux urgences.

— Et vous avez de ses nouvelles ?

— Pas pour le moment, mais le type est costaud. Ce ne sera pas la première fois qu'il aura trop mangé.

— Et les trois autres ?

— Ils vont suffisamment bien pour être passés en début d'après-midi déposer cette plainte. Enfin les Lagadec, car Dubourg ne s'est pas associé à leur démarche, expliqua Colin.

— Nous avons servi les mêmes produits à tous les convives. Et, à ce que je sache, seuls M. Lagadec et ses amis ont été indisposés.

— Nous nous renseignerons auprès de quelques autres participants au dîner d'hier soir. Personnellement, je ne vous mets pas en cause. Nous devons cependant mener une enquête.

— Quelles seront les retombées pour le restaurant ? Il y a un risque de fermeture ?

— Juste s'il est prouvé que l'intoxication est liée à la nourriture que vous leur avez servie.

Le téléphone du major Julienne sonna à cet instant. Il s'écarta du groupe et décrocha. Il revint une minute plus tard, le visage fermé.

— Terrible nouvelle…, lâcha-t-il.

Catherine l'invita à poursuivre d'un mouvement de tête.

— Jean-Claude Quéré vient de mourir. C'est Quimper qui va prendre l'affaire en main. Elle a été requalifiée en homicide.

26

Traînée de poudre

Alex Nicol, premier sonneur du bagad de Locmaria, déambulait devant la terrasse de *Bretzel et beurre salé*. Remarquant Catherine Wald en pleine discussion avec des gendarmes, il ralentit imperceptiblement, aux aguets. Il se retint d'intervenir quand il comprit que Jean-Claude Quéré venait de passer l'arme à gauche… qui plus est des suites d'un empoisonnement. Il accéléra et entra au *Timonier oriental*.

Seize heures et quarante-huit minutes. Avant même de commander son premier Eddu, il se précipita au zinc, interrompant les conversations en cours. Personne ne pensa à critiquer le sans-gêne du porteur d'un tel scoop ! L'inoxydable Jean-Claude Quéré aurait été terrassé par une simple choucroute ? Inconcevable ! Et qu'étaient devenus les trois autres ? Menées par le patron, Émile Rochecoët, les supputations s'enchaînaient. Si les pandores n'avaient parlé que de l'ancien maire, c'est que l'estomac de ses commensaux avait mieux résisté au dîner.

Seize heures cinquante-neuf. Annick Rochecoët abandonna le service à son mari Émile et quitta le bar. Elle longea le port, déçue de ne plus voir les gendarmes devant le restaurant alsacien. Puis elle emprunta la rue principale et déboucha sur la place de l'église. Elle obliqua sur la droite et se précipita vers la supérette. Natacha Prigent aperçut son amie qui trépignait près de la porte d'entrée. Elle expédia un couple d'Allemands qui arrivaient en caisse les bras chargés de crêpes, de galettes et de cidre et siffla son apprentie pour qu'elle la remplace. Elle se hâta de rejoindre Annick. Quelques secondes plus tard, des cris fusaient dans le magasin, et Natacha rameuta les clientes du village à grand renfort de gestes impérieux. Le volume sonore augmenta, éloignant les touristes de passage. Une fois la nouvelle délivrée, Natacha se plaça au centre des débats. En tant que petite-nièce de Jean-Claude Quéré, elle estimait être la plus à même de commenter la mort de son oncle. Quand une habituée lui demanda si elle hériterait d'une partie de la fortune de l'ancien maire, ses yeux brillèrent. Elle fit un rapide calcul… avant de s'exclamer qu'elle n'était pas en état de penser à ces préoccupations bassement matérielles et malvenues dans un moment aussi dramatique. Mais, surtout, elle annonça, triomphante, qu'elle avait raison depuis le premier jour : cette Alsacienne n'apportait que le malheur dans leur paisible bourgade. Il était de notoriété publique que cette Wald n'aimait pas son oncle, et tout le monde voyait maintenant ce qu'elle n'avait pas hésité à faire ! Une fois de plus, personne n'osa contredire la petite-nièce en détresse, de peur de rajouter quelques décibels aux bruyantes lamentations qui frôlaient par instants la gamme des ultrasons.

Dix-sept heures vingt-quatre. Dissolution du groupe. Natacha abandonna le magasin à son apprentie, traversa la place et entra dans le bar *La Frégate*. L'arrivée en fanfare de la pin-up de Locmaria suspendit les conversations durant quelques secondes, d'autant plus qu'elle avait choisi ce jour-là une jupe particulièrement courte. Elle apprécia les regards qui convergeaient vers elle et en profita pour claironner la nouvelle. Sa version des faits était passablement éloignée de ce qui s'était vraiment déroulé la veille au soir. Dès que la dernière information fut fournie, les analyses allèrent bon train, navigant entre surprise, colère et indignation. Dans le même temps, les autres commères de *L'Aven* s'étaient distribué les rôles pour diffuser le scoop dans les commerces du village.

Dix-huit heures, soit une heure et quatorze minutes après l'appel reçu par le major Julienne. Plus de la moitié de Locmaria savait que Jean-Claude Quéré venait de décéder, mais les versions de sa mort étaient aussi diverses que le nombre de messagers de la triste, mais excitante nouvelle.

Dix-huit heures quinze. Catherine avait prévenu les clients qui avaient réservé pour le dîner que le restaurant serait exceptionnellement fermé. Elle avait décidé de ne pas ouvrir, sachant pertinemment que le contrôle sanitaire serait sans pitié cette fois-ci. Malgré ses protestations, Catherine avait renvoyé Erwan chez lui. Elle lui était reconnaissante de son soutien, mais elle ne souhaitait pas qu'il trempe de trop près dans cette affaire. Non seulement son passé faisait de lui un suspect potentiel pour les gendarmes, mais elle redoutait son impulsivité.

Le soleil était encore haut dans le ciel. La nuit ne tomberait pas avant vingt-trois heures. Assise à une table proche de la devanture, Catherine ignorait par quel bout prendre ce drame. Pourquoi Quéré et ses amis étaient-ils tombés malades alors que personne d'autre ne s'était plaint ? Peut-être que, une fois la nouvelle connue, elle apprendrait que d'autres clients ne s'étaient pas sentis bien ? Quelle pouvait bien être la cause de ce drame ? Le vin, le chou, les pommes de terre, la charcuterie ou les condiments ? Elle devait prévenir Malo Micolou. La gendarmerie s'intéresserait forcément à lui. Ce qui avait bien commencé risquait de se transformer en cauchemar !

Catherine releva la tête en entendant frapper discrètement à la porte. Une expression de soulagement se dessina sur son visage. Charles ! Elle avait grand besoin de son flegme, de son sens de l'humour et de sa connaissance du village. Vivant à Locmaria depuis deux ans, il avait une vision très affûtée de la population. D'un geste de la main, elle l'invita à entrer.

— *Good evening*, *dear* Cathy. Alors, j'apprends que vous jouez les empoisonneuses ! Jean-Claude Quéré n'a pourtant rien de Cary Grant.

Comme Catherine le fixait avec étonnement, il ajouta :

— *Arsenic et vieilles dentelles*. Vous n'avez pas vu ce classique où deux vieilles filles tiennent une pension et empoisonnent par charité leurs locataires âgés ? Un classique de Frank Capra.

— Merci pour la minute culturelle, Charles, mais je ne pense pas que ce film sera le prochain sur ma liste.

— Plus sérieusement, reprit l'Anglais, j'étais chez *Lire au large* quand j'ai entendu dire que Quéré a trépassé après avoir dîné ici. Ça n'a forcément aucun lien, n'est-ce pas ?

— J'espère, Charles. Je ne comprends pas ce qui a pu se passer, lâcha-t-elle, désemparée.

Il s'approcha et passa délicatement le bras autour de ses épaules.

— J'étais là hier et j'ai goûté la choucroute. Elle était à tomber raide.

— Arrêtez de plaisanter, vous avez vu dans quel état sont partis Quéré et ses amis !

— Non, je m'étais éclipsé avant. Mais je ne peux pas croire un instant que vos produits y soient pour quelque chose. Je ne vous demande qu'une faveur.

— Laquelle ?

— Laissez-moi me battre à vos côtés !

— C'est très chevaleresque, Charles. Mais, votre magasin ?

— L'activité n'est pas telle que je ne puisse mener les deux missions de front. Alors, acceptez-vous ?

— Volontiers, répondit Catherine en posant la tête sur l'épaule de cet homme si séduisant.

Sa proposition arrivait à point nommé. Il l'aiderait à affronter la tempête qui ne manquerait pas de se déchaîner dans les prochaines heures.

27

Interrogatoire

Neuf heures du matin. Le capitaine Barnabé Grandsir du groupement départemental de la gendarmerie de Quimper, accompagné du major Julienne, de Locmaria, frappa à la porte du domaine de Kerbrat. Réveillée depuis quatre heures, Catherine leur ouvrit et ne fut pas surprise de découvrir les uniformes des gendarmes. Depuis l'annonce de la mort de Quéré, elle attendait leur visite. Elle avait même été étonnée de ne pas les voir débarquer la veille. Dire que Catherine avait passé une mauvaise nuit était un euphémisme. Incapable de trouver le sommeil, elle avait tenté de lire et s'était vainement tournée et retournée dans son lit jusqu'au moment où, excédée, elle s'était levée. Elle avait d'abord nagé plus d'une heure dans la piscine. Elle avait ensuite nettoyé sa maison pourtant déjà propre, technique méditative qu'elle utilisait régulièrement quand elle était stressée. Puis, s'attendant à la visite des gendarmes, elle s'était soigneusement maquillée et avait choisi des vêtements chics, mais simples. Catherine mesurait l'importance de la première rencontre.

— Vous êtes madame Catherine Wald ? demanda sèchement l'officier supérieur.

— C'est bien moi. À qui ai-je l'honneur ?

— Capitaine Grandsir, de la police judiciaire. Vous connaissez le major Julienne qui m'accompagne, n'est-ce pas ?

— Oui, nous nous croisons de temps en temps.

— Bien, je pense que vous vous doutez de la raison de ma présence ?

— J'imagine qu'elle est liée au décès de M. Quéré.

— C'est bien, c'est très bien. Vous êtes très perspicace, madame Wald, répondit-il avec un sourire dont Catherine n'arrivait pas à deviner le sens. C'est moi qui suis chargé de l'enquête pour homicide involontaire et… vous comprenez évidemment que vous vous situez en tête de la liste des personnes que je souhaite interroger, ajouta-t-il, narquois. Celle par qui tout a commencé.

Fatiguée par sa mauvaise nuit, Catherine savait qu'elle ne supporterait pas longtemps le cirque de son interlocuteur. Elle avait trop enduré les saillies indélicates de son mari pour tolérer le cinéma d'un cow-boy quimpérois.

— Enquête pour homicide parce que quelqu'un a fait une indigestion ?

— Si vous trouvez normal de mourir parce qu'on mange une choucroute, la discussion promet d'être intéressante ! commenta le gendarme avec un rictus aux lèvres.

— Écoutez, monsieur Monsir, s'énerva Catherine, je…

— *Capitaine Grandsir*, pas « M. Monsir ».

— Grandsir, si ça vous fait plaisir. Si vous avez prévu de me faire votre numéro de flic misogyne de série télé, vous pouvez quitter ma propriété et me convoquer à Quimper. Je m'y rendrai avec mon avocat !

Catherine se rendit compte que c'en était fini de la bonne impression qu'elle voulait donner, mais elle n'était pas d'humeur à servir de punching-ball.

L'officier la fixa et elle ne lâcha pas son regard jusqu'à ce qu'il éclate de rire. Cette femme au caractère bien trempé lui plaisait. Ce n'était pas avec des menaces qu'il obtiendrait sa collaboration.

— Vous avez raison, nous sommes partis sur de mauvaises bases. Il n'empêche que votre témoignage est primordial dans cette affaire.

Les épaules de Catherine se détendirent imperceptiblement et elle les invita à la suivre dans la cuisine.

— Waouh, quelle cuisine ! s'extasia le major Julienne en admirant l'immense plan de travail en marbre, les meubles impeccables et l'électroménager haut de gamme. Et le percolateur ! s'exclama-t-il en découvrant un équipement de bar. Vous devez vous régaler avec ça !

— Vous allez pouvoir vous faire votre opinion, dit-elle en lançant les expressos dans un concert de sifflements de vapeur.

Une minute plus tard, Julienne prit la tasse et huma religieusement le nectar.

— Un délice ! conclut-il dans un râle gustatif.

Comme le capitaine Grandsir goûtait à son tour l'expresso, Catherine apporta deux verres d'eau puis leur tendit une corbeille de macarons qu'elle avait confectionnés la veille.

— Bien, je pense que les conditions d'une discussion sereine sont maintenant réunies. Je suis prête à répondre à vos questions.

— Le major Julienne m'a fait un premier compte rendu des événements. J'aimerais connaître votre version des faits.

Catherine lui raconta la soirée, lui parla de la « choucroute impériale » commandée par Quéré et ses amis. Elle insista sur le passage du bagad pour la démonstration de musique folklorique alsacienne celtisante et le joyeux désordre qui avait régné pendant les cinq à dix minutes qu'avait duré la sérénade au biniou et à la grosse caisse. Elle termina avec l'indigestion des quatre convives et leur retour chez eux sous la responsabilité d'Erwan. Barnabé Grandsir prenait des notes qu'un égyptologue chevronné aurait été incapable de déchiffrer. Il laissa planer un silence, émit quelques discrets claquements de langue, puis l'interrogea :

— Comment expliquez-vous ce drame ?

— J'y ai réfléchi toute la soirée, et la nuit aussi d'ailleurs. Ils ont mangé les mêmes produits que les autres clients, beaucoup plus, certes, mais ils provenaient des mêmes fournisseurs.

— Une saucisse aurait pu être contaminée.

— Une, en effet, ça aurait été possible. Mais seuls leurs plats de charcuterie auraient été avariés et pas les trente-six autres ? La probabilité pour que ça arrive me semble plus faible que de voir un Alsacien manger un couscous pendant le *messti* de son village.

— *Messti* ? s'étonna Grandsir.

— Le fest-noz, pour vous, traduisit Catherine.

— La fête du village, précisa le major Julienne à son supérieur. Le capitaine Grandsir est parisien et vient d'être muté il y a six mois, expliqua-t-il à Catherine, il ne connaît pas encore nos traditions.

— Je suis peut-être parisien, mais pas demeuré pour autant ! rétorqua l'officier en se demandant s'il devait rire ou s'agacer de la sortie de son subalterne.

— Bref, tout ça pour dire, coupa Catherine, que je ne comprends pas comment ma choucroute ou une bouteille de vin aurait pu les mettre dans cet état. Cependant j'ai une hypothèse. Ils ont dû manger, fumer ou boire quelque chose avant de venir au restaurant. Cela expliquerait qu'ils aient été les seuls convives incommodés.

— Ça pourrait se défendre, estima le capitaine Grandsir. Êtes-vous toutefois certaine que personne d'autre n'a été malade ?

— Certaine, non, mais avec le battage qui a suivi le décès de Jean-Claude Quéré, j'imagine que toute personne indisposée après le dîner se fera rapidement connaître auprès de la gendarmerie.

— Ça se défend aussi, admit l'officier. On va vous quitter, mais, avant, je voudrais que vous notiez les noms et adresses de vos fournisseurs. Par ailleurs, deux inspecteurs de l'hygiène des denrées alimentaires vont passer à votre restaurant.

— J'ai gardé au frigo les produits que j'ai servis avant-hier soir. Ils pourront faire analyser tout ce qu'ils souhaitent.

— Parfait. On va maintenant aller voir votre fournisseur de charcuterie, annonça-t-il en se levant. Je vous remercie pour votre accueil et vos explications, madame Wald. Par ailleurs, vos macarons étaient délicieux !

— Une vieille recette de famille… Ah, j'allais oublier. J'ai une dernière chose à vous signaler.

— Je vous écoute.

— Il s'agit de faits que j'ai déjà déclarés au brigadier. Il y a dix jours, la porte de mon restaurant a été forcée et mes deux frigos ont été sabotés. Au même moment, j'ai reçu la visite de deux inspecteurs de l'hygiène.

— Intéressant, remarqua Grandsir en reprenant son carnet de notes. Vous savez qui pourrait vous en vouloir ?

— Non. Je ne pensais pas avoir d'ennemi prêt à vandaliser mon restaurant.

— Et vous, Julienne, demanda l'officier, qu'a donné votre enquête ?

Le gendarme rosit, se gratta la gorge et bégaya :

— C'est que… nous avons été pas mal occupés et que… je n'ai pas encore eu le temps de m'y consacrer.

— C'est bon, laissez tomber, conclut Grandsir pour écourter l'embarras de son collègue. Madame Wald, nous reparlerons de ces actes de vandalisme un peu plus tard.

28

Le QG du *Timonier*

Le village n'avait pas connu une telle effervescence depuis vingt-sept ans, plus exactement depuis l'ouverture du club naturiste de la baie de Pors-Kelec. Dans cette bourgade dressée autour d'un manoir à deux tours du début du XXe siècle, au milieu des conifères, une quinzaine de cabanons en bois et une dizaine d'emplacements de camping se fondaient parfaitement dans le décor. Les habitants s'étaient réjouis de l'arrivée de ces touristes dont les boutiques et les restaurants de Locmaria profiteraient.

Le ciel leur était tombé sur la tête lorsque Jean-Claude Quéré, le maire de l'époque, leur avait annoncé que ce club de vacances était réservé aux nudistes. Une pétition, lancée par sa propre épouse, avait circulé pour chasser ces suppôts de l'immoralité. Pendant les semaines qui avaient précédé la saison estivale, les esprits s'étaient enflammés. Les opposants avaient craint de voir débarquer des hordes d'hommes et de femmes nus et braillards, pervertissant les braves gens et les enfants innocents. Des adolescents et quelques adultes qui n'osaient pas l'avouer en public avaient espéré l'arrivée de créatures de rêve. Les plus jeunes avaient imaginé Sharon Stone échappée du film *Basic Instinct* pour venir bronzer sur le sable clair de Pors-Kelec. Les plus anciens, admirateurs de 007, avaient revisité le mythe d'Ursula Andress sortant de l'eau, mais sans son célèbre maillot de bain blanc.

Lorsque les premiers touristes, allemands et néerlandais pour la plupart, s'étaient installés dans le sulfureux village, l'excitation avait atteint son paroxysme. Elle était vite retombée quelques jours plus tard, quand on s'était aperçu qu'un nudiste habillé ressemblait fortement à un touriste lambda. Seul le vendeur de masques et tubas avait vu son chiffre d'affaires grimper un temps, avant que les plus acharnés remarquent que la plage était ouverte à tous… pour peu qu'on y laisse son maillot à l'entrée. Depuis, les habitants s'étaient accoutumés à ces vacanciers qui apportaient chaque année leur écot à l'économie de Locmaria.

La veille, l'annonce de la mort de Jean-Claude Quéré avait répandu la consternation dans la population. La majorité de ses anciens administrés n'appréciaient ni son arrogance ni son emprise sur le village, mais cet homme semblait être un roc que rien ne pourrait abattre. Et voilà qu'une simple choucroute l'avait envoyé au pays de l'Ankou !

Au *Timonier oriental*, les conversations allaient bon train. Émile Rochecoët, tout sourire, mettait sa tireuse à bière à rude épreuve, servant à la chaîne les habitués et les nombreux curieux à la recherche d'informations inédites.

— C'est quand même ballot ce qui lui est arrivé, lâcha Alex Nicol en guise d'épitaphe.

Le chef du bagad leva son verre solennellement et, dans un silence soudain, s'exclama d'une voix de stentor :

— À Jean-Claude Quéré, que Dieu lui pardonne ses péchés !

— Eh, tu deviens curé, mon Alex ? s'étonna le cafetier.

— Écoute, s'il y a bien un moment où on peut avoir pitié de quelqu'un, c'est quand il vient de rendre l'âme.

— Ben avec toutes les saloperies qu'il a faites, le père Quéré, commenta un vieux marin à la peau parcheminée, elle doit pas être bien belle, son âme. Y va se passer du temps avant qu'il voie le Bon Dieu.

— Cet enfoiré a abusé de plus d'une femme… et a écrasé plus d'un de nos copains, acquiesça le boucher, qui avait exceptionnellement laissé la garde du magasin à son épouse et à son commis.

— C'était un bel escroc, intervint Émile Rochecoët en essuyant un verre. Pas plus tard qu'il y a trois ans, il a prêté de l'argent à quinze pour cent à un patron pêcheur qui devait faire des réparations sur son chalut !

— Et maintenant qu'il est mort, coupa un client assis un peu plus loin sur une banquette en Skaï bordeaux, qu'est-ce qu'elle va devenir, sa fortune ?

— Comme il n'a jamais eu d'enfant, j'imagine que sa femme Madeleine va hériter du magot, supposa

Rochecoët. Pour les prêts, peut-être qu'elle les renégociera, voire qu'elle les annulera, qui sait ? Enfin, je ne sais pas quel est son contrat de mariage. Faudrait questionner le notaire, parce que, filou comme il était, le Quéré, il a peut-être fait un testament qui désavantage son épouse ?

— Et pourquoi il aurait fait ça ?

— Ben pour la faire chier, tiens ! On se demande pourquoi ils s'étaient unis, ces deux-là ! Je ne l'ai jamais vu avoir pour elle un geste amical ou un mot tendre !

— Je vais te le rappeler, moi, intervint Alex Nicol. C'était un mariage arrangé qui permettait au père de Quéré d'éviter que son fils aille claquer son pognon avec des filles faciles et au père de Madeleine de caser sa fille avec un notable de la région. Parce que la Madeleine, elle était gentille, mais ce n'était pas le genre à te donner un torticolis quand tu la croisais dans la rue.

— De ce côté-là, il s'est rattrapé, Quéré. Vous vous souvenez quand il s'est fait prendre en flag par le boulanger qui s'était réveillé plus tôt que prévu alors que l'autre se tapait sa femme sur le pétrin ? Il en est sorti avec deux yeux pochés, mais, deux ans plus tard, il avait mis le cocu sur la paille ! Pourtant, il faisait du bon pain.

— Exact, confirma Nicol, mais si on commence à faire la liste de toutes ses conquêtes volontaires ou forcées, on sera encore là demain.

29

Marc Dubourg

— Et s'il n'avait pas été intoxiqué par hasard ? risqua une voix féminine.

Émile Rochecoët se retourna vers sa femme qui sortait de la cuisine.

— Qu'est-ce que tu as derrière la tête ?

— Et si quelqu'un avait cherché à lui nuire ? insista Annick.

Un silence accueillit son hypothèse. Tous y avaient déjà pensé.

— C'est une possibilité, acquiesça Alex Nicol.

— Et d'ailleurs, pourquoi aurait-on voulu jouer un sale tour uniquement à Quéré ? surenchérit Émile Rochecoët pour reprendre l'avantage sur son épouse.

— Comment ça ?

— Vous imaginez que Georges Lagadec et son fils Mathieu n'ont que des copains ? s'échauffa Rochecoët. Ils forment quand même une belle paire d'abrutis et de médisants, non ? Faut voir comment ils ont traité

Erwan ! Si le gamin a plongé, on peut dire que son père et son frère n'y ont pas été pour rien !

— Tu sous-entends que ce serait Erwan qui leur aurait servi une choucroute avariée ? s'étonna un des clients.

— Pas du tout, jamais il n'aurait fait un truc susceptible de créer des ennuis à Cathie : il la respecte plus que le grand saint Ternoc ! Je remarque juste que les deux Lagadec ont assez semé le merdier dans le village pour que quelqu'un souhaite le leur faire payer.

— Peut-être, reprit sa femme qui ne voulait pas demeurer en reste, mais comment tu expliques ça pour Dubourg, le quatrième de la bande ?

— Dubourg, répliqua du tac au tac Émile, c'est quand même lui qui a fermé la conserverie L'Atlantide et qui a mis tous nos amis sur le pavé ! Tu trouves que c'est glorieux ?

— Tu sais bien qu'il a agi sur les ordres de Quéré ! rétorqua Annick.

— Ben s'il avait eu une paire de couilles, s'énerva Émile, il ne se serait pas transformé en carpette.

— Tiens, en parlant de couilles et de Dubourg, j'en ai une bien bonne ! intervint une voix féminine qui venait du fond de la salle.

À l'annonce d'un potentiel ragot, la dispute du couple Rochecoët cessa et un silence immédiat s'invita dans l'assemblée. Comme le patron lui faisait signe d'approcher, Sandrine, une quinquagénaire replète aux yeux coquins, se dirigea vers le bar, à la fois flattée et impressionnée par la trentaine de regards qui accompagnaient son cheminement.

— Tu sais des choses ? demanda la patronne, porte-parole de l'assemblée qui se réjouissait du récit à venir.

— Oui, mais je ne sais pas si je dois les raconter.

Un brouhaha l'encouragea à dévoiler son secret.

— Qui veut un verre avant ? proposa Émile qui ne perdait pas le nord. Sandrine, je t'offre le tien, ajouta-t-il, grand seigneur.

La conteuse replaça sa mèche de cheveux bruns et, bombant le torse, attaqua :

— Depuis deux ans, je m'occupe du ménage chez Gérard Prigent. Je nettoie le bar quatre fois par semaine, et son logement juste au-dessus deux fois par semaine.

L'auditoire écoutait patiemment, conscient que Sandrine avait besoin de s'échauffer avant d'entrer dans le vif du sujet.

— Il y a à peu près quatre mois, je rangeais la chambre à coucher. Je passais l'aspirateur et, à un moment, je sors un truc de sous le lit. Je me dis que le Gérard a encore laissé traîner un slip, mais voilà que je découvre… une cravate ! Je la prends, je la défroisse et là, je me pose des questions. Qui a déjà croisé Gérard Prigent avec une cravate autour du cou ? Moi, jamais ! Surtout une cravate en soie de chez Ferragamo !

— Eh bien, ma belle, t'es calée en cravates ! nota Annick, impressionnée.

— C'était écrit sur l'étiquette, reconnut Sandrine, honnête. Bref, le soir, je suis allée voir sur internet, et ce genre de truc, ça vaut plus de cent cinquante euros.

Un murmure parcourut la salle, mélange

d'admiration devant les talents d'enquêtrice de Sandrine et de stupéfaction en apprenant le prix de cet accessoire porté uniquement pour les mariages et les enterrements.

— Je me suis dit qu'il y avait du louche là-dessous. Comme je ne voulais pas créer de problèmes dans le couple, j'ai caché la cravate dans la commode où la femme de Gérard range ses sous-vêtements.

— Elle a des slips sexys, la Victoire ? questionna un convive, aussitôt remis en place par un regard noir d'Annick Rochecoët.

— N'écoute pas ce cochon et continue, Sandrine, l'encouragea la patronne.

— Donc, je l'ai déposée au milieu de ses soutiens-gorge pour que Gérard se doute de rien. Mais je suis quand même restée aux aguets. Et, un jour, j'ai eu le fin mot de l'histoire. Exceptionnellement, le bar avait fermé vers dix-huit heures parce que Gérard devait aller à Brest récupérer je ne sais plus quoi. Il m'avait demandé de faire le ménage un peu plus tôt. Quand je suis arrivée devant le café, j'ai levé la tête et aperçu une main qui tirait le volet de la chambre… à dix-huit heures. En remarquant ça, mon cœur a raté un battement ! Depuis le coup de la cravate, je cherchais des indices chaque fois que je nettoyais leur appartement. Un mois que j'observais tous les habitants que je croisais pour voir si je repérais ma cravate, mais que dalle.

— Peut-être que l'amant n'était pas de Locmaria ? supposa un client.

— C'était qui ? s'impatienta le boucher, happé par

l'histoire, même si tous connaissaient depuis le début le nom du Roméo.

— Laisse-la raconter, Paulot, le calma Émile derrière son bar. Une énigme où t'as tout de suite la solution, c'est comme une fille qui te dit oui au premier verre que tu lui offres.

Il sentit dans son dos le regard réprobateur de sa femme. Mal à l'aise, il invita Sandrine à reprendre rapidement son récit.

— Bon, dix-huit heures, c'est clairement pas une heure pour se coucher, surtout au mois de mars. Alors je me dis, ma belle, t'auras pas deux occasions comme ça. La Victoire, elle est lancée dans une partie de galipettes. Je pouvais pas monter écouter au mur, parce que j'étais payée pour nettoyer en bas. Je me suis accordé quelques secondes pour réfléchir. Il y a trois façons d'accéder à l'appartement des Prigent : par le bar, par une porte qui donne sur la place ou par une sortie directe qui donne sur une venelle à l'arrière. Son galant, il s'enfuirait sûrement par là. Du coup, j'ai lavé le sol en surveillant, même que j'avais le cou vrillé à force de tendre la tête vers la ruelle. Et, une demi-heure plus tard, comme je briquais le zinc, j'ai aperçu la porte s'entrouvrir discrètement. J'ai attendu un peu pour pas me faire repérer et puis je me suis précipitée dehors. Et là, qui je vois ? Le dernier auquel j'aurais pensé !

— Dubourg ? répondit le patron en jouant le jeu.

— Dans le mille, Émile ! Môssieur Marc Dubourg, l'ancien directeur de L'Atlantide qui se balade tout le temps avec un balai dans le cul. Celui qu'est toujours au premier rang pour la fête de saint Ternoc ! Vous imaginez ma surprise !

— Sacrée surprise, en effet ! enchérit Alex Nicol. Un célibataire endurci, ascendant grenouille de bénitier… si ça existe au masculin. Il cachait bien son jeu, le cochon !

— D'autant plus que, si je devais tromper Émile, je choisirais plutôt quelqu'un d'attentionné et amusant, répliqua Annick, se vengeant de la saillie de son mari.

— Franchement, commenta un pêcheur, la Victoire, c'est pas une jeunette, mais elle est accorte et avenante. Qu'est-ce qu'elle est allée caramboler avec ce rabat-joie ? J'avoue que ça me dépasse…

— Va comprendre les femmes…, ajouta le boucher.

— Pour les comprendre, philosopha Sandrine, il suffit de les écouter et de s'intéresser à elles.

Aucun homme de l'assemblée n'osa se lancer dans un débat perdu d'avance.

— Et alors, intervint Émile Rochecoët pour rompre le silence gêné qui s'était installé, vous pensez que Gérard Prigent a découvert l'affaire et que le cocu a voulu se venger ?

— Oh, s'il l'avait appris, assura Sandrine, je peux vous garantir que ça se serait su dans le village. Il est jaloux comme un pou.

— Une chose est certaine, c'est que, s'il n'est pas au courant, il va découvrir son infortune dans les heures qui viennent, prophétisa Alex Nicol.

30

Coup de tonnerre

Assis face à son ordinateur, le capitaine Barnabé Grandsir lut le message une seconde fois. Cela modifiait complètement la donne ! Il saisit son portable et appela Locmaria.

— Capitaine Grandsir à l'appareil. Passez-moi le major Julienne, ordonna-t-il sèchement.

— Il est à côté de moi, mon capitaine. Je lui donne le combiné.

Après quelques instants de flottement, le téléphone changea de main.

— Major Julienne. Que puis-je pour vous, mon capitaine ?

— Convoquez les trois personnes qui dînaient avec Quéré et envoyez-les immédiatement faire une prise de sang. Ensuite, dites à un de vos hommes d'apporter les prélèvements au laboratoire de la police de Quimper.

— Qu'est-ce qui se passe ?

— Le légiste a pratiqué l'autopsie sur le corps de Quéré. Il y a trouvé les traces d'un puissant vomitif.

Un long silence répondit à l'annonce de l'officier.

— Cela signifierait..., hésita le major, que l'empoisonnement de Quéré et de ses amis était volontaire ?

— C'est ce que je veux vérifier. Le produit n'est pas censé être mortel, mais s'il est trop fortement dosé, il peut faire du dégât. Quéré ne l'a pas supporté. Il avait déjà le foie en compote et la quantité absorbée était trop importante pour son organisme mal en point. D'après le toubib, si les trois autres ont ingéré cette molécule, on doit encore pouvoir en détecter des traces.

— Je m'en occupe tout de suite, capitaine.

— Parfait. Je saute dans une voiture et je serai là dans une demi-heure.

Quand Grandsir raccrocha, il se demanda dans quoi il avait mis les pieds. Une blague de potache qui avait mal tourné ? Un règlement de compte ? Avec la volonté de tuer ? Il allait s'intéresser de près, non seulement aux clients du restaurant, mais aussi à ceux qui gravitaient autour de Catherine Wald et des quatre convives empoisonnés. Ce qu'il avait entendu la veille sur la famille Lagadec et sur Marc Dubourg laissait penser qu'ils ne devaient pas manquer d'ennemis à Locmaria.

Il se leva de son fauteuil en soupirant. Tous les habitants avaient sûrement appris qu'il arrivait de Paris, ils seraient d'autant plus réticents à livrer des informations à un « étranger ». Il allait devoir compter sur la gendarmerie locale pour découvrir les secrets du village !

L'heure du déjeuner avait sonné et les gargouillis émis par le ventre du maréchal des logis Colin ne troublèrent pas le capitaine Grandsir. Installé dans la pièce qui tenait lieu de salle de réunion, l'officier avait établi sur un tableau noir la liste des pistes dont ils disposaient. Le major Julienne, le maréchal des logis Colin, le brigadier Riou et l'adjudant Salaün avaient activement participé au briefing. Ronan Salaün, proche de la retraite, connaissait les histoires plus ou moins cachées qui avaient secoué le village au cours des cinquante dernières années.

Avant de conclure, Barnabé Grandsir épousseta la veste de son uniforme.

— Bien. Avant d'aller manger, reprit-il en jetant un œil en direction du maréchal des logis, nous allons définir notre plan d'action. Riou, vous récupérez la liste des clients qui ont dîné vendredi soir chez Catherine Wald. Débrouillez-vous aussi pour trouver l'identité de ceux qui auraient pu entrer dans le restaurant pendant le concert. Interrogez la patronne, ceux qui faisaient le service et les convives que vous réussirez à contacter.

— Bien, mon capitaine.

— Colin, vous faites le tour des pharmacies dans un rayon de trente kilomètres pour savoir si la molécule ingérée par Quéré a été vendue au cours de la dernière quinzaine. Vous avez sur cette feuille le nom des quatre médicaments qui la contiennent.

— À vos ordres, mon capitaine, mais c'est un travail de longue haleine. Sera-t-il possible de manger avant de partir ?

— On n'est pas des bêtes, brigadier. Vous aurez le temps de vous offrir un sandwich… ou d'aller manger un plat du jour dans un petit resto du port, ajouta-t-il en voyant la mine contrariée de son subordonné.

— Salaün, préparez-moi une note sur Quéré, Dubourg et sur la famille Lagadec. N'hésitez pas à y ajouter tous les ragots que vous avez entendus dans le village depuis que vous y êtes. J'imagine que le vomitif n'a pas été placé par hasard dans leur choucroute.

— Ce sera fait, mon capitaine, mais ça va prendre du temps. Y en a à dire ! Je commence par qui ?

— Quéré ! Quant à nous, Julienne, nous allons mener ensemble quelques entretiens… après le déjeuner, bien sûr. Je souhaite d'abord rencontrer l'épouse de Quéré, puis revoir Catherine Wald.

— Vous la pensez coupable, mon capitaine ?

— Pour le moment, je ne pense rien. Je veux qu'elle me parle de son entourage, et en particulier de son cuisinier.

— Erwan Lagadec ? se fit préciser le major Julienne.

— Lui-même. D'après ce que vous m'avez raconté hier, c'est un ancien délinquant qui a des griefs contre son père et son frère. On l'interrogera aussi, celui-là.

— Quand j'ai prononcé le mot « délinquant », je me suis peut-être un peu emballé. Mais nous pourrons le convoquer dans l'après-midi. Le service d'hygiène a fermé le restaurant de Cathie Wald. Il aura donc du temps à nous consacrer.

31

Madeleine Quéré

La saucisse aux cocos de Paimpol, plat du jour proposé par *Le Timonier oriental*, avait calmé l'appétit des gendarmes. En servant ses clients, Émile Rochecoët avait subtilement tenté de leur arracher des bribes d'information, mais sa subtilité toute relative n'avait pas suffi à ensorceler les militaires. Les tables alentour avaient rapidement trouvé preneurs, et jamais les parties de cartes ou les discussions n'avaient donné lieu à aussi peu de cris ou de disputes. Les oreilles étaient aux aguets et les renseignements seraient partagés dès que Grandsir et ses subordonnés auraient avalé leur expresso et quitté le bar-restaurant.

Une fois l'estomac plein, les membres de la brigade de Locmaria se consacrèrent activement à leurs missions. Le capitaine Grandsir, guidé par le major Julienne, se rendit jusqu'au domaine des Quéré. Il s'arrêta devant le portail et lâcha un sifflement. Un hectare de terrain, dissimulé à la vue du quidam par un mur de pierres ! Au milieu trônait une maison de deux étages, veillée par des cèdres centenaires et encerclée par un grand jardin parsemé de massifs de fleurs impeccablement entretenus. Mais le plus impressionnant était sans doute le magnifique panorama sur l'océan qui s'offrait aux propriétaires. La famille Quéré montrait au visiteur sa puissance et sa position dominante dans Locmaria. Même s'il n'était pas de nature jalouse, Barnabé Grandsir ne put s'empêcher de ressentir de l'envie. Ce n'était pas avec sa solde de gendarme qu'il pourrait un jour se payer une telle maison.

Le major Julienne sonna. Il avait appelé Madeleine Quéré avant le déjeuner et elle avait accepté de les recevoir à quatorze heures trente. Sans un bruit, le portail s'ouvrit. La veuve venait d'apparaître sur le perron, minuscule, comme écrasée par le manoir. Sans doute l'avait-elle été toute sa vie, au sens propre comme au sens figuré. Barnabé l'observa en avançant vers elle. De petite taille et d'une minceur presque effrayante, Madeleine Quéré n'était pas une jolie femme. Elle faisait cependant preuve de dignité, et les rides de l'âge lui avaient conféré une certaine élégance. Elle tendit une main fragile aux gendarmes.

— Je vous présente mes plus sincères condoléances, madame Quéré, et je vous remercie de nous accueillir en ces heures difficiles, la salua le Quimpérois. Je suis le capitaine Grandsir.

Elle leur répondit en hochant la tête :

— Quand vous m'avez appris que mon mari avait été empoisonné, je ne pouvais pas ne pas vous recevoir.

— Votre témoignage nous sera sans doute précieux, madame.

— Si vous voulez bien me suivre. Nous allons profiter de la douceur du temps pour prendre un café dehors.

Ils entrèrent dans la maison, traversèrent un long couloir jusqu'au salon. Grandsir eut l'impression de basculer un siècle en arrière. De lourds meubles paysans, un étrange lustre débordant de cristaux, deux canapés massifs en cuir sombre habillaient cette pièce ouverte sur une splendide terrasse. L'attention de l'officier fut attirée par une toile aux couleurs vives : une Bretonne parée d'une coiffe tenait une fillette par la main en se promenant sur une plage.

— Il est très beau, souffla-t-il. On dirait un Gauguin.

— C'en est un, confirma calmement la propriétaire. Vous êtes un amateur ?

Le gendarme lui jeta un regard abasourdi, incapable de répondre.

— Mon arrière-grand-père avait un restaurant à Pont-Aven. Il a fréquenté Paul Gauguin et lui a acheté cette œuvre.

— Mais il doit valoir une fortune ! Vous n'avez pas peur de le laisser accroché ici, sans surveillance ?

— Même s'il était hermétique à l'art, Jean-Claude respectait l'argent. Il avait récemment fait installer une alarme.

— Pour plusieurs millions d'euros, un collectionneur peu scrupuleux pourrait payer des spécialistes du cambriolage.

— Vous avez raison, mais, à part Jean-Claude, et

maintenant le major Julienne et vous, personne ne connaît la valeur de ce tableau. N'est-ce pas la meilleure protection ?

— Effectivement. Je suis désolé de vous importuner alors que vous avez sans doute autre chose à faire que me parler de la sécurité de votre maison.

— Vous ne m'importunez pas. Prenez tout le temps que vous souhaitez pour admirer l'œuvre du maître. Elle a été trop peu appréciée durant ces quarante-cinq dernières années.

Une minute plus tard, Barnabé Grandsir rejoignit son collègue et Madeleine Quéré sur la terrasse. Leur hôtesse tenait une cafetière italienne à l'inox rutilant.

Une fois le café dégusté, un silence s'installa, seulement troublé par le bruissement du vent dans les ramures des cèdres.

— Je n'ai jamais aimé cette maison qui ressemble plus à une prison qu'à un confortable chez-soi. Mais je dois avouer que la vue m'a toujours donné l'espoir de quitter un jour les rivages de Locmaria et de partir à la conquête du monde. Un rêve de jeune fille jamais réalisé.

Habitué à la technique des interrogatoires, Barnabé Grandsir ne sut que répondre aux propos empreints de tristesse et d'amertume de cette femme si fragile.

— Mon discours doit paraître étrange dans la bouche d'une veuve censée être éplorée, n'est-ce pas ?

L'officier haussa légèrement les épaules et les sourcils, l'invitant à développer sa pensée.

— Si vous vous renseignez sur mon mari et moi,

et vous le ferez sans doute, vous vous rendrez compte que nous n'avons pas vécu un conte de fées. Jean-Claude ne trouvait son plaisir que dans la manipulation, la table et la débauche. À vingt-deux ans, après des études d'infirmière, je rêvais d'aller aider mon prochain au bout du monde. En cachette de mon père, j'avais économisé de quoi rejoindre les sœurs de la Charité de mère Teresa à Calcutta. Les astres étaient orientés de façon que nos vies ne se croisent jamais. Nos pères en ont décidé autrement et, pour de sombres raisons financières, ils ont choisi d'unir nos destins. Chronique d'un échec annoncé ! Mes espoirs sont partis en fumée, mais pas ceux de Jean-Claude. Je pourrais sans doute prétendre au titre de la femme la plus trompée de Bretagne ! Qu'il me trompe, cela me gênait, mais je pouvais vivre avec. Cependant il s'en vantait dès qu'il en avait l'occasion. Et ça, c'était tellement humiliant ! Des années durant, le regard des habitants de Locmaria sur moi a oscillé entre moquerie et pitié. Je ne sais ce qui était le pire. Et puis le temps a joué son rôle. J'accompagnais mon époux lors des sorties officielles, lorsque ma présence était indispensable pour sa carrière. À part ces rares apparitions communes, nous vaquions à nos affaires personnelles, chacun de son côté. Pendant la première partie de notre mariage, il m'a contrainte à adopter ses habitudes, puis il m'a laissé davantage de liberté. Je suis devenue insensible à ses écarts et à ses sarcasmes, et j'ai commencé à vivre ma vie et à m'adonner à ma passion : la peinture. Voilà, résumée en quelques mots, la saga des Quéré. Une prison dorée pour une existence ratée, conclut-elle en montrant la propriété.

Comme Barnabé Grandsir méditait encore les paroles de Madeleine Quéré, celle-ci poursuivit :

— Alors pour répondre à la première question que vous ne manquerez pas de me poser… je ne peux pas vous affirmer que je regretterai mon mari, et je ne jouerai pas les veuves éplorées. Après quarante-cinq ans à le subir, ce serait indécent. En revanche, si ce que le major Julienne m'a annoncé est vrai, qu'il a été assassiné, personne ne mérite cela. Même si je ne pleure pas Jean-Claude, je ferai tout mon possible pour vous aider à retrouver son meurtrier.

— Je ne vous ai pas dit qu'il a été assassiné, précisa le sous-officier en remarquant le regard sévère de son supérieur, mais qu'il a été *empoisonné*. Le produit ingéré n'était pas censé le tuer.

— Alors votre empoisonneur a joué à l'apprenti sorcier, et sa faute n'en est pas amoindrie. Que désirez-vous savoir, messieurs ?

— Je vais vous poser une première question pour la forme, madame Quéré, entama le capitaine Grandsir. Savez-vous qui pouvait en vouloir à M. Quéré ?

— Une bonne moitié du village le déteste, ainsi que pas mal de gens des environs. Des travailleurs exploités, des partenaires escroqués, des maris trompés, des femmes abusées, des adversaires politiques. Je vais m'arrêter là pour ne pas vous faire perdre votre temps, mais la liste est longue.

— Votre époux avait-il récemment reçu des menaces ?

— Je n'en ai aucune idée. Je pense que j'aurais été la dernière personne à qui il se serait confié si ça avait été le cas.

— Il prêtait de l'argent à des taux très élevés à certains habitants, expliqua Grandsir. Mais peut-être n'êtes-vous pas au courant ?

— Si, il ne pouvait s'empêcher de s'en vanter auprès de moi quand il n'avait pas d'autre public sous la main.

— Est-ce que, par le plus grand des hasards, vous disposeriez de la liste de ses débiteurs ?

— Oui, et pas par hasard !

Les deux gendarmes échangèrent rapidement un air entendu. Leurs premiers véritables indices risquaient de débouler sans tarder.

— Il m'a toujours sous-estimée et n'a pas imaginé un instant qu'une femme comme moi puisse maîtriser l'informatique. Je n'ai jamais voulu le détromper. Sans qu'il le sache, j'ai eu accès à son ordinateur et à tous ses fichiers au cours des dernières années. Je peux donc vous dire qui lui doit de l'argent, combien, à quelles conditions et à quelles échéances de paiement. Jean-Claude y ajoutait même ses commentaires… que j'aurais parfois préféré ne pas lire.

— Pouvez-vous nous confier une copie de ce fichier ?

— Si cela peut vous aider dans votre enquête, je vous donne ça dès maintenant.

— Cela nous aidera beaucoup, madame Quéré, la remercia Grandsir.

— Et…, hésita le major Julienne, que comptez-vous faire de ces prêts ?

— Je dois vous avouer que je n'y ai pas encore réfléchi.

Elle s'arrêta quelques secondes, les yeux perdus à l'horizon. Puis elle poursuivit :

— Peut-être reprendrai-je les créances en y appliquant un taux à zéro pour cent ou en annulerai-je certaines… C'est le moins que je puisse faire, vu les conditions imposées.

32

Front anti-Cathie

— La salope, mais la salope ! J'y crois pas !

Les glapissements de Natacha Prigent traversèrent les rayonnages de la supérette, attirant comme des mouches les dernières clientes qui n'avaient pas encore rejoint l'attroupement formé autour de la caisse. D'un œil discret, Natacha s'assura de l'attention de son auditoire. Il ne manquait plus que le top départ.

— Nat, qu'est-ce qui se passe ?

Ça y est, tout était en place. Ne pas trop montrer sa jubilation, jouer l'indignation et y ajouter une subtile touche de tristesse. L'occasion était trop belle !

— Cette pute a empoisonné mon oncle !

Quelques secondes plus tard, l'assemblée avait toujours du mal à comprendre où la virulente Natacha souhaitait en venir. Agacée par l'absence de réactions, Natacha expliqua :

— J'ai reçu à l'instant des informations confidentielles de la gendarmerie. Catherine Wald a sciemment empoisonné mon oncle Jean-Claude Quéré et l'a condamné à mort.

L'effet escompté arriva enfin : un brouhaha où la surprise l'emporta dans un premier temps sur le doux parfum de scandale.

— Tu es sûre, Natacha ? demanda la bouchère qui avait abandonné le magasin à son mari et à son commis pour aller à son tour à la pêche aux nouvelles. C'est quand même pas une réincarnation des Borgia, notre Alsacienne !

— Tu doutes de moi, Émeline ? persifla la tenancière.

— Non, répondit la solide bouchère que Natacha Prigent n'impressionnait pas. Mais j'ai du mal à imaginer Catherine en train d'assassiner un de ses clients. C'est contraire au b.a.-ba du commerce !

— Tu es bien comme les autres ! Tu as été envoûtée par la gentille Alsacienne qui fait des risettes à tout le monde ! Eh bien, vous voyez maintenant ce qu'elle est : une meurtrière, une empoisonneuse !

Un certain flottement s'empara de l'auditoire. Natacha comprit qu'elle en avait trop fait. C'était maintenant qu'elle devait les retourner, au risque de les perdre. Elle devait agir avec plus de douceur et réfréner sa détestation de la blondasse.

— Réfléchissons, mesdames… et monsieur, ajouta-t-elle à l'adresse d'un retraité qui avait rejoint le groupe dans l'espoir d'attraper quelques indiscrétions pour impressionner sa femme au dîner. Vous rappelez-vous qui était à cette table de la mort ?

Natacha avait été frappée d'un éclair de génie : faire

participer l'assemblée était un excellent moyen de capter l'attention de tous et de partager ses convictions. Plusieurs bras se levèrent et elle en sélectionna un.

— Les deux Lagadec, Dubourg et Quéré… enfin ton oncle.

— Dieu ait son âme, larmoya Natacha. Même s'il n'était pas parfait, il a toujours été adorable avec moi.

Elle laissa planer quelques secondes de silence et poursuivit, plus offensive :

— Quelle relation avait Wald avec les Lagadec ?

Nouvelle levée de bras, nouveau choix.

— Avec le Mathieu, je ne suis pas certaine qu'ils se connaissaient. Mais ce qui est sûr, c'est qu'elle a acheté le domaine de Kerbrat qui aurait dû revenir à Georges Lagadec.

— Dans ce cas, c'est plutôt Georges Lagadec qui aurait dû s'en prendre à elle, s'immisça le retraité sans avoir reçu l'autorisation officielle d'intervenir. Je vois pas pourquoi elle aurait cherché à le zigouiller.

— Mon pauvre Hector, souffla Natacha en secouant la tête, tu es marié depuis combien de temps ?

— Quarante et un ans.

— Ben pendant tout ce temps-là, t'as pas appris à connaître les femmes ! Lagadec était un danger potentiel pour Wald. Il allait se battre pour récupérer le domaine de Kerbrat et elle l'a senti. Elle a préféré le devancer et tenter de s'en débarrasser, c'est une évidence.

Face aux murmures approbateurs d'une partie des auditrices, Hector n'osa pas insister, peu convaincu pour autant par la démonstration de l'épicière.

— Maintenant qu'Hector a progressé dans sa science des femmes, continua Natacha, pourquoi en voulait-elle à mon oncle Jean-Claude au point de l'assassiner ?

Après quelques réflexions à voix haute, une nouvelle main s'agita.

— Oui, Maud, on t'écoute.

— C'est juste une hypothèse, mais je pense qu'elle tient la route. Et d'un, Jean-Claude Quéré était le meilleur ami de Lagadec : elle se méfiait donc de lui. Et de deux, elle achète sa charcuterie chez Malo Micolou et ses légumes chez Anton Manach : deux ennemis jurés de Quéré ! On peut très bien imaginer qu'ils l'ont convaincue d'empoisonner ton oncle.

Natacha applaudit cette théorie.

— Vous voyez, en quelques minutes, on a trouvé plus de mobiles que nécessaire pour ce crime !

— C'est vrai qu'elle n'est pas si blanche que ça, la Catherine Wald, commenta une voix.

— C'est sûr, relança une autre, dès qu'on creuse, ça sent tout de suite moins bon… comme la vase à marée basse.

— Je pense que ça mérite qu'on s'y intéresse, suggéra Natacha Prigent. Connaissant les gendarmes de Locmaria, il ne faut pas compter sur eux pour pousser l'Alsacienne dans ses retranchements.

— Mais… et Dubourg ? demanda Hector à qui la tournure prise par les événements ne plaisait pas.

— Dommage collatéral, répondit froidement la cheffe autoproclamée de la coalition anti-Wald. Pour celles qui le peuvent, je vous propose d'aller raconter ça au bar de mon frère. La population de Locmaria a le droit de savoir.

Galvanisée par l'autorité de l'épicière, la majorité de l'auditoire la suivit à *La Frégate*. Il était temps de se mettre en ordre de bataille pour faire régner la justice et chasser les fauteurs de troubles du village.

33

Interrogatoire d'Erwan

Erwan Lagadec regarda la façade de la gendarmerie. S'il s'y était rendu dix jours plus tôt pour déposer plainte au nom de Cathie, il conservait également quelques mauvais souvenirs de condamnations ou de rappels à l'ordre. Il les avait accumulés : ivresse sur la voie publique, tapage nocturne, tentative de cambriolage et trafic de stupéfiants pour avoir dealé un peu d'herbe. Heureusement, il n'avait jamais été envoyé derrière les barreaux. Il était considéré comme un pauvre type, un paumé qui n'avait jamais rien fait de bien terrible, mais que les services judiciaires ne perdaient pas de vue. On tombait rarement d'un coup dans la grande délinquance, mais on s'en rapprochait étape par étape.

Dire qu'Erwan avait honte en repensant aux dernières années de son existence était au-dessous de la vérité. La confiance de Cathie avait transformé sa vie : il l'adulait et ne supportait pas ce qu'il entendait depuis deux jours à son sujet. Il n'était pas non plus stupide et savait que, avec ses exploits passés, il se retrouverait lui aussi rapidement dans la ligne de mire des enquêteurs. Il jeta un œil au clocher de l'église qui se profilait derrière le toit, adressa une prière muette à saint Ternoc et pénétra dans le bâtiment.

— Salut, Erwan ! lui lança l'adjudant Salaün, de garde en cette fin de journée. Le capitaine Grandsir va te recevoir. Assieds-toi cinq minutes.

Si Erwan Lagadec n'avait jamais trop copiné avec la police, il avait cependant une affection particulière pour Ronan Salaün. Le vieux gendarme avait servi une bonne partie de sa carrière à Locmaria et avait vu grandir le dernier des Lagadec. Salaün avait toujours fait preuve de bienveillance, ce qui lui avait valu des remontrances de ses supérieurs qui ne le trouvaient pas assez offensif avec les suspects. Erwan saisit son Smartphone et le militaire se replongea dans le rapport qu'il était en train de rédiger. Salaün leva juste les sourcils quand la porte de la pièce s'ouvrit, Erwan en revanche fit un violent effort pour ne pas bondir de son siège. Son frère Mathieu le toisa, lui décocha un sourire narquois et quitta le bâtiment.

— Erwan Lagadec est là, mon capitaine, annonça l'adjudant Salaün.

— Entrez, monsieur Lagadec. Je suis le capitaine Grandsir.

Erwan s'installa en face du bureau. Le major Julienne avait laissé sa place à son supérieur et assistait aussi à l'entretien.

— Je suis placé en garde à vue ? demanda Erwan.

— Non, pourquoi ? s'étonna Grandsir.

— Pour savoir si je dois appeler un avocat. Comme vous venez d'interroger mon… frère, se justifia Erwan en se forçant à ne pas insulter Mathieu, vous devez avoir une image de moi bien dégueulasse.

— Pourquoi ?

— Parce que le major vous a sûrement raconté mes exploits passés ! Et parce que l'autre connard a sans doute dû vous expliquer que j'ai essayé de me venger de lui et de tout ce qu'il m'a fait subir dans ma jeunesse en l'empoisonnant, lança Erwan.

Merde ! Décidément, il n'arriverait jamais à parler calmement de son aîné.

— J'exerce mon métier depuis plus de vingt-cinq ans, monsieur Lagadec, et je ne me suis jamais fié à des ragots pour me forger un avis sur quelqu'un… surtout lorsqu'il s'agit d'histoires de famille. Je vous ai uniquement convoqué en tant que témoin, au même titre que tous les gens qui passent dans ce bureau.

— Très bien. Qu'est-ce que je peux faire pour vous ?

— J'aimerais avoir votre version des événements.

Erwan s'exécuta et commença à raconter la soirée vue de la cuisine. Il s'arrêta un instant, fasciné par la façon dont son interlocuteur griffonnait ses notes sur un cahier à spirale.

— C'est vrai que Quéré a été empoisonné ?

— Qui vous a dit ça ? interrogea Grandsir, visiblement contrarié.

— Pratiquement tout le village est au courant. Je l'ai appris en achetant des cigarettes au bar de *La*

Frégate. Natacha Prigent le hurlait à tous ceux qui voulaient bien l'entendre, sans oublier de dénoncer la coupable : Cathie !

— Mme Wald ? Mais pourquoi ?

— Pour moi, Natacha est juste jalouse, et ça lui fait balancer les pires saloperies.

— Heureusement que j'avais demandé à vos hommes de garder l'information confidentielle ! reprocha Grandsir au sous-officier.

— Ils ont fait leur maximum, mon capitaine, mais tout se sait très vite ici. Vous n'avez pas remarqué que tout le monde nous observait du coin de l'œil au restaurant ?

— N'empêche que, si on se retrouve avec une guerre de clocher sur les bras, on aura l'air malins. Et vous, monsieur Lagadec, qu'est-ce que vous dites de tout ça ? Comment ce poison a-t-il pu atterrir dans les assiettes de Quéré et compagnie ?

— Ou bien Georges Lagadec et compagnie ?

— Qu'est-ce que vous entendez par là ?

— Que si Quéré est mort, ce n'est peut-être pas lui qui était visé ! Les quatre ont été malades comme des chiens… et ça, je peux vous le confirmer. Ils ont dégueulé dans la voiture quand je les ai raccompagnés chez eux.

— Vous avez raison, et nous sommes en train d'enquêter sur les inimitiés qu'entretenaient les quatre victimes dans le village.

Erwan éclata de rire :

— La liste va être longue. Cette tablée, c'était le top 4 des raclures de Locmaria !

— Cette façon de vous exprimer ne plaide pas en votre faveur ! s'étonna l'officier.

— Inutile que je fasse semblant de les apprécier, le major Julienne n'y croirait pas. Pour autant, je n'aurais jamais fait la connerie de les empoisonner au restaurant.

— Pourquoi ?

— D'abord parce que, avec mon passé, je sais que j'ai tout du suspect idéal. Ensuite parce que, pour rien au monde, je n'aurais fait ça à Cathie. Vous la connaissez ?

— Je l'ai rencontrée ce matin. C'est effectivement une femme charmante.

— Plus que charmante ! Une sainte ! Elle m'a embauché, elle m'a appris ses recettes et, malgré le coup misérable que je lui ai fait le soir de l'inauguration, elle m'a pardonné et m'a repris comme cuisinier !

— Très biblique, tout ça, commenta Grandsir.

— Moquez-vous, mais plutôt crever que lui porter préjudice !

— Vous êtes très convaincant, monsieur Lagadec. Vous étiez aux premières loges, alors comment expliquez-vous que des clients puissent se retrouver intoxiqués par un vomitif ?

— Le poison a pu être placé soit dans leur plat, soit dans leur verre, voire directement dans la bouteille. Je me souviens bien du moment où j'ai préparé la « choucroute impériale ». J'ai dressé les assiettes, et Romy est rapidement venue les prendre pour les apporter à leur table.

— Quelqu'un aurait-il pu y avoir accès entre le

moment où vous les avez posées sur le comptoir et celui où cette Romy les a récupérées ?

— Non, j'étais seul dans la cuisine, avec Charles.

— Qui est ce Charles ? interrogea le gendarme.

— Charles Highbury, un Anglais qui tient une épicerie sur le port. Il a une tendance *british* à se la péter, mais je dois avouer qu'il est toujours là pour donner un coup de main à Cathie.

— Donc, ça écarte de lui tout soupçon ?

— Highbury n'a jamais eu affaire aux quatre pieds nickelés…

— Et cette Romy ?

— C'est une fille en or, s'exclama Erwan. Allez l'interroger et vous la rayerez de la liste de vos suspects.

— Alors, si je vous suis, le produit est arrivé tout seul ?

— Quand Romy a déposé les assiettes sur la table, Alex Nicol s'est pointé avec trois de ses collègues et ils ont commencé à nous jouer leur musique allemande.

— Qui est cet Alex Nicol ? demanda Grandsir en continuant à noircir son carnet de notes.

— Le premier sonneur du bagad de Locmaria.

— Et donc ?

— Donc, poursuivit Erwan avec un sourire, ça a mis un sacré bazar. Tous les convives qui étaient à l'intérieur se sont levés pour aller voir. Des gens qui se baladaient sur le port ont aussi profité du spectacle, d'autres sont même entrés pour tenter de commander des bières. Comme la table de Quéré et compagnie était près de la porte, des dizaines de personnes sont passées devant.

— Vous ne nous facilitez pas la tâche, monsieur Lagadec.

— Je suis désolé, monsieur, mais ce n'est que la stricte vérité.

Barnabé Grandsir relut ses notes et conclut :

— Si je résume, pendant cinq minutes, le restaurant est devenu plus peuplé qu'un quai de métro un jour de grève et près de la moitié du village en voulait au moins à une des victimes. Avec ça, on n'est pas au bout de nos peines... Je vous remercie, monsieur Lagadec, vous pouvez y aller. Je vous demande juste de rester dans le coin. J'aurai sans doute de nouveau besoin de votre témoignage et de vos souvenirs.

Comme le major Julienne se levait pour le raccompagner, Erwan salua l'officier de la tête et quitta la pièce. Il savait que ce n'était que le premier round et que le prochain interrogatoire risquait d'être plus serré.

34

La jeunesse d'Erwan

Barnabé Grandsir s'étira sur son siège et étouffa un bâillement. S'il avait pensé au départ mettre rapidement la main sur l'empoisonneur, il s'était lourdement trompé. Il venait à peine de soulever le couvercle, mais les premières odeurs étaient déjà nauséabondes. Il avait vécu à Paris jusqu'à l'âge de vingt ans et n'était pas habitué à ces conflits de village qui macéraient pendant des décennies avant d'exploser au grand jour. Il aurait besoin de la connaissance des gendarmes locaux pour mener à bien cette enquête.

— Qu'est-ce que vous en dites, Julienne ? demanda-t-il au major après qu'il eut raccompagné Erwan Lagadec. Plutôt fiable ou mythomane ?

— Il y a encore deux mois, j'aurais émis un avis négatif à son sujet. Par contre, depuis l'ouverture du restaurant, c'est un autre homme. Il a remonté la pente et ça fait plaisir à voir.

— Donc, il ne joue pas un rôle de composition ?

— Non, et je suis affirmatif !

— C'est vrai qu'il semble sincère, commenta l'officier, mais vous savez comme moi qu'on donne régulièrement le Bon Dieu sans confession aux pires crapules. Sinon, ça n'a pas l'air d'être l'amour fou avec son frère ?

— Ça, vous pouvez le dire ! Le pauvre en a bavé dans sa jeunesse.

— Ça fait combien de temps que vous êtes en poste ici ?

— Dix ans, mon capitaine. Erwan Lagadec est revenu peu de temps après de son grand voyage et a commencé à traîner sa peine dans Locmaria. Je l'ai arrêté plusieurs fois pour des peccadilles. Ça m'a amené à m'intéresser à lui. Erwan a perdu sa mère alors qu'il n'avait que deux ans. Mathieu en avait cinq. D'après ce que j'ai compris, le drame a beaucoup ému le village : Mme Lagadec était très appréciée et elle est morte d'une crise cardiaque en se baignant en mer.

— À cause de la température de l'eau ?

— Je ne vous conseille pas de faire cette plaisanterie en dehors de la gendarmerie, mon capitaine.

— Je suivrai votre recommandation, admit Grandsir. Continuez.

— C'est Yvonne Le Moal, la grand-mère maternelle, qui a élevé ses petits-fils : une femme adorable que l'on croise régulièrement dans Locmaria. Erwan était un enfant doux et sensible, Mathieu était plus hâbleur et grande gueule. Georges Lagadec adulait son aîné, qui s'est senti libre de persécuter le cadet. J'en ai entendu beaucoup sur leur relation, sur la façon dont Mathieu humiliait son frère dès qu'ils étaient de sortie, sur les brimades qu'il lui faisait subir. Tout ça sous l'œil indifférent, voire bienveillant, de son père.

— OK, arrêtez-vous là pour aujourd'hui. Cela étant dit, vous ne pensez pas qu'on tient un bon suspect ? En empoisonnant la tablée, Erwan Lagadec faisait coup double ! Le frère tortionnaire et le père complice !

— Effectivement, mais avec un tel acte, il mettait Catherine Wald au cœur de la tourmente. Et vu le respect qu'il lui porte, je n'arrive pas à y croire !

— Il y a quelque chose d'autre entre eux ?

— Comment ça, mon capitaine ?

— Il faut vous faire un dessin ? Ils couchent ensemble ?

— Absolument pas ! Erwan est amoureux depuis toujours de Julie Fouesnant : c'est de notoriété publique. D'ailleurs, Catherine Wald semble plus attirée par Highbury, l'Anglais dont Erwan Lagadec vous a parlé.

— Vous m'impressionnez, Julienne ! Si jamais vous en avez marre de la gendarmerie, postulez comme rédacteur en chef de *Voici* ou *Closer*.

Le major Julienne sourit à la boutade de son supérieur et poursuivit :

— Si Erwan Lagadec était le coupable, il y aurait quand même un truc qui clocherait. Pourquoi se serait-il vengé seulement maintenant ?

— Parce que vous savez bien que des victimes peuvent rester des années sans réagir et que, un jour, un détail les fait dégoupiller et passer à l'acte. Tiens, regardez l'histoire de Jacqueline Sauvage ! À soixante-cinq ans, elle a tué son mari après quarante-cinq années à subir des violences conjugales. Pourquoi pas avant, quand il s'en prenait à ses filles ?

— Vous pensez donc qu'Erwan Lagadec pourrait être coupable ?

— Après avoir été humilié pendant des années, il empoisonne son frère et son père pour les humilier en public.

— Mouais… peut-être, commenta le major Julienne.

— OK, c'est de la psychologie à deux balles, mais il est quand même en haut de la liste des suspects.

Grandsir se leva, ouvrit la porte et appela Ronan Salaün installé derrière son guichet.

— Brigadier, vous en êtes où avec votre rapport sur Quéré ?

— Pas terminé, mon capitaine. Mais quand vous le lirez, vous ne serez pas déçu.

— Il vous faut combien de temps pour nous fignoler ça ?

— Si je ne fais que ça, je peux l'avoir bouclé pour ce soir, assura Salaün.

— Parfait. Alors rendez-vous ici demain matin à sept heures et demie. Vous me le raconterez, c'est toujours plus vivant qu'une lecture.

Sous le regard surpris de ses collaborateurs, le capitaine Grandsir ramassa ses affaires.

— Ma hiérarchie attend de moi un bilan de l'enquête… En fait, elle attend impatiemment que je lui apporte un coupable, ou au moins un suspect sérieux. Apparemment, Quéré avait encore quelques connaissances dans les milieux politiques qui agitent le bocal.

Je vais devoir tergiverser ce soir, mais je compte sur vous pour tendre l'oreille et continuer les enquêtes de voisinage.

— On a prévu la tournée des bars en fin d'après-midi, annonça fièrement le brigadier Riou qui rentrait juste de mission. Il y circule toujours des informations très intéressantes.

— Très bien… mais les notes de frais ne seront pas acceptées, précisa Barnabé Grandsir en prenant congé de ses collègues.

35

Retour à Kerbrat

Cathie s'était rarement sentie aussi mal depuis la disparition de Sabine. Ce projet dans lequel elle avait mis toute son énergie tournait à la catastrophe. Même si elle savait que sa responsabilité serait vite dégagée, son moral était en berne.

Dès qu'il avait compris que sa posture de cow-boy macho ne le mènerait nulle part, le gendarme rencontré la veille s'était comporté en interlocuteur agréable. Le capitaine Grandsir connaissait son métier : une personne un tant soit peu sensée ne réaliserait jamais une tentative d'homicide dans son propre restaurant. Cathie n'était pas inquiète. Par contre, l'agressivité de certains villageois à son égard l'avait abasourdie. En passant dans l'après-midi devant *La Frégate* pour aller acheter du pain, un client aviné l'avait traitée de meurtrière et de boche ! L'alcool n'excusait rien, au contraire. Qu'est-ce qui avait pu pousser cet homme à lui cracher ces propos haineux au visage ? Depuis son arrivée, elle veillait à se montrer agréable avec tous ceux qu'elle rencontrait… *La Frégate* appartenant à la famille Prigent, elle se doutait bien que Natacha profitait de ce drame pour nuire à sa réputation, mais il y avait des limites à l'indécence.

Elle avait tout de même acheté sa baguette et son paquet de crêpes. Mais, alors qu'elle rentrait chez elle, les flots de l'océan avaient soudain pris une couleur plus sombre et les mouettes l'avaient escortée de leurs cris moqueurs : « Alors, Cathie, qu'est-ce que tu croyais ? Ton mari te l'avait toujours dit, que tu n'arriverais à rien ! »

Une fois chez elle, Cathie décida de chasser le mal par le mal. Elle monta dans sa chambre, enfila un short et un débardeur. Puis elle attrapa une gourde d'eau dans la cuisine et chaussa une paire de runnings posée près de la porte d'entrée. Courir, voilà ce qui lui viderait l'esprit de toutes les ondes négatives accumulées dans la journée !

Quatre ans plus tôt, juste avant son divorce, elle se serait jetée sur une boîte de gâteaux et un pot de glace, comme toute héroïne de série américaine qui se respecte. Sauf que les héroïnes de série ne prennent pas un pet de graisse alors qu'elle avait atteint le poids de quatre-vingt-neuf kilos ! Elle s'était trouvée entraînée dans un cercle vicieux. Plus elle déprimait, plus elle mangeait. Plus elle mangeait, plus elle grossissait, plus les commentaires de son mari Patrick se faisaient acides et plus elle perdait confiance en elle : du coup, elle mangeait. L'esprit de révolte qui l'avait animée durant une partie de son adolescence s'était éteint… jusqu'au jour où…

Elle se souvenait parfaitement de ce moment et ne pouvait s'empêcher de se réjouir chaque fois qu'elle y repensait. Cathie travaillait comme comptable dans la même société que Patrick. Son époux occupait le poste de responsable des ventes et se pavanait à longueur de journée dans les bureaux. Elle savait qu'il la trompait et ne disait rien, convaincue que son aspect physique et son manque d'enthousiasme pour les activités sexuelles en étaient la cause. Ce pervers avait réussi à la faire culpabiliser alors qu'elle était la proie de ses agissements odieux. Mais ce qui la blessait le plus, c'étaient les réactions de ses collègues qui oscillaient entre le dégoût et la pitié. Pour eux, elle n'était qu'une victime passive, incapable de se révolter… bref, une femme qui méritait bien ce qui lui arrivait.

Cathie avait appris que Patrick couchait depuis quelques semaines avec la DRH, une grande blonde qui se croyait sortie de la cuisse de Jupiter. Une marche plus bas dans sa descente aux enfers ! Ce jour-là, elle prenait le café avec une secrétaire qui avait eu assez de cœur pour ne pas la laisser seule. Son mari était entré dans la salle, tenant la DRH par la taille, et avait aperçu son épouse. Au lieu de lâcher sa maîtresse, il l'avait enserrée plus fort et s'était moqué ouvertement de Cathie. La pétasse avait accompagné la plaisanterie graveleuse d'un rire de gorge qu'elle devait imaginer irrésistible.

Ce ne fut pas une petite flammèche de la révolte qui s'était allumée dans l'âme de Cathie, mais un brasier que Lucifer n'aurait pas renié. Elle s'était approchée du couple avec un sourire forcé. Toutes les conversations avaient cessé en même temps. Elle avait regardé sa rivale et, sans un mot, avait jeté le contenu encore chaud de la tasse sur le chemisier en soie. Patrick s'était précipité vers sa femme pour la maîtriser. Il avait perdu l'équilibre sous l'effet de la magistrale paire de claques reçue au même instant et terminé sa course contre la machine à expresso. Il s'était effondré, entraînant avec lui une pluie de dosettes de café.

Avant qu'il ait pu réagir, Cathie l'avait attrapé par la cravate et lui avait susurré :

— À partir de maintenant, tu ne mets plus les pieds à la maison. Tu iras dormir chez ta pute !

Puis elle l'avait lâché et s'était approchée de la DRH, qui avait reculé instinctivement.

— Il me reste une demi-journée de RTT. Je la solde. Je compte sur vous pour la noter, parce que c'est votre boulot, n'est-ce pas ?

Avant que l'effet de l'adrénaline soit retombé, Cathie avait quitté la salle pour se précipiter vers le parking. Elle avait récupéré sa voiture et roulé à tombeau ouvert jusqu'au mont Sainte-Odile. Là, elle avait marché tout l'après-midi sur des chemins encore à moitié enneigés, des chemins qu'elle empruntait avec son grand-père quand elle était enfant.

Cette paire de claques, qui, au passage, lui avait endolori les phalanges, avait été salvatrice. À partir de cette seconde, elle avait repris sa vie en main, une vie sans Patrick. Après tout, personne ne l'avait forcée à se gaver de sucreries. Elle allait arrêter de se goinfrer et se remettre au sport. Elle retrouverait une silhouette qui lui permettrait de se sentir femme. Certes, une femme mûre, mais une femme ! Une semaine après, elle quittait son entreprise avec une rupture conventionnelle. Patrick et sa maîtresse n'avaient pas osé porter plainte, et elle était partie sous les applaudissements de ses collègues. Elle en avait été plus attristée que satisfaite : la versatilité de la foule la consternait ! Un mois plus tard, Patrick demandait le divorce, et elle avait réussi à récupérer de quoi tenir le coup financièrement pendant un certain temps. Ses enfants, maintenant autonomes, s'étaient réjouis de la voir enfin échapper au pouvoir destructeur de leur père. Tout était réuni pour mettre en place son projet.

Les cheveux nattés, une casquette sur la tête et des fourmis dans les jambes, Cathie s'élança sur le chemin des douaniers. Pendant la première demi-heure, elle courut d'un pas léger, évitant les cailloux affleurants et les racines promptes à provoquer la chute. Puis elle s'engagea sur une longue plage blanche. La mer commençait tout juste à descendre et reprenait une couleur bleu azur, paysage digne d'une carte postale. Les vacanciers de juin, allongés au soleil, admirèrent la sportive qui sprintait sur le sable humide. À peine marquées, les traces de ses pas disparaissaient comme un souvenir qui n'aurait jamais existé. Cathie hésita un instant, puis se dirigea vers l'eau. En courant, les gouttelettes projetées sur son corps en sueur la dopèrent mieux que n'importe quelle boisson à base de houblon. Les mollets douloureux, elle s'arrêta au bout de la plage, puis grimpa dans l'amas de granit qui en délimitait la fin. Le souffle court, elle observa la lande, couverte de bruyère en fleur. Derrière elle, le bruit des vagues. Devant elle, des terres sauvages qui s'étendaient à perte de vue. Elle reprit sa course, les jambes griffées par les ajoncs qui protégeaient cette terre éternelle. Les poumons en feu mais l'esprit apaisé, elle arriva chez elle.

L'après-midi était avancé, mais, à cette époque de l'année, la nuit ne tombait qu'à vingt-trois heures et le fond de l'air était délicieusement doux. Elle ne s'arrêta pas à la maison, mais se rendit directement sur la petite crique en contrebas, dévalant l'escalier taillé dans la roche. La marée descendante avait dévoilé une plage de sable fin et doré. Elle admira l'océan et, au loin, les îlots de Men Du. À cette heure, les derniers kayakistes étaient rentrés au port. Sans une hésitation, elle se débarrassa de ses vêtements trempés de sueur et, nue, se précipita dans la mer. Elle nagea durant de longues minutes, apaisée par l'eau qui glissait sur son corps hâlé. Puis elle ressortit et s'allongea sur le sable. Elle frissonna sous la caresse du vent encore tiède et s'amusa à observer la chair de poule qui s'invita quelques instants sur sa poitrine et ses bras. Cathie n'avait jamais été gênée par la nudité. Elle évitait juste de bronzer sans maillot de bain sur une plage lorsque des enfants ou des ados en fleur et en rut se trouvaient à côté. Elle n'était pas une mère la pudeur, mais elle ne souhaitait pas choquer ses voisins. Bercée par le clapotis des vagues et les cris lointains des mouettes, elle s'endormit, l'esprit tranquille. Elle mit quelques secondes à comprendre ce qu'elle faisait là quand, réveillée par la fraîcheur du vent, elle remarqua les étoiles au-dessus d'elle. Elle salua la Grande Ourse puis, lentement, se releva et s'étira. Elle terminerait la nuit dans son lit.

36

Jean-Claude Quéré

Sept heures et demie du matin pétantes. Les cinq gendarmes s'installèrent le plus confortablement possible dans la salle de réunion, rejoints par les deux autres membres de l'équipe. Le major Julienne était allé chercher des parts de far aux pruneaux à la boulangerie.

— C'est une tradition que nous avons instaurée quand nous attaquons la journée. On en profite pour faire un petit briefing.

Surpris, le capitaine Grandsir accepta le morceau de gâteau et respecta la tradition. Tous les gendarmes avaient décidé d'offrir des heures supplémentaires à l'État, impatients de découvrir le récit de leur collègue. L'adjudant Ronan Salaün observa son auditoire et feuilleta la vingtaine de pages qu'il avait noircies.

— Vous souhaitez que je vous en fasse un résumé, mon capitaine ?

— Oui, confirma celui-ci. Avant de commencer,

je voudrais savoir si vous connaissez bien Locmaria, brigadier ?

— J'y suis né ! Ma famille, du côté paternel, y habite depuis au moins une dizaine de générations ! Un pur produit locmariaiste ! J'y ai d'ailleurs fait une grande partie de ma carrière.

— C'est plutôt rare d'être aussi peu mobile, s'étonna l'officier.

— Disons qu'on a eu des arrangements… tout à fait légaux, bien sûr, se hâta-t-il d'ajouter.

— C'est bon, je ne mène pas une enquête interne. Allez-y, on vous écoute.

— Jean-Claude Quéré… soixante-huit ans… un des personnages centraux de la vie politique et économique de Locmaria et des environs. Il a été maire pendant trente ans, après avoir succédé à son père qui avait occupé cette fonction pendant douze années.

— Ça tourne à la dynastie !

— C'était une dynastie. Il a aussi été député pendant cinq ans, mais sa carrière législative a eu moins de succès.

— Pourquoi ? Il s'est fait battre aux élections suivantes ?

— Non, il n'en a même pas eu l'occasion. En pleine ascension, il s'est cru intouchable et n'a pas hésité à s'engueuler avec la direction de son parti. Du coup, il a été rayé des listes et n'a pas été réinvesti. Cela ne l'a pas empêché d'être élu plusieurs fois conseiller général. Bref, un type qui a compté dans la politique du sud Finistère.

— Lui aussi est originaire de Locmaria ?

— Ah ben, merde, alors !

— Vous savez où ça s'est passé ? les coupa Grandsir.

— À Quimper, mon capitaine, répondit Colin. Il s'est jeté sous un camion et il est mort quelques heures plus tard à l'hôpital.

— Vous venez de me dire que cette conserverie appartenait aux Quéré, n'est-ce pas ?

— Exact, intervint le major Julienne qui commençait à trouver que ses subordonnés tiraient trop la couverture à eux. Surtout, il l'a vendue il y a trois ans en laissant plusieurs gars sur le carreau… alors qu'il avait juré ses grands dieux qu'il n'y aurait aucun licenciement. Tout le village lui en a voulu et ça lui a coûté son sixième mandat aux municipales.

— Peut-on imaginer qu'un membre de la famille de ce M. Faouët ait tenu Quéré pour responsable du suicide de Pol ?

— Il n'était pas de Locmaria, précisa le major Julienne, mais il y avait sans doute encore quelques amis. Par ailleurs, c'est Marc Dubourg qui était le directeur de l'usine au moment de la fermeture. Si on considère l'hypothèse de la vengeance, le tueur aurait fait d'une pierre deux coups.

— Major, ordonna l'officier, vous irez à l'hôpital où Faouët est décédé. Rencontrez le personnel qui s'est occupé de lui et débrouillez-vous pour savoir s'il a été accompagné durant ses derniers instants. Essayez aussi d'apprendre qui il fréquentait les semaines avant son suicide. Je préviendrai un collègue qui pourra vous aider.

— Il y est né, mais son parcours familial est parsemé de zones d'ombre.

— Expliquez-nous ça, adjudant.

— Son père, Charles-Henri, a débarqué à Locmaria en 1945, quelques mois après la fin de la guerre. Plus tard, il y a rencontré celle qui deviendrait sa femme et s'est marié en 1949.

— Son père, ce Charles-Henri, il venait d'où ? demanda Grandsir qui savait que, dans toute région de France, une vingtaine de kilomètres pouvaient parfois reléguer un village proche à l'autre bout du monde.

— De Brest.

Là, on avait largement dépassé les limites du voisinage. Barnabé Grandsir continua :

— Et pourquoi a-t-il quitté Brest ? Parce que tout avait été rasé ?

— Vous avez une bonne connaissance de l'histoire bretonne, mon capitaine. Des bombardements alliés avaient effectivement transformé le centre de Brest en champ de ruines. Mais ce n'était pas la raison. Le père de Charles-Henri a été abattu par des inconnus en avril 1945. Il avait un peu trop fricoté avec les Allemands pendant la guerre et ça lui a coûté la vie. Après ça, la famille Quéré n'a plus été la bienvenue à Brest et dans ses environs.

— Charles-Henri Quéré n'a pas souffert de la réputation de collabo de son père ? s'étonna Grandsir.

— Vous savez, Locmaria, c'était loin de Brest. Et puis, il s'était bien intégré. En 1951, il a créé la conserverie de L'Atlantide, procurant de nombreux emplois à une population frappée par la crise économique.

Les rares habitants qui connaissaient l'origine de son argent se sont tus. Ils avaient besoin de manger ! Par ailleurs, Charles-Henri rachetait des terrains. Mais plutôt que de tout acquérir en une fois et d'apparaître comme un prédateur, il y allait par petites touches, payant un prix décent des terrains qui ne valaient rien ou presque à l'époque. Il les remettait ensuite en fermage. Peu de temps après, Charles-Henri a eu un garçon, qu'il a appelé Jean-Claude. Le couple n'a jamais eu d'autres enfants.

— Jean-Claude Quéré, gamin, il était comment ? demanda le maréchal des logis Colin.

— Pourri gâté. Comme tout le monde lui faisait des courbettes… enfin, plus exactement, s'aplatissait devant l'héritier du patron ou du propriétaire, il s'est rapidement cru tout permis.

— Ses parents ne lui disaient rien ?

— Non, c'était leur fils unique et ils lui passaient tous ses caprices.

— Alors pourquoi son père l'a-t-il forcé à épouser Madeleine ? intervint Grandsir.

— Sans doute le seul acte d'autorité de Charles-Henri avec son garçon. Jean-Claude était un coureur et aurait vite dépensé beaucoup d'argent dans ses aventures. En le mariant avec la fille d'un notable local, il protégeait l'héritage… tout en laissant son fils continuer à chasser la gueuse.

— Et il en a profité ?

Les hochements de tête simultanés des gendarmes lui apportèrent sa réponse.

— Du coup, Locmaria est peuplé de bâtards de

Quéré ? poursuivit Barnabé Grandsir, qui voyait là une nouvelle source potentielle de suspects.

— La question s'est longtemps posée, mon capitaine. Mais, a priori, personne ne lui a réclamé de pension.

— C'est donc son épouse qui va hériter de tous les biens, conclut Grandsir.

— Le notaire va bientôt ouvrir son testament, expliqua le major Julienne. Peut-être qu'il a désigné des légataires additionnels…

Crissements sur le carnet, nouveaux hiéroglyphes sur une page déjà bien annotée.

— D'autres éléments marquants, adjudant ? poursuivit l'officier. Des gens qui pourraient lui en vouloir ?

— On peut en trouver une belle collection. Des habitants qu'il a escroqués, des débiteurs qu'il a exploités, des maris cocus, des femmes abusées, des journaliers virés ou d'anciens employés de L'Atlantide qu'il a licenciés, des…

— Attends, Ronan, l'interrompit le maréchal des logis Colin. À ce sujet, j'ai croisé cet après-midi mon cousin qui a bossé à la conserverie pendant l'année de sa fermeture.

— Et alors ?

— Il m'a donné une triste nouvelle. Vous vous souvenez de Pol Faouët ?

— Un grand type roux, pas tout jeune ? se rappela Julienne.

— Oui, c'est ça. À plus de cinquante ans, il n'a jamais retrouvé de boulot. Il s'est suicidé il y a deux semaines.

— Bien, mon capitaine.

— Je vous ai transmis les principaux éléments dont je dispose, conclut le brigadier Ronan. Vous voulez un topo sur Dubourg… même si le personnage est plus falot ? Je vous prépare ça dans la journée.

37

La choucroute de la mort

Une belle journée s'annonçait de nouveau. Le matin, Cathie suivait en général une routine bien établie. Elle se levait vers huit heures, nageait une demi-heure dans sa piscine, puis prenait son petit déjeuner : un café, du jus d'orange qu'elle pressait elle-même et du muesli qu'elle commandait chez un producteur bio allemand. Puis elle s'installait dans son bureau et s'accordait trois heures pour ses activités personnelles. À midi pile, c'était le moment du repas. Elle y intégrait toujours un poisson ou une viande grillée. L'après-midi était consacré à son restaurant : commandes, tâches administratives, tournées chez les fournisseurs. À seize heures, Cathie se rendait dans les locaux de *Bretzel et beurre salé*, y retrouvait Erwan et préparait la soirée. En revanche, durant ses jours de repos, le dimanche et le lundi, elle ne s'imposait aucune contrainte et en profitait pour voyager. Elle savait que beaucoup se demandaient ce qu'elle trafiquait quand elle prenait sa voiture à l'aube pour aller à la gare ou à l'aéroport de

Brest. Elle s'amusait à répondre d'un sourire énigmatique, alimentant les fantasmes sur sa double vie qui commençaient à voir le jour dans Locmaria.

Mais en ce mardi, la routine n'était pas de mise. Le restaurant était toujours fermé. Même si les soupçons sur la qualité de ses produits s'étaient dissipés, elle se doutait bien qu'il faudrait au moins une bonne semaine avant qu'elle obtienne l'autorisation de rouvrir.

Une fois son petit déjeuner avalé, elle décida de se rendre au village. L'humour parfois potache et les attentions d'Émile Rochecoët et des habitués du *Timonier oriental* à son égard la rasséréneraient. Ce matin, elle avait besoin de se faire aimer… alors autant mettre toutes les chances de son côté. Elle disposait d'atouts dont elle allait profiter. Elle jeta son dévolu sur des sous-vêtements en dentelle ivoire. Même si personne ne les voyait, leur choix avait une importance primordiale pour elle, car elle se savait désirable. Puis elle opta pour une robe qui attirerait les regards sans paraître aguicheuse, en lin bleu, sans manches et qui descendait juste au-dessus des genoux : pas question de jouer dans le registre de Natacha !

Elle passa enfin à la salle de bains et se maquilla soigneusement. Elle hésita sur sa coiffure et opta pour une simple queue-de-cheval. Elle coinça une paire de lunettes de soleil dans ses cheveux, chaussa des sandales blanches, se regarda une nouvelle fois dans la grande glace de sa chambre, s'envoya un baiser du bout des doigts et quitta sa maison. Elle récupéra son vélo dans l'appentis et le poussa jusqu'au portail : avec sa bicyclette à la main, elle était une vraie gravure de mode ! Le trille d'un rossignol qui s'éleva dans le ciel était un bon présage.

Tandis que Cathie arrivait sur l'esplanade du port, elle remarqua l'attroupement devant *Le Timonier oriental*. Un des badauds l'aperçut et la désigna du doigt. À grand renfort de gestes, Émile Rochecoët, qui avait exceptionnellement abandonné sa place derrière le zinc, l'invita à les rejoindre.

Surprise par cette agitation inhabituelle en milieu de matinée, elle accéléra sur les derniers mètres. À peine mit-elle un pied à terre qu'Alex Nicol lui prit la bicyclette pour la poser contre la façade.

— Vous avez vu ça ? s'exclama le patron du bar en secouant un journal sous son nez.

— D'abord, bonjour à tous. Et j'avoue que je ne me suis pas encore plongée dans *Ouest-France*.

Rochecoët déplia le quotidien et déclama sentencieusement :

— Article torché en page trois, par un jean-foutre du nom de Martin Masselier. Je cite : « Locmaria et la choucroute de la mort. »

— Vous me faites marcher ! sursauta Cathie.

— Hélas non, chère amie. Ce petit pisse-copie s'est autorisé à nous insulter et à salir la réputation de ton restaurant et d'une partie de Locmaria.

— Bon, on rentre, vous nous préparez des cafés et vous m'expliquez ce qu'il y a de si terrible dans ce torchon, s'énerva Cathie qui sentait monter la colère.

38

L'article

Émile Rochecoët s'empressa de regagner son comptoir et aligna des expressos et des verres de blanc. Une fois le service terminé, il invita Alex Nicol, qui avait récupéré le journal, à en faire la lecture.

— « Locmaria, vendredi dernier. Si certains affirment qu'il ne se passe jamais rien dans des bourgades comme celle de Locmaria, le drame qui s'y est déroulé ce soir-là leur a donné tort à tout jamais. Ce n'est pas une bagarre à la sortie d'un fest-noz ou une rixe entre pêcheurs éméchés qui a frappé les villageois de stupéfaction, mais le décès de l'ancien maire et député, Jean-Claude Quéré. »

— Mais pour qui il se prend, ce con ? intervint un habitué. C'est qu'il nous considère comme des poivrots juste bons à se mettre sur la courge quand on a bu un canon !

— C'est sûr, renchérit un de ses compagnons, dans le genre « Salut, les péquenots ! », il se pose là, ce péteux ! Ce serait pas un Parigot… ou un Rennais ?

Le chef du bagad n'avait lu que les premières phrases, mais l'ambiance était déjà au rendez-vous. Cathie, sachant que le pire était à suivre, se réjouissait de voir ses amis se liguer contre celui qui l'attaquait.

— Vous me laissez continuer, les gars ? Parce que, à ce rythme-là, on n'est pas encore arrivés au bout.

— Y a pas le feu au lac, commenta Émile qui n'avait rien contre le fait de faire durer la séance et les consommations qui l'accompagnaient.

— Je reprends : « Âgé de soixante-huit ans, le célèbre industriel et homme politique a trouvé la mort d'une manière que n'aurait pas reniée Agatha Christie. Ce jour-là, Jean-Claude Quéré avait décidé de participer à la soirée choucroute organisée par Mme Catherine Wald, propriétaire du restaurant *Bretzel et beurre salé* récemment ouvert à Locmaria. Mon confrère Yann Lemeur avait couvert la pendaison de crémaillère et avait écrit un article dithyrambique dans ce journal. À tort ou à raison ? Le credo de la patronne de cette gargote alsacienne est de servir, en semaine, des tartes flambées, appelées *flammekueche* dans son patois, et de proposer un repas à thème le vendredi… »

— Alex, rassure-moi. C'est une caméra cachée pour TV Breizh, n'est-ce pas ? le coupa Cathie.

— Même pas, ma pauvre.

— Qu'est-ce que je lui ai fait, à ce type, pour qu'il m'insulte comme ça ?

Un grommellement collectif s'éleva dans la salle pour accueillir ses commentaires.

— D'autant plus que l'alsacien est un dialecte et

non un patois, embraya avec ferveur Émile Rochecoët, qui s'était autoproclamé défenseur de la culture alsacienne. Tiens, c'est comme s'il disait que notre belle et riche langue bretonne se réduit à un parler de bouseux incapables de s'exprimer en français.

— Ben, ça me ferait mal au cul d'entendre ça ! s'insurgea un vieux marin déjà prêt à transformer le journaliste en appât à tourteaux pour ses casiers. Ah, elle est belle, la France ! Allez, continue ta lecture, mon Alex, parce que j'ai l'impression qu'on n'est pas au bout de nos surprises.

— « Le restaurant avait fait le plein ce vendredi. Jean-Claude Quéré s'était installé à table, accompagné de Georges Lagadec, notable du village et conseiller municipal, de Mathieu Lagadec, cadre supérieur dans une grande entreprise, et de Marc Dubourg, l'ex-directeur de la conserverie L'Atlantide, l'un des anciens fleurons de l'industrie locmariaiste. On peut dire que du beau linge avait pris place dans ce restaurant ! Le dîner se déroulait normalement, quand, vers vingt et une heures trente, des membres de la fanfare locale sont venus animer la soirée. Un étrange concert, si l'on en croit des témoins de la scène que nous avons interrogés et qui se sont demandé, nous les citons "si les musiciens n'avaient pas abusé de chouchen avant la représentation". »

Les doigts d'Alex Nicol se crispèrent sur le papier froissé. Il avait déjà lu l'article deux fois, mais il n'était pas près de digérer ce passage. Il inspira profondément et continua en essayant de maîtriser le tremblement de sa voix, se souvenant de la phrase qui allait suivre.

— « La cacophonie germano-bretonne entamée par le groupe sema le trouble dans le restaurant et, il faut l'avouer, attira quelques badauds tentés par cette expérience musicale inédite. »

Le sonneur s'accorda quelques secondes pour déglutir.

— Tu me dis quand tu es libre, Alex, et on va lui expliquer ce que c'est que la musique bretonne, à ce fouille-merde, proposa Paulot Guillou, le boucher, également joueur émérite de bombarde du bagad. À coups de pompe au derche, qu'on va lui apprendre à danser la gavotte !

— C'est sûr que ça me ferait du bien, remercia Alex.

— Vous le connaissez, ce Martin Masselier ? s'enquit Cathie qui n'avait pu s'empêcher d'esquisser un sourire malgré la situation.

— Jamais entendu parler ! Avec un nom pareil et les réflexions qu'il se permet, il n'est évidemment pas du coin. Mais on a appelé Yann Lemeur, le journaliste que vous avez rencontré le jour de l'inauguration. Il devrait nous rejoindre d'ici quelques minutes et il en saura sans doute un peu plus.

— Bonne idée. Je l'ai recroisé quelques fois dans le village. C'est un type sympa ! Allez, Alex, reprenez votre lecture.

— Vous avez raison, quand on doit avaler une purge, autant la boire rapidement. « Peu de temps après le départ de la fanfare, Jean-Claude Quéré et ses invités ont commencé à se sentir nauséeux. Pourtant habitués aux festins et banquets, ils ont dû quitter la table avant la fin du repas. Incapables de conduire, ils ont été raccompagnés par Erwan Lagadec, cuisinier et fils de l'un des convives. Après une nuit infernale, Jean-Claude Quéré a été pris en charge par les pompiers et emmené en urgence au centre hospitalier de Cornouaille à Quimper, où il est décédé le samedi à quinze heures cinquante-trois. Une question a tout de suite hanté les gendarmes. Quel produit a empoisonné Jean-Claude Quéré et ses amis ? La choucroute importée d'Alsace était-elle avariée ? Les charcuteries confectionnées par la ferme Micolou de Locmaria respectaient-elles toutes les normes sanitaires ? Le vin ne contenait-il pas plus de soufre que les quantités autorisées par la réglementation ? »

— C'est dingue ! s'exclama Rochecoët. On a l'impression que ce type a dîné chez toi vendredi soir !

— C'est sans doute un des clients qui l'a renseigné, remarqua Cathie en haussant les épaules. D'ailleurs, toutes ces informations sont écrites sur les ardoises à l'entrée. Mais son article est vraiment un tissu d'âneries ! Alex, vous pouvez continuer… en espérant qu'on en voie rapidement le bout. Je crains le pire.

Sans commentaire, le sonneur reprit la lecture.

— « Dès l'annonce du décès de Jean-Claude Quéré, le restaurant a été fermé pour raisons administratives. Il était inutile de menacer la santé de nouveaux consommateurs. Menées par la gendarmerie de Quimper, les premières constatations suivaient leur cours quand, hier, une nouvelle fracassante est venue bouleverser l'enquête. Le médecin légiste a découvert un puissant vomitif en pratiquant l'autopsie de la victime ! Cette nouvelle a été confirmée par les résultats des analyses de sang réalisées sur les trois autres convives. Alors, canular qui a mal tourné ou volonté de tuer ? Et, dans le cas de cette seconde hypothèse, qui était visé, Jean-Claude Quéré ou l'un de ses compagnons ? Qui, à Locmaria ou ailleurs, avait intérêt à voir Jean-Claude Quéré disparaître ? Un des employés de Catherine Wald ? Un de ses fournisseurs ? Nous avons, au passage, appris que les relations entre Micolou, le charcutier, et Jean-Claude Quéré étaient très tendues. Le procureur et les gendarmes que nous avons contactés n'ont pas voulu nous dévoiler l'avancée de leur enquête, mais il est certain que nous ne faisons que commencer à parler de cette fameuse choucroute de la mort servie dans le restaurant *Bretzel et beurre salé* ! »

— Eh bien, c'est ma fête, conclut Cathie, presque assommée, alors que la porte du bar s'ouvrait avec fracas.

— La mienne aussi, s'exclama Malo Micolou au comble de la fureur. Je viens de lire ce torche-balle ! J'ai aussitôt sauté sur ma moto pour en discuter avec Cathie… et je vois que je tombe bien. Mais c'est qui, cette merde de journaliste ? À croire qu'il a été payé pour nous faire passer pour des assassins !

— Ça fait quarante ans que je suis abonné à *Ouest-France*, s'emporta à son tour Alex Nicol. Il n'y a pas que des textes écrits par des prix Nobel, mais je n'ai jamais lu une chronique avec autant de mauvaise foi et de parti pris !

Le sonneur avait involontairement fait fi des articles sortis pendant les crises de la pêche ou les drames agricoles, mais tous les clients abondèrent dans son sens.

— Il nous reste une chose à faire, clama Émile Rochecoët après avoir imposé avec difficulté le silence dans son établissement. Je propose de créer un collectif pour défendre l'honneur de Cathie, de Malo… et même du bagad, ajouta-t-il avec un regard compatissant vers Alex. On va mener l'enquête de notre côté. Après tout, on connaît mieux Locmaria et toutes ses histoires que la gendarmerie et le juge de Quimper !

Emportés par un élan de solidarité, les participants désignèrent à l'unanimité le patron du bar comme président du « Comité pour la sauvegarde de la réputation des commerces de Locmaria et de leurs propriétaires, sans oublier le bagad ».

39

Journalistes

L'excitation retombait à peine quand Charles Highbury et Yann Lemeur entrèrent dans le bar. L'assemblée accueillit le journaliste comme un sauveur. Alors que Charles se dirigeait vers Cathie, Alex Nicol laissa tout juste à Lemeur le temps de saluer ses amis avant de l'assaillir de questions :

— Alors, tu le connais, ce con ?

— J'imagine que vous étiez en train de parler de Masselier…

— Effectivement ! Élu con du jour à l'unanimité des consommateurs du *Timonier*.

— C'est un pigiste qui travaille pour différentes éditions. Je le croise de temps en temps dans les locaux du journal.

— Qu'est-ce qui lui a pris d'écrire un truc aussi insultant ? C'est comme si Cathie, Malo… et le bagad lui avaient fait injure, s'insurgea Alex.

— J'ai découvert son article quand vous m'avez contacté ce matin. Pour être franc, j'en suis encore sur le cul.

— Mais qu'est-ce qu'il y gagne, à balancer ces saloperies ?

— Il va faire le buzz, tout simplement. Il va pondre sa petite chronique tous les jours pour faire doucement monter la sauce. Si ça fonctionne, il attirera l'attention d'autres rédactions sur lui. Tiens, regardez, ajouta-t-il en montrant la rue par la fenêtre.

En toute décontraction, un homme photographiait la façade du restaurant *Bretzel et beurre salé* sous toutes les coutures. Sans un mot, Malo Micolou se précipita hors du bar. La scène qui suivit ne nécessitait aucun sous-titre. L'éleveur arracha le téléphone des mains du photographe improvisé et le jeta sur la route. La rage de Malo et ses quatre-vingts kilos de muscles eurent raison des velléités de rébellion de l'indélicat. Il ramassa son portable et s'éloigna tout en surveillant le justicier d'un œil inquiet. Quand Malo rentra, un tonnerre d'applaudissements l'accueillit. Le visage sombre, il se rassit à sa place. Dans un élan d'enthousiasme qui le dépassa, Émile Rochecoët décida de fêter la première action de résistance du Comité.

— En l'honneur de Malo, la maison vous offre une tournée de muscadet !

Après un instant de surprise devant la soudaine et inhabituelle générosité du tenancier, une seconde salve d'applaudissements envahit la pièce.

— Ce Masselier, continua Alex une fois les verres remplis, il n'est pas tombé du ciel. Quelqu'un l'a forcément contacté pour lui proposer le scoop !

— Dès que j'ai lu son papier, j'ai appelé le journal

et j'ai réussi à le joindre. Il n'a rien voulu me révéler sur sa source.

— Tu n'as pas insisté ?

— Tu te doutes bien que si, d'autant plus qu'il a aussi critiqué ma chronique sur le restaurant de Mme Wald. Mais il est resté muet comme une tombe.

— Il a tout de même écrit un véritable article à charge ! s'insurgea Cathie. Il n'a pas le droit de faire ça !

— Il est possible d'attaquer *Ouest-France* en justice pour diffamation, expliqua Yann Lemeur, mais qui serait prêt à se lancer là-dedans aujourd'hui ?

Les membres du Comité se regardèrent. Amener cette affaire devant le juge les dépassait.

— Et pourquoi votre patron a-t-il accepté de publier ça ? insista Cathie.

— Je n'ai pas eu le temps d'en discuter avec lui, mais il s'est peut-être dit que ça mettrait un peu d'animation pendant une période pré-estivale bien calme. Ou alors, on lui a demandé de laisser passer la chronique.

— Qui ?

— Je ne sais pas. Un ami de Quéré, peut-être ?

— Qu'est-ce qu'on fait maintenant ? conclut Paulot Guillou, pragmatique, parce que faut que j'aille relever madame à la boucherie. J'aime pas trop l'abandonner avec le gamin.

Personne n'osa sourire. La jalousie de Paulot était légendaire… autant que sa force. Le jeune homme qu'il avait pris en formation était plutôt beau gosse, mais il était bien plus intéressé par la fille de Paulot que par son épouse. Mme Guillou était une femme de caractère, non dénuée de charme quand elle le souhaitait, mais qui terrorisait son apprenti quand elle entrait dans ses célèbres colères.

— On va s'organiser et se partager les missions, proposa une voix féminine.

— Alexia ! se réjouit Cathie en voyant la libraire s'approcher du zinc, je ne savais pas que tu étais là.

— Je suis arrivée il y a seulement quelques minutes, mais j'ai lu *Ouest-France* et j'ai entendu la fin de votre discussion. Il faut trouver qui a balancé ces infos au journaliste. Je ne veux pas faire de délit de sale gueule, mais si les Lagadec étaient derrière tout ça, je ne serais qu'à moitié surprise.

— Ou les Prigent, ajouta un client.

— Peut-être, admit Alexia Le Corre. Yann, si vous êtes d'accord, vous ne lâchez plus ce Masselier d'une semelle.

— Je vais faire le maximum, même si ce que vous proposez est plus facile à dire qu'à faire, nota le journaliste en se grattant la tête.

— Si vous revenez avec son PC et son Smartphone, suggéra Charles Highbury, je pourrai apporter ma contribution. J'ai quelques… notions en informatique.

— C'est gentil à vous, Charles, remercia Cathie sans remarquer l'air pincé de Yann, peu enclin à voir l'Anglais lui ravir l'attention de la belle Alsacienne.

— À nous aussi, messieurs, de comprendre qui était visé vendredi dernier, enchaîna Alexia. En voulait-on à Quéré ? Aux Lagadec ? À Dubourg ?

— Toujours se méfier des réactions des cocus ! soliloqua sentencieusement Émile Rochecoët.

— Dis donc, c'est pas gagné, tout ça, conclut un militaire à la retraite. Mais je suis partant pour enquêter : un peu d'action me rappellera ma jeunesse en Yougoslavie. Et puis, surtout, ça me donnera une bonne excuse pour quitter la maison et venir au bar sans me faire engueuler par ma bourgeoise.

40

Pol Faouët

Seize heures trente. Dans les locaux de la gendarmerie, le capitaine Barnabé Grandsir avait passé une partie de la journée à écouter les informations de Ronan Salaün sur la famille Lagadec et sur Marc Dubourg. L'adjudant connaissait son petit Locmaria illustré sur le bout des doigts. Comme tous les villages, Locmaria regorgeait de cadavres dans les placards. Grandsir comprenait mieux la réaction d'Erwan Lagadec lors de son interrogatoire de la veille. Les victimes de l'empoisonnement collectif formaient une belle brochette d'escrocs. L'aventure adultère de Victoire Prigent avec Marc Dubourg l'avait tout particulièrement intéressé. Une fois l'exposé terminé, l'officier avait enquêté sur les différents protagonistes : casier judiciaire, comptes en banque, antécédents avec le Trésor public.

Erwan Lagadec était de loin le suspect idéal, mais l'accuser semblait presque trop simple. Vers seize heures, l'appel d'un Éric Julienne surexcité l'avait sorti de ses recherches. Le major disposait d'informations de première main et rentrait sur-le-champ de Quimper pour lui en faire part. Cachottier, il n'avait rien voulu dévoiler au téléphone.

— Alors, major, quelle est cette nouvelle qui vous met dans cet état ? s'enquit Grandsir quand son subalterne débarqua. Et, s'il vous plaît, allez à l'essentiel, l'encouragea l'officier. J'ai eu ma dose d'anecdotes ce matin avec l'adjudant Salaün. Colin, joignez-vous à nous, proposa-t-il au maréchal des logis qui menait des recherches dans un bureau voisin tout en laissant traîner une oreille.

Éric Julienne saisit une bouteille d'eau, en vida la moitié et s'installa en face de son supérieur.

— Quand je suis arrivé au centre hospitalier, votre collègue de Quimper était là et avait obtenu un rendez-vous avec le médecin qui avait soigné Pol Faouët. Le pauvre gars s'est précipité sous un camion.

— On est sûr qu'il s'agit d'une tentative de suicide ?

— Aux dires d'un témoin qui a déposé le lendemain de l'accident, il était seul au bord de la route et attendait. Personne ne l'a poussé.

— OK, continuez.

— D'après le toubib, Faouët est arrivé dans un sale état à l'hôpital : plusieurs côtes défoncées, la rate éclatée, un poumon perforé et un traumatisme crânien. Ses organes étaient déjà délabrés à cause de l'alcool.

— Pol s'était mis à boire ? s'étonna Patrick Colin. Il ne prenait jamais plus de deux bières quand on se retrouvait au bar…

— Ben, faut croire… Après avoir terminé les constatations, on est allés faire un tour dans son logement à Quimper. Un petit deux-pièces qui sentait la misère. Il le louait depuis une dizaine d'années et j'ai pu discuter avec son proprio qui habite dans le même immeuble. Faouët était un type *clean*, jusqu'à ce qu'il divorce. Sa femme l'a quitté peu après son licenciement de la conserverie de L'Atlantide. Le couple n'avait pas d'enfant. Faouët a d'abord cherché du boulot. Pendant un an, il a échoué à tous les entretiens qu'il décrochait avec difficulté. Du coup, il s'est rabattu sur la bouteille. D'après son propriétaire, sa chute a été fulgurante. Bref, il a fait le vide autour de lui.

— Votre version finistérienne de Zola est passionnante, Julienne, mais qu'est-ce qui nous concerne là-dedans ? le coupa Grandsir, vaguement ennuyé.

— Les médecins ont rapidement vu qu'il ne passerait pas la nuit. Ils ont fouillé son portefeuille et y ont trouvé deux numéros de téléphone.

— Pol le faisait à l'ancienne, commenta Colin. Maintenant, tout le monde enregistre ça directement dans son Smartphone.

— Justement, il n'en avait pas sur lui. L'infirmière de garde a appelé, et deux hommes sont arrivés une heure plus tard. C'étaient les derniers amis de la victime.

— Je suppose que vous avez les identités, lâcha l'officier, l'air blasé.

— Exactement, mon capitaine. Le premier se nomme Nicolas Dournel, et le second… Erwan Lagadec.

Grandsir marqua un temps de surprise. Décidément, il revenait toujours à ce garçon. Il invita son subalterne à poursuivre, soudain intéressé par le tour que prenait le récit.

— Je me suis renseigné sur Dournel. C'est un informaticien assez doué et un passionné de jeux vidéo. Dournel bossait aussi à la conserverie, mais il l'a quittée avant qu'elle ferme. Il a facilement retrouvé du boulot du côté de Pont-l'Abbé. Il est marié et a deux filles. Bref, pas un profil d'assassin.

— Et la présence de Lagadec ? interrogea Grandsir.

— Pas d'explication pour le moment. Par contre, j'ai pu discuter avec l'infirmière de garde ce jour-là. Les deux hommes ont passé une partie de l'après-midi à attendre dans un couloir. Quand elle leur a annoncé la mort de leur ami, Lagadec a piqué une colère noire en hurlant que ces « salopards de patrons de L'Atlantide » l'avaient assassiné. C'est-à-dire Dubourg et Quéré ! Erwan Lagadec avait accès aux réservations du *Bretzel et beurre salé*. Il savait donc que, vendredi dernier, les deux hommes qui avaient poussé son ami au suicide mangeaient au restaurant, accompagnés, comme un fait exprès, par son père et son frère qu'il déteste. Belle occasion pour une vengeance groupée, non ?

— L'hypothèse est effectivement tentante, confirma le capitaine Grandsir. Mais pourquoi juste verser du vomitif ? Car, rendons-nous à l'évidence, le meurtrier n'avait pas l'intention de tuer avec ça ! On doit comprendre la relation qu'entretenait Lagadec avec Faouët. Ramenez-le-moi ici !

— Ça va être compliqué, intervint Colin. Je l'ai

croisé il y a une demi-heure sur le port. Il partait en mer avec Ernest.

— C'est qui, cet Ernest ?

— Sans doute le pêcheur le plus célèbre et le plus respecté de Locmaria, un des derniers terre-neuvas ! Bref, ça veut dire qu'ils ne seront pas de retour avant plusieurs heures.

— Vous pouvez le joindre par téléphone ?

— Il l'aura forcément éteint sur le bateau. L'Ernest n'acceptera jamais un objet si intrusif sur son chalutier. Pour lui, la mer, c'est sacré !

— Alors, collez un message sur la porte de chez Lagadec, et convoquez-le pour demain à la première heure.

— C'est quoi la première heure, mon capitaine ?

— Disons… dix heures.

— Dix heures ? Ah… d'accord, souffla Colin, rassuré.

41

Bretagne *vs* England

Cathie avait profité de l'après-midi pour faire les comptes de son restaurant. Les premières semaines d'exploitation avaient été excellentes, et les résultats dépassaient ses prévisions les plus optimistes. Les Bretons étaient devenus accros aux tartes flambées, et ses soirées à thème du vendredi avaient toujours affiché complet. Elle espérait que l'enquête officielle statuerait rapidement sur un acte criminel extérieur en écartant définitivement son implication et celle d'Erwan.

Elle avait hésité à prendre un avocat, mais inutile d'engager des frais tant que la justice ne l'avait pas mise en cause. Marine Le Duhévat lui avait cependant conseillé de faire appel à l'un de ses amis qui exerçait à Brest : Yves Larher, surnommé le Piranha. Il travaillait d'habitude pour de grosses sociétés ou sur des procès retentissants, mais Marine l'avait convaincu d'intervenir si cela se révélait nécessaire.

La teneur de l'article du matin inquiétait davantage

Cathie. Si le journaliste avait prévu d'exploiter l'histoire tant que la justice n'aurait pas tranché, il pourrait durablement entacher la réputation de son établissement. Elle avait aperçu deux ou trois personnes en train de photographier la devanture. Elle n'avait pas eu le courage de Malo pour leur courir après, d'autant plus qu'elles ne faisaient rien d'illégal. Elle était paumée. Comment la police trouverait-elle l'assassin ?

Un autre sujet la tracassait. Elle n'arrivait pas à évacuer l'hypothèse de la culpabilité d'Erwan. Cathie ne doutait pas de la loyauté de son collaborateur, mais la haine qu'il vouait à son père et surtout à son frère l'effrayait. Erwan ne lui avait raconté que des bribes de sa jeunesse, mais Mathieu avait été infâme avec lui, l'humiliant dès qu'il le pouvait. Erwan aurait-il vu ce soir-là une occasion de se venger et de ridiculiser cette famille détestée ? Elle n'avait pas encore pris le temps de lui demander où il s'était rendu au cours de l'après-midi qu'elle lui avait accordé. Charles l'avait aperçu, traînant avec des individus louches. Il y avait sans aucun doute une explication, mais elle devait la connaître. Elle avait fini par s'attacher à Erwan et à son caractère entier : pas question qu'il replonge.

Malgré l'écriteau *Fermé* qui barrait la porte, la sonnette tinta. Cathie redressa la tête et se leva pour accueillir Yann Lemeur.

— Bonsoir ! Qu'est-ce qui me vaut ce plaisir ?

— Je m'intéresse de près à cette affaire d'empoisonnement, Cathie, et je suis convaincu que vous n'êtes qu'une victime dans cette histoire, ainsi qu'Erwan

Lagadec et Malo Micolou. Je suis en train de mener mon enquête, et je vais l'enfoncer, ce trou du cul.

— Quel trou du cul ? s'étonna Cathie.

— Masselier ! J'ai finalement réussi à le coincer au journal en début d'après-midi. Je lui ai demandé de lever le pied tant qu'il n'avait rien de plus consistant à se mettre sous la dent. Il a éclaté de rire et m'a sorti toute une tirade sur le journalisme d'investigation, sur ceux qui sont des *winners* et ceux qui resteront toujours des *losers*. J'ai fait un effort surhumain pour ne pas lui en coller une. Quand je suis parti, il m'a lancé qu'on aurait l'occasion de redécouvrir « sa plume acérée » dès demain. C'est qu'il se prend pour Albert Londres, ce con !

— Ce n'est pas encourageant, se désola Cathie. Même s'il écrit n'importe quoi, il intéressera un public avide de chiens écrasés.

— C'est pour ça que je mène ma contre-enquête !

— Vous m'intriguez, Yann. Je sais qu'un journaliste cultive le secret, mais… vous pouvez m'en dire plus ?

Lemeur hésita un instant, puis, l'index devant la bouche, il murmura :

— Je peux vous en parler, mais il faut me promettre de ne rien divulguer, même à vos proches.

— Promis, juré, assura-t-elle, déridée par le jeu de son interlocuteur.

— Bien, je vous fais confiance. J'ai une fille de vingt-six ans, Alana. Elle est infirmière au centre hospitalier de Quimper. Elle connaît bien le médecin légiste qui a réalisé l'autopsie de Quéré. Elle va se renseigner sur les conditions exactes de sa mort et le produit utilisé.

— Elle va prendre des risques, fit remarquer Cathie.

— Elle va seulement poser des questions, et ne vous en faites pas pour elle. Elle a toujours su obtenir ce qu'elle voulait. En parallèle, je vais m'intéresser de près à Quéré, car je reste persuadé que c'est lui qui était visé.

— Vous écartez donc la piste d'une vengeance contre Dubourg ou les Lagadec ?

— Dans un premier temps, oui. Je n'ai pas les moyens de courir tous les lièvres à la fois. Ce type regorge de secrets plus sombres les uns que les autres.

— Mais comment allez-vous faire ? interrogea Cathie. Les villageois hésiteront à se confier à vous.

— J'ai vécu ici jusqu'à l'âge de trente-cinq ans, avant de partir à Brest, il y a seize ans. Inutile de vous dire que j'ai toujours beaucoup de relations et d'amis. J'ai même gardé un petit pied-à-terre pas loin du domaine de Kerbrat. La vieille maisonnette de mes parents.

— J'ignorais que vous étiez originaire de Locmaria ! En fait, je ne sais rien de vous.

— Je vous inviterai à dîner quand nous aurons résolu cette affaire… enfin, si vous l'acceptez, ajouta-t-il en tentant de cacher un imperceptible et inattendu rougissement.

L'enthousiasme et l'optimisme tranquille de Yann Lemeur firent du bien à Cathie.

— Avec grand plaisir. Et y a-t-il d'autres pistes que vous allez remonter ?

— Deux autres, au moins dans un premier temps. Je vais pousser mes investigations sur Erwan. J'ai bu deux ou trois bières avec l'adjudant Salaün, un ami de la famille. Il m'a résumé les tribulations de votre cuisinier. Il vous vénère, mais je compte m'assurer que son passé ne l'a pas rattrapé.

— Je l'apprécie beaucoup, et si vous arrivez à prouver qu'il n'est pas impliqué, ça me rassurera. Tout ça vous donnera beaucoup de travail.

— C'est mon job, et je me tiens prêt à répondre à chaque coup de Masselier. Il veut une confrontation, il l'aura ! J'en ai parlé au patron et il aime cette idée de duel interne. Pour lui, c'est un concept qui attirera des lecteurs. Et, pour finir, j'ai prévu de m'intéresser à votre voisin.

— Charles ?

— *Mister* Highbury lui-même.

— Mais pourquoi ? Il m'a apporté son soutien dès notre première rencontre.

— Je le trouve trop lisse, trop parfait, expliqua Yann.

— Et trop beau aussi, c'est ça ?

— Son physique de tombeur n'entre pas en ligne de compte dans mon analyse. Mais le personnage m'intrigue. Il est toujours tiré à quatre épingles, conduit une voiture à plus de trente mille euros, s'offre des vacances à l'autre bout du monde. Comment peut-il se payer ça avec les revenus de sa boutique ?

— Veillez à ce que la jalousie ou l'envie ne soit pas mauvaise conseillère, s'agaça Cathie.

Comme le journaliste allait répondre, la sonnette

tinta de nouveau. C'était Charles, plus séduisant que jamais. Yann Lemeur se renfrogna. De taille moyenne et plutôt trapu, le Breton considéra le quadragénaire grand et mince. Même s'il savait faire des efforts pour intéresser une femme, Yann ne disposerait jamais de la classe et du charme naturel de ce bellâtre. Il chassa les marques de contrariété qui avaient envahi son visage durant quelques secondes.

— Alors, vous complotez ? s'enquit Charles avec une moue amusée.

— Yann m'expliquait les recherches qu'il allait mener. Il a prévu d'écrire une série d'articles pour renvoyer Masselier dans ses vingt-deux.

— Oh, vous êtes même une amatrice de rugby, *wonderful* ! s'exclama Charles. Cependant, je ne suis pas certain que ce soit vraiment bienvenu d'exciter ce *bloody* Masselier. Vous connaissez le principe des trolls qui se nourrissent des réactions de leurs cibles, n'est-ce pas ?

— Au contraire, s'insurgea Yann, on va le prendre à son propre jeu.

— Réfléchissez-y bien, monsieur Lemeur, mais je doute que cette idée soit brillante. Voulez-vous dîner avec moi, Cathie ? ajouta-t-il en effleurant sa main.

— Avec plaisir, Charles, accepta-t-elle, réjouie. Yann, je vais devoir m'en aller. Merci pour votre enquête, même si je suis convaincue que certaines de vos investigations seront inutiles.

— Laissez-moi faire, répondit le journaliste, soudain fermé. Je connais mon métier.

— J'en suis certaine, Yann. Je vous donnais juste

mon avis. À demain, le congédia-t-elle avec une froideur involontaire.

Quand Yann Lemeur eut quitté la pièce, Charles interrogea Cathie.

— Qu'est-ce que vous lui reprochez ?

— Oh, je ne lui reproche rien. Je souhaite simplement lui éviter de perdre du temps. Il veut enquêter sur vous.

— Sur moi ? *My goodness*, mais qu'espère-t-il donc trouver ?

— L'origine de votre fabuleuse fortune, peut-être ? Je le soupçonne surtout d'être un peu jaloux.

— C'est très flatteur, surtout avec une jolie femme comme vous. Allons, laissons-le chercher et allons dîner. Une soupe de poisson nous attend, si cela vous convient.

42

La Frégate

Une jubilation collective animait les habitués de *La Frégate*. Natacha Prigent avait rejoint son frère Gérard derrière le comptoir et se délectait de la ferveur de ses supporters. Exceptionnellement, Georges Lagadec et son fils Mathieu avaient fait honneur à l'établissement et Gérard Prigent les avait installés à sa meilleure table. Ils savouraient une bouteille de meursault spécialement remontée de la cave personnelle du patron.

Natacha Prigent imposa le silence à la vingtaine de personnes présentes, replaçant sans vergogne le décolleté de sa robe bustier. Puis elle saisit l'exemplaire de *Ouest-France* posé sur le comptoir et l'ouvrit en page trois.

— Mes amis, se lança-t-elle, je veux d'abord avoir une pensée pour mon grand-oncle Jean-Claude qui nous a quittés il y a maintenant quatre jours. Il nous manquera à chaque instant, et nous sommes heureux d'avoir parmi nous Georges et Mathieu, qui ont partagé son calvaire.

Émeline Guillou, la bouchère, se demanda si la belle épicière n'en faisait pas un peu trop, d'autant plus que l'enterrement n'avait pas encore eu lieu. Elle se retourna vers son voisin qui, un verre à la main et la larme à l'œil, buvait les paroles de la petite-nièce si touchante. Émeline n'insista pas et observa les Lagadec. Elle ne les avait jamais aimés et elle n'aurait su dire si leur présence était légitime ou déplacée. La reprise du discours la sortit de son questionnement philosophique.

— Je tiens aussi à vous lire la suite de l'enquête menée par Martin Masselier. Il a décidé de s'occuper de cette affaire de près. On a tous remarqué l'inefficacité des gendarmes, et on pourrait même s'interroger sur une volonté affichée de dédouaner Wald et son restaurant.

— Natacha, ne put se retenir la bouchère, nos amis ont quand même été empoisonnés avec des médicaments, pas avec la charcuterie de Malo ou le chou de Mme Wald !

Un grommellement général et quelques sifflets la ramenèrent à la raison. Grâce à son physique massif, Émeline Guillou ne s'en laissait pas compter, d'habitude. Cependant, elle se trouvait dans le fief des Prigent, au cœur de l'opposition à Catherine Wald. Si elle voulait profiter de la suite, elle avait intérêt à garder ses commentaires pour elle.

— « Quand le Milieu confectionnait la choucroute de la mort », clama Natacha.

Un titre aussi accrocheur attira autant qu'il surprit l'auditoire. Ravie de cette attention maximale, Natacha s'éclaircit la voix et continua :

— « Nous avons évoqué dans notre édition d'hier les conditions du décès de Jean-Claude Quéré, ancien député-maire de Locmaria, et de l'empoisonnement de ses trois amis. Étonné par la lenteur de la justice, j'ai poursuivi mes investigations et rencontré quelques témoins. Ils m'ont fourni des informations qui donnent un nouvel éclairage à l'enquête. Désireux de faire éclater la vérité, mais craignant des représailles dans ce microcosme où tout le monde se connaît, ces amoureux de la droiture et de la justice ont souhaité que je taise leur identité. La source est sacrée dans le journalisme, et j'ai évidemment accédé à leur demande. »

Amusé, Georges Lagadec regarda la foule masculine suspendue aux lèvres et à la courbe des seins de la lectrice. Ce Masselier en faisait des caisses et son style ampoulé était déplorable, mais il savait tenir son public, du moins celui de *La Frégate*.

— « Il est rapidement apparu que le cuisinier du restaurant *Bretzel et beurre salé* est un personnage au passé sulfureux. Erwan Lagadec, fils et frère de deux des victimes, n'a pas laissé que de bons souvenirs dans le village de Locmaria. Après une jeunesse compliquée sanctionnée avec difficulté par un BEP de mécanique, il a disparu pendant quatre ans pour, d'après ce qu'il avait clamé avant son départ, prouver au monde qu'une carrière de chef étoilé s'offrait à lui. Son piteux retour a conclu cette aventure ratée. Erwan Lagadec a ensuite mené une vie de marginal, bénéficiant de la générosité de son père qui ne l'a jamais rejeté et des aides de la municipalité. Cependant, le cuisinier n'a pas été qu'un zonard paumé mais inoffensif. Il a eu affaire plusieurs fois à la police au cours des dernières années. »

Même si la plupart des habitants connaissaient l'histoire d'Erwan, la voir racontée dans un journal lui donnait une tout autre saveur. Un murmure s'éleva dans la salle, accompagné, pour certains, d'un regard de compassion envers Georges Lagadec qui n'en demandait pas tant. Il avait le beau rôle, et cela lui convenait parfaitement.

— « Arrêté deux fois pour possession de cannabis, Erwan Lagadec a cependant réussi à glisser entre les doigts de la justice. Les choses se sont corsées pour lui quand il a été mis en garde à vue à la suite d'une tentative d'effraction dans la propriété de Jean-Claude Quéré. Jean-Claude Quéré : étrange, non ? L'ancien dealer a encore échappé à une peine légitime, pour une trop classique et désespérante excuse de vice de forme. Ainsi, lorsque M. Quéré et le reste de la famille Lagadec viennent dîner dans le restaurant dont Erwan Lagadec tient la cuisine, faut-il vraiment être surpris qu'un drame se déclenche ? N'est-ce pas une faute professionnelle de Mme Wald de n'avoir pas tenu compte des antécédents de son cuisinier ? Elle ne pouvait pas ignorer la relation désastreuse de son employé avec ses invités de marque ! Voici une piste que je ne lâcherai pas, en espérant cependant que la police l'ait prise, elle aussi, au sérieux. Si le laxisme habituel à l'égard du suspect numéro un de ce meurtre se reproduisait, je serais le premier à le dénoncer haut et fort. »

Un long silence suivit les derniers mots prononcés avec délectation par Natacha Prigent. Elle se moquait d'Erwan Lagadec. Elle l'avait toujours considéré comme un traîne-savates. Mais voir sa rivale épinglée dans cet article la réjouissait tout particulièrement. Elle devait rencontrer ce journaliste audacieux !

Le bruit de la porte d'entrée ouverte avec vigueur la tira de ses rêveries.

— T'es où, enculé ?

Fou de rage, le visage cramoisi de colère, Erwan se précipita vers la table de son frère.

— C'est toi qu'as balancé toutes ces saloperies à ce journaliste, hein, connard ?

Mathieu le toisa avec cet air supérieur qu'il employait depuis leur petite enfance. Il se redressa, remit lentement une mèche de cheveux en place et joua avec son verre de meursault.

— Mais mon pauvre Erwan, lâcha-t-il d'un ton condescendant, tes hauts faits parlent pour toi. Inutile d'en rajouter, ta vie est un roman à elle toute seule, mais juste un tout petit roman de gare qu'on feuillette quand on arrive au bout de l'ennui.

Une nouvelle fois, le procédé fonctionna. L'assemblée prit immédiatement son parti, hormis Émeline. Elle n'avait pas prévu de choisir entre les deux, mais la prétention de ce bellâtre la hérissait.

— Même ton amour de jeunesse me disait que tu avais perdu les pédales ! Elle m'a expliqué cela il y a quelques mois, lorsque nous dînions ensemble au *Prieuré* à Quimper. Julie est une gentille fille. Elle a besoin d'un homme plus stable que toi, bref, d'un type comme moi.

Mathieu savait comment son frère allait réagir. La

colère monterait en lui, puis il baisserait la tête honteusement, avant de faire demi-tour, humilié. Mais cette fois-ci, Mathieu se trompait. Occupé à observer l'effet de sa tirade sur son public, il ne vit pas Erwan foncer sur lui comme un taureau. Enfin, il remarqua le poing de son frère quand il lui écrasa le nez, le projetant au sol dans un bruit de chaises renversées et de verre cassé. Georges Lagadec s'écarta et, comme dans une cour de récréation, un cercle se forma autour des deux pugilistes. Si Erwan rendait bien dix centimètres et dix kilos à son aîné, sa rage lui donnait un avantage considérable. À califourchon sur son harceleur, il martelait de coups le corps qui se tordait.

Fascinés par le spectacle, les convives ne bougeaient pas. Les rugissements d'Erwan et les couinements d'un Mathieu paniqué les hypnotisaient. Attrapant d'une poigne vigoureuse les adversaires par le col de leur veste, Émeline Guillou mit fin à la bagarre.

Erwan regarda autour de lui, hagard, comme s'il prenait tout juste conscience de ce qui venait d'arriver. Le sourire en coin de la bouchère le réconforta.

— Ça va mal se passer pour toi, crâna Mathieu en se relevant avec difficulté. Il y a près de vingt personnes qui vont témoigner contre toi, menaça-t-il en désignant les clients à la ronde.

Il ne recueillit que quelques hochements de tête peu convaincus. On ne suit pas un perdant. Rassuré, Erwan quitta la salle en pointant son frère du doigt.

— Et toi, ne t'avise pas de t'approcher de nouveau de Julie. Si je ne la mérite pas, tu la mérites encore moins.

Comme il allait partir, Gérard Prigent l'attrapa par le coude.

— Et la casse ? Tu crois que tu vas t'en tirer comme ça ?

— Je vous dédommagerai, monsieur Prigent. Envoyez-moi la facture de la chaise.

— Et pis faudrait pas oublier que le dealer, y paye aussi une petite prime supplémentaire pour le bordel qu'il a mis dans mon bar, ajouta Prigent avec un sourire narquois.

Exaspéré, Erwan secoua violemment le bras pour se libérer.

— Je vous rembourserai la casse, et pas un sou de plus. Putain, c'est pas un cocu qui va me faire chier ! lâcha-t-il en quittant l'établissement.

Hébété, Gérard Prigent le regarda s'éloigner, puis fixa la clientèle soudain silencieuse. Le ciel venait-il de lui tomber sur la tête ?

43

Plainte

— Quel est le con qui a balancé ces infos ? hurla le major Julienne.

Assis à son bureau, le capitaine Grandsir nota avec surprise la colère non feinte de son collaborateur. Éric Julienne était un gendarme d'un naturel paisible, mais son calme l'avait momentanément abandonné. L'officier garda le silence et le laissa continuer.

— Tout le monde savait qu'Erwan Lagadec traficotait pour sa consommation, mais son arrestation pour tentative de cambriolage était restée confidentielle ! À la demande de Quéré lui-même, d'ailleurs. L'information est forcément sortie d'ici ! asséna-t-il en frappant du poing sur la table.

Barnabé Grandsir observa le visage des hommes convoqués dans la pièce. Un dixième de seconde lui suffit pour deviner d'où venait la fuite. Le coupable ne chercha pas à se dérober.

— Je… c'est moi… le con, balbutia le brigadier

Riou, aussi penaud qu'un gamin attrapé les doigts dans le pot de confiture.

— Mais qu'est-ce qui t'a pris d'aller raconter ça, Christophe ?

— Je pensais pas à mal, *gast* ! Hier matin, j'étais de garde. Vers onze heures, un coup de fil. Je décroche. Je me renseigne pour savoir à qui j'ai affaire, le type se présente…

— OK, c'est bon, Christophe, on te demande pas de nous refaire la conversation. Va droit au but ! le coupa le major Julienne.

— Le gars a commencé à poser quelques questions. J'étais pas vraiment partant pour y répondre, parce que j'étais de service. Alors il m'a invité à Sainte-Marine, dans le petit resto sur le port, pour discuter plus tranquillement.

— Et toi, bien sûr, tu as accepté. C'est pour ça que tu m'as dit que tu rentrerais un peu plus tard dans l'après-midi. Tu m'as bien pris pour une buse avec l'excuse de la nounou de ta fille qui devait s'absenter.

Christophe Riou jeta un œil en direction de Grandsir, impassible. Il avait commis une grosse faute et craignait la réaction de l'officier. Sans un mot, le capitaine lui ordonna de continuer d'un mouvement de tête.

— Martin Masselier m'a expliqué qu'il enquêtait pour *Ouest-France* et que mes conseils pourraient lui être précieux pour faire éclater la vérité.

— Non mais t'avais pas lu son article d'hier ? s'énerva à son tour Ronan Salaün.

— Je ne m'en souvenais plus, tergiversa le gendarme mal à l'aise. Et puis il s'est montré persuasif !

— Lui ou les bouteilles qu'il a commandées ? persifla le doyen de la brigade.

— D'accord, j'ai peut-être un peu trop parlé. Mais je ne pensais pas qu'il utiliserait mes confidences pour son article.

— Bien sûr, s'agaça de nouveau le major Julienne. T'as jamais remarqué que les journaleux, c'est pas comme les curés ? Avec eux, le secret de la confession, ça n'existe pas !

Christophe Riou secoua la tête. Il se rendait pleinement compte de l'inanité de sa défense.

— Quelle impression avez-vous eue en discutant avec Masselier ? intervint Barnabé Grandsir. Semblait-il téléguidé ?

Riou regarda l'officier avec espoir. Il n'était donc pas définitivement condamné. Il s'accorda quelques secondes pour se refaire le film de leur déjeuner.

— Il se la jouait très « Je suis un enquêteur objectif », reprit Riou. À un moment, il a évoqué l'effraction de la propriété de Quéré.

— Tu ne t'es pas demandé comment il pouvait être au courant ? s'étonna Julienne.

— Sur le coup, je ne me suis pas posé la question. Mais, à bien y réfléchir, je ne serais pas surpris que ce soit un des Lagadec qui l'ait tuyauté. À mon avis, le père est assez tordu pour le faire. Une attaque entre les membres d'une même famille, ça n'aurait pas été crédible, alors que les propos d'un gendarme…

— Tu vois, Christophe, tu peux retrouver un peu de flair quand tu le veux.

Il hocha la tête, attendant la sanction qui suivrait. Mais Julienne poursuivit le fil de ses pensées.

— Ce que je ne m'explique pas, c'est pourquoi Georges Lagadec souhaitait dénigrer son fils par journal interposé ? Un tel règlement de compte public n'a pas de sens.

— Sauf s'il vise le restaurant et sa propriétaire à travers son gamin, intervint Salaün. N'oubliez pas qu'il n'a toujours pas digéré de s'être fait piquer le domaine de Kerbrat par Catherine Wald.

— Pourquoi le père et pas Mathieu, son aîné ? demanda Grandsir. Il a d'ailleurs porté plainte avant de la retirer quelques heures plus tard, non ?

— En quelques mots crus, mon capitaine, expliqua le major Julienne, Mathieu Lagadec est un trou du cul qui ne s'occupe que de sa gueule. Ça ne lui serait jamais venu à l'idée d'utiliser un journaliste pour nuire à son frère.

— Trou du cul, ça a le mérite d'être clair. Vous pouvez développer un peu ?

— C'est une histoire glauque et, hélas, banale, enchaîna Salaün. Mathieu Lagadec s'enorgueillit d'un certain succès avec les filles, ou avec certaines filles. Du coup, il a fini par se croire irrésistible. Il y a deux ans, il a harcelé une employée du supermarché dans lequel il travaillait.

— J'ai lu ça quelque part, se rappela l'officier. Elle a déposé plainte et l'a retirée, en disant qu'elle avait pris conscience que Lagadec s'amusait et ne pensait pas à mal. J'ai d'ailleurs trouvé ça étrange.

Salaün laissa volontairement un long silence.

— On l'a forcée à le faire, n'est-ce pas? comprit Grandsir.

— Tout à fait, mon capitaine. Lagadec l'a violée un soir dans un entrepôt. On l'a menacée de la virer si elle racontait son agression aux flics, mais elle en a parlé à une de ses amies qui l'a convaincue de déposer au moins une plainte pour harcèlement. Ça a rendu Lagadec fou de colère. Quéré est intervenu en sous-main. Il a menacé de chasser les parents de la jeune femme de chez eux si elle ne se rétractait pas. Ils étaient ses locataires.

— Putain, il y a quand même des lois dans ce pays! Il n'aurait pas pu agir comme ça!

— Vous le pensez vraiment, capitaine? Ici, Quéré a toujours fait la pluie et le beau temps. La victime a donc obéi, et Mathieu Lagadec en est sorti blanchi. Ce salopiaud n'a même pas eu la décence de faire profil bas.

— Mais comment est-ce que vous savez tout ça, adjudant Salaün?

— L'amie de cette pauvre fille, c'est ma nièce. Elle m'a tout raconté.

— Et pour le retrait de plainte de tout à l'heure? continua Grandsir.

— Pendant la pause déjeuner, exposa Salaün, je suis allé discuter avec Mathieu Lagadec qui faisait le barbeau à la terrasse d'un restaurant. Je l'ai pris à part et je lui ai expliqué que ce serait dommage pour lui que l'on reparle de ses exploits dans les journaux. Il est devenu livide et il n'a pas cherché à vérifier si je bluffais. Il est revenu se rétracter direct. Voilà, c'est pas plus compliqué que ça.

— Écoutez, adjudant, même si je devrais vous réprimander pour avoir joué au justicier dans le cadre de vos fonctions, je pense que vous avez bien agi, reconnut Grandsir. On oublie donc l'agression d'Erwan Lagadec sur son frère ?

— Ça fait quinze ans qu'Erwan aurait dû lui en mettre une dans la gueule, conclut Salaün. Il y a ajouté quelques intérêts ce matin, mais on ne peut pas l'en blâmer. C'est humain.

— Alors, sur cette formidable preuve d'humanité, je voudrais aborder un autre sujet avec toi, Ronan, intervint le major Julienne.

— À ton service, chef.

— On t'aurait vu discuter avec un journaliste, le dénommé Lemeur.

— Oui, j'ai vu Yann juste après que Lagadec a retiré sa plainte.

— Yann, carrément ? On plonge dans l'intime ! Ne me dis pas que tu fricotes aussi avec la presse comme notre ami Riou, s'agaça Julienne.

— Yann, c'est un gars du pays, se justifia Ronan Salaün.

— C'est la première fois que j'en entends parler, s'étonna Julienne.

— C'est parce qu'il a quitté Locmaria il y a quinze ans, quand son épouse est décédée, expliqua l'adjudant.

Barnabé Grandsir se cala dans son siège. Décidément, cette enquête tournait à l'histoire de famille.

— Yann Lemeur est né à Locmaria. Son père était pêcheur, et sa mère travaillait à la conserverie. Les deux sont morts, que Dieu les garde, ajouta-t-il en se signant. Il a embrassé la carrière de marin pêcheur. C'était un bon matelot, dur au mal. Et puis il s'est marié avec Laurence Legac et ils ont eu une fille, Alana. Ma femme était une amie de celle de Yann, on se voyait régulièrement.

— Est-ce qu'il existe quelqu'un à Locmaria que vous ne connaissez pas ? s'amusa Grandsir.

— Sans doute quelques retraités de la ville récemment installés ici pour profiter de la douceur de vivre bretonne… Enfin bref, Yann, il est revenu à terre quand Alana est née. Il a travaillé à la criée pour rentrer tous les soirs à la maison. Et puis, il y a quinze ans, Laurence a été assassinée par un toxico dans un *carjacking* qui a mal tourné. Yann n'a pas voulu rester au pays… trop de souvenirs douloureux. Alors il est parti avec sa fille à Brest et il a changé de métier.

— Donc, conclut le major Julienne, il investigue ici en terrain familier.

— Plutôt, oui, acquiesça Salaün.

— Il t'a donné quelques tuyaux ?

— Il est persuadé que c'est Quéré qui était visé et qu'Erwan Lagadec sert de bouc émissaire dans cette affaire.

— Et tu lui as fourni des informations que l'on va retrouver demain dans les journaux ?

— Bof, deux ou trois petits trucs, mais sans importance… et c'est un gars à qui on peut accorder sa confiance, ajouta-t-il en regardant ironiquement son collègue Riou. Yann s'est mis en chasse et n'a pas besoin de moi pour faire avancer son enquête. Il ne lâchera rien avant d'avoir essoré toutes ses pistes.

44

L'infortune de Prigent

Dix-neuf heures. Gérard Prigent avait exceptionnellement fermé son bar plus tôt que d'habitude. Toute la journée, il avait rongé son frein. Il se repassait en boucle la sortie d'Erwan Lagadec, dont chaque mot avait marqué sa mémoire au fer rouge : « C'est pas un cocu qui va me faire chier. » « Cocu », ce mot résonnait dans sa tête comme le glas un jour de malheur. Lui qui avait toujours fait des gorges chaudes des maris trompés de Locmaria, avait-il rejoint la liste de l'infamie ? Pourquoi ce con d'Erwan Lagadec lui avait-il jeté ça à la figure ? Quelques clients s'étaient offusqués, mais il n'avait pas senti dans leur réaction la conviction qu'il attendait d'eux. Il n'avait posé aucune question, bien placé pour connaître le danger des « bonnes histoires » et autres racontars. Il avait décidé d'en parler avec la principale intéressée, Victoire.

Ce matin, elle était partie tôt pour aller aider sa sœur Agatha, qui tenait une boutique de vêtements à Quimper. Deux fois par mois, elle allait se changer les idées, disait-elle. Elle revenait chaque fois avec une jupe ou un petit haut en échange du coup de main apporté. Gérard n'y avait pas vu de mal. Son épouse était plus de la ville que de la campagne et, de temps en temps, elle avait besoin de se ressourcer dans l'atmosphère citadine quimpéroise. Mais aujourd'hui… aujourd'hui ! Et si, depuis des semaines, elle ne rejoignait pas le magasin de sa sœur, mais une chambre d'hôtel avec un homme ? Ou avec des hommes différents chaque fois ? Et encore pire, s'il retrouvait un jour des vidéos avec sa femme sur les réseaux sociaux ? Gérard Prigent s'offrait de temps à autre une petite gâterie en se connectant sur le site amateur « epouses-infideles-et-salopes.com ». Il s'excitait en s'imaginant donner à ces femmes des orgasmes insensés. Mais jamais il ne s'était représenté Victoire dans le rôle de l'une de ces « épouses » ! Il ne s'en remettrait pas ! Il saisit un verre posé sur le zinc et, de rage, le fracassa contre le sol. Non, il s'emballait. Il y avait forcément une explication ! Est-ce qu'elle ne disposait pas de tout ce dont elle pouvait rêver ici ? Un établissement de bon standing, son mari toujours à ses côtés, la sérénité financière, le bon air de la mer, trois semaines de camping quatre-étoiles tous les ans en octobre sur la Côte d'Azur. C'est beau et tranquille, la Côte d'Azur en octobre, on n'est pas gêné par le bruit des animations… et c'est tellement moins cher. À la demande express et insistante de Victoire, Gérard avait fini par accepter d'ajouter au programme une semaine à Ibiza tous les deux ans. Il détestait ces boîtes de nuit boostées aux amphètes, mais Victoire avait besoin de s'amuser. Et quand il allait se coucher à deux heures du matin alors qu'elle ne rentrait que vers cinq heures, que faisait-elle de sa liberté ?

— Coucou, chéri, qu'est-ce qui se passe ? Tu as déjà tout fermé ? Avec Agatha, on a super bien vendu aujourd'hui. Je ne sais pas ce qu'avaient les clientes, mais les cartes bleues ont chauffé.

La voix musicale qui provenait du couloir électrisa sa colonne vertébrale. Il se retourna vers sa femme qui lui jeta un baiser du bout des doigts en déposant un sac siglé de la boutique de sa sœur sur le comptoir. Elle était diabolique et avait préparé son alibi dans les moindres détails. Quand il la vit, perchée sur des talons hauts, les cheveux remontés en chignon mettant en valeur ses yeux verts, Gérard Prigent se souvint qu'elle avait le pouvoir d'affoler la population masculine.

— Qu'est-ce qui t'arrive, mon Gégé, tu as l'air sombre ? Il y a un truc qui ne va pas ?

Comme il ne répondait rien, elle s'approcha pour l'embrasser, mais il la repoussa brusquement. Victoire s'alarma. Son mari était souvent bougon ou mauvais coucheur, mais, là, elle avait ressenti la violence qui émanait de son geste.

— Dis-moi ce qui ne va pas !

— Tu étais où ? marmonna-t-il pour éviter de laisser sortir le hurlement prêt à jaillir.

— Eh bien, avec Agatha, dans son magasin. Pourquoi cette question ? C'est pas comme si t'étais pas au courant.

Gérard Prigent tourna autour de sa femme et l'observa de haut en bas.

— Cette jupe courte, ce bustier et ces chaussures à talons, c'est vraiment nécessaire pour vendre des fringues ?

— Mais t'es barjot, mon pauvre Gérard. Tu crois qu'on vend des vêtements féminins en portant un bleu de travail ou un tchador ?

— Peut-être pas, mais pas la peine d'être habillée comme une salope !

— T'es complètement con, Prigent. Tu me prends pour ta sœur ?

— Laisse Natacha où elle est ! C'est pas à cause d'elle que je me suis fait traiter de cocu dans mon propre bar ! Et devant tout le monde ! hurla Gérard en cassant un dossier de chaise de colère.

Victoire ne réagit pas, soudain blême. Elle n'écoutait plus les récriminations de son mari. Ainsi, ça s'était su, malgré leur discrétion de tous les instants.

— Tu réponds rien, morue ? beugla Gérard en lui assénant une gifle.

Il n'eut pas le temps de se rendre compte de la portée de son geste. La jambe de Victoire se détendit et le pied chaussé d'un escarpin frappa ses testicules. Un couinement de porcelet nouveau-né s'échappa des poumons du cocu.

— Que tu m'en veuilles, Gérard, je peux le comprendre. Mais ce geste, je ne te le pardonnerai jamais. Lui n'aurait jamais réagi comme ça.

À genoux sur le lino, les mains en coques autour de ses attributs concassés, Gérard Prigent eut encore assez de lucidité pour entendre la dernière phrase.

— Alors tu avoues ? bafouilla-t-il.

— Oui, j'avoue.

— Et il y en a eu combien, avant ? éructa-t-il avec difficulté.

— Combien avant ? Mais tu me prends pour une pute ? Il y en a eu un seul, et, si tu avais su t'occuper de moi, il n'y en aurait eu aucun.

Légèrement rassuré d'apprendre qu'une horde d'amants en furie n'étaient pas passés sur Victoire, Gérard trouva le courage de poser la question qui le travaillait :

— Et c'est qui, ce salaud qui te fait rêver ?

— Marc Dubourg.

Le nom de son concurrent le sécha plus sûrement que le coup qu'il venait d'encaisser dans les joyeuses. La bouche pâteuse et la voix flirtant toujours avec les aigus, il demanda confirmation de ce qui ne pouvait être qu'une mauvaise plaisanterie.

— *Le* Marc Dubourg ?

— Eh bien oui, il n'y en a pas cinquante !

— Mais, continua Gérard Prigent sous le choc, qu'est-ce que tu lui trouves ? Il est vieux, il a un balai dans le cul et je suis certain qu'il a un petit sexe.

— Mon pauvre Gérard, parce que tu crois que c'est la taille d'une bite qui donne envie à une femme. Si tu avais fait un peu plus attention à moi au lieu de regarder tes vidéos porno, on n'en serait pas arrivés là, lâcha-t-elle en l'aidant à se relever.

Gérard Prigent choisit une chaise équipée d'un coussin et s'assit avec délicatesse.

— J'aurais préféré que tu ne l'apprennes pas, mais maintenant que tu le sais, ça mérite quelques explications.

— T'avais pas tout avec moi ? pleurnicha Gérard qui prenait enfin conscience de sa situation. Un toit, une petite vie tranquille, un homme.

— Pour le toit, c'est vrai. Une petite vie tranquille ? Mais c'est pas tranquille qu'il faut dire, c'est neurasthénique ! Servir des bières ou des muscadets à des gars qui ne pensent qu'à t'effleurer quand tu leur apportes les consommations. Supporter des conversations dignes d'un bêtisier de brèves de comptoir. Sourire à des plaisanteries dont même Hanouna ne voudrait pas pour son émission. Et puis, une fois le bar fermé, préparer le dîner, faire les comptes, lire pendant que tu regardes les matchs de foot. Avoue qu'il n'y a pas de quoi faire rêver une femme !

— Mais il y avait le samedi soir ! tenta Gérard. J'aimais bien le samedi soir.

— Le samedi soir, parlons-en. Obligée de mettre un porte-jarretelles et un string, d'expédier une gâterie à monsieur pour lancer la machine et de subir un petit coup vite fait pour lequel même un missionnaire perdu en pleine brousse se serait mieux débrouillé que toi ! Parce qu'après tu ne devais surtout pas rater les résultats sportifs sur Canal !

— Pourquoi tu ne me l'as pas dit avant ? hoqueta Gérard.

— Je te l'ai dit des dizaines de fois !

— Mais quand ?

— Quand je te demandais d'aller au cinéma, mais que tu me répondais qu'on n'avait pas acheté un ensemble home cinéma pour ensuite « claquer de la thune chez Pathé ». Quand je te proposais un dîner romantique et que tu me rétorquais qu'avec les maquereaux frais qu'on venait de te donner sur le port, je pouvais nous cuisiner un plat bien moins cher et plus sain. Quand je t'ai quémandé un peu d'argent pour m'offrir une nouvelle robe pour le mariage de ma sœur, mais que tu m'as affirmé que celle que j'avais portée pour les cinq dernières fêtes m'allait encore… et que tu as ajouté avec classe qu'il fallait profiter du fait que « je n'avais pas encore pris de cul ». Alors tu vois, mon pauvre Gérard, Marc, il n'a plus un physique de jeune premier, mais il m'écoute. Je lui raconte ce que j'ai sur le cœur, et il me regarde en souriant.

— Il pense forcément à autre chose en même temps, intervint Gérard. Ces trucs à la noix avec les yeux de merlan frit, ça existe que dans tes films romantico-cucul !

— Quand on se promène ensemble à Quimper ou à Brest, il m'invite au restaurant, continua Victoire sans tenir compte du commentaire pitoyable de son mari. Si je propose qu'on s'arrête dans un salon de thé, il s'y précipite, me tient la porte et me laisse choisir tout ce qui me tente.

— C'est pas un comportement de mec, ça, grogna le patron de bar.

— Et enfin, quand on fait l'amour, il s'occupe de mon plaisir. Il me caresse le temps nécessaire, il me raconte des histoires pimentées, et je jouis chaque fois. Du coup, j'ai aussi envie de lui faire plaisir.

Cette dernière phrase assomma Gérard Prigent. Son honneur de mâle venait de prendre le coup fatal. Il releva la tête et découvrit une femme qu'il n'avait plus regardée depuis des années. Mais qu'elle était belle, avec son corps encore svelte et les rides qui lui apportaient la sagesse du temps qui passe ! Et lui, ce gros con, il l'avait laissée s'enfuir à force de muflerie et d'inattention !

— Et… et maintenant, qu'est-ce que tu as décidé ? demanda-t-il d'une voix fluette.

— Je vais m'installer quelques jours chez mon frère à Quimper. Je n'ai pas supporté ta gifle.

— Et pour nous… c'est fini ?

Elle s'alloua un très long moment de silence, uniquement perturbé par les cris des mouettes qui volaient plus loin au-dessus du port. Puis elle l'observa, penaud sur son siège.

— Tu as compris ce qui me manquait ? reprit Victoire.

— Oui, j'ai compris.

— Alors je t'accorde un temps de réflexion. À toi de savoir si tu veux me voir revenir et agir en conséquence.

45

La nuit

La nuit sans lune convenait parfaitement à ses desseins. À cette heure avancée, il n'y avait plus âme qui vive dans Locmaria. Les bars et restaurants étaient fermés depuis longtemps, et le petit vent frais aurait découragé les éventuels amoureux en quête d'une balade romantique.

Spécialement vêtu d'un pantalon et d'une veste sombres, il progressait discrètement, se fondant dans l'ombre.

Ce satané journaliste devenait décidément trop curieux. Lemeur avait passé la journée à fouiller et à interroger. Contrairement à Masselier, il était bien reçu par la plupart des habitants. On ne refuse pas de boire une bière ou de discuter devant l'étal d'un poissonnier avec un gars du coin… surtout avec un ancien marin pêcheur qui a prouvé sa bravoure. Il l'avait sous-estimé et, à force de détails, Lemeur pourrait peut-être reconstruire l'histoire. Même si les chances de se faire démasquer étaient minimes, il ne voulait prendre aucun risque. Il s'approcha de la limite du village. Yann Lemeur ne s'était pas résolu à vendre la minuscule maison dans laquelle il avait grandi.

Cachés par une haie de hêtres, les lieux se prêtaient bien à son opération. Il repéra la voiture garée devant la bicoque : une vieille mais puissante Peugeot cabossée. Lemeur était sans doute du genre à connaître les routes par cœur et à attaquer les virages sur deux roues. Le résultat n'en serait que plus efficace. L'homme fit le tour de la propriété et vérifia que plus aucune lumière ne filtrait à travers les volets. Il attendit dix minutes : aucun bruit, aucun mouvement perceptible. Il pouvait passer à l'action. Il posa son sac près du véhicule : le modèle était trop ancien pour être équipé d'une alarme. Il fit discrètement sauter le loquet, ouvrit la portière puis déverrouilla le capot dans un claquement caractéristique. Il le souleva silencieusement et s'assura une dernière fois que rien ne bougeait autour de lui. Il alluma sa lampe frontale et choisit ses outils avec soin.

Un quart d'heure plus tard, il quittait les lieux, satisfait de son travail. Lemeur ne se rendrait compte de rien. En souriant, l'homme agita le bras en direction de la maison endormie pour souhaiter au journaliste un bon voyage au paradis des prétentieux.

46

Rendez-vous galant

Le soleil de la semaine précédente avait cédé la place à une bruine qui avait anesthésié le village et l'océan. Pas un clapotis ne troublait l'eau du port. Les mouettes elles-mêmes semblaient avoir délaissé le ciel pour attendre une éclaircie, protégées dans les anfractuosités des rochers.

Cathie avala son expresso. Émile Rochecoët proposait d'excellents repas, mais son café était ravageur. Il n'avait jamais voulu abandonner le robusta qu'il servait depuis plus de vingt ans au profit de l'arabica. Cathie se demandait comment il avait réussi à en boire deux à trois par jour sans se causer un ulcère.

Elle avait déjeuné avec Marine Le Duhévat. Plus le temps passait et plus les deux femmes s'appréciaient. Après lui avoir fait jurer le secret, Cathie lui avait raconté son dîner avec Charles Highbury. Deux jours plus tôt, le bel Anglais l'avait invitée dans un restaurant des environs de Concarneau. Chic sans être guindé, merveilleusement situé dans un cadre romantique, ils avaient divinement mangé. Charles avait sorti le grand jeu et elle avait ri une bonne partie de la soirée.

— Femme qui rit à moitié dans son lit, s'amusa Marine. Alors, l'autre moitié ?

Cathie attendit qu'Émile se soit éloigné. Il ne pourrait s'empêcher de colporter un ragot croustillant qui lui apporterait une minute d'attention de sa clientèle.

— L'autre moitié, dis-tu ? la fit patienter Cathie. Il m'a ramenée dans sa Mini. De l'extérieur, ça n'a l'air de rien, mais ce sont de véritables petites bombes. En plus, il a pris l'option intérieur cuir et tout le tralala. Musique de fond…

— Il t'a envoûtée avec quoi ? Tiens, j'imagine bien du Bryan Ferry, du George Michael, ou bien du Elton John.

— Non, plutôt des trucs que je me passais quand j'étais jeune, style U2 ou Depeche Mode.

— Pas très sirupeux, tout ça, commenta Marine.

— Justement. Ça ne faisait pas piège à filles, mais…

— Mais c'en était un.

— Il a tenu à me raccompagner jusque chez moi. On a fait quelques pas ensemble et il m'a dit que ma maison était sublime… tu sais, à sa façon. En l'écoutant, j'avais l'impression que Buckingham Palace était un squat pouilleux en comparaison du domaine de Kerbrat. Je ne m'étais pas sentie comme ça depuis des mois, voire des années, avoua Cathie. Des frissons partout et des papillons dans le bas-ventre.

— La grippe ?

— C'est malin ! s'esclaffa Cathie. Bon, il attendait

clairement que je lui fasse visiter et que je lui offre un dernier verre. Et, au moment de mettre la clé dans la serrure…

— Eh bien, quoi ? Il t'a roulé une pelle d'enfer ?

— Presque ça. Il s'est penché vers moi, comme dans les films, avec un parfum complètement envoûtant. Et à ce moment-là, j'ai détourné la tête et je lui ai déposé un chaste bisou sur la joue.

— Juste ça ! s'exclama Marine, déçue par cette chute qu'elle avait espérée plus croustillante.

— Oui, j'ai eu la trouille. Après mon divorce, j'ai traversé une période de remise en cause où je me suis tapé pas mal de mecs, comme thérapie après vingt-cinq ans de frustration. J'ai eu peur de replonger là-dedans.

— D'accord, mais Charles, ce n'est pas une rencontre sur Tinder !

— Je sais, et je peux te dire que, pendant la nuit, je l'ai regretté. J'étais chaude comme la braise. Mais c'est comme ça. Sur le coup, je n'ai pas réfléchi.

— Et Charles, comment il l'a pris ? s'inquiéta Marine.

— Dans les secondes qui ont suivi, j'ai lu de la déception dans ses yeux. Il s'est très vite ressaisi, un vrai *gentleman*, reconnut Cathie.

— Ce type possède un sang-froid impressionnant… d'autant plus que ça devait bouillonner dans son slip.

— La grande classe, Marine ! s'amusa Cathie. Une chose est sûre, c'est que, si l'occasion se représente, il n'aura déjà plus sa chemise quand il franchira le pas de ma porte.

— Bon, tu me raconteras tout dans les détails, j'espère !

— Besoin d'idées pour pimenter tes soirées avec Hervé ?

La sonnerie du téléphone portable de Cathie mit fin à leur conversation. Elle répondit plusieurs fois par onomatopées et raccrocha, contrariée.

— Que se passe-t-il ? s'inquiéta Marine.

— Yann Lemeur. Sa fille m'a appelée de l'hôpital. Il a eu un accident de voiture et il veut me voir, lâcha Cathie.

— Alors, dépêche-toi, l'exhorta Marine. C'est moi qui réglerai.

47

Alana

L'odeur des couloirs du centre hospitalier prit Cathie aux tripes. Ces senteurs de désinfectant si caractéristiques lui évoquaient la fin tragique de Sabine. Elle chassa de son esprit les traits du visage décharné mais encore faiblement souriant de sa sœur. Cette image l'avait obsédée plus de six mois avant qu'elle arrive à la remplacer par celle des temps plus heureux. Cathie s'accorda quelques secondes devant la porte de la chambre 12, inspira longuement et frappa. Une voix féminine l'invita à entrer. Cathie reconnut Yann, endormi, avec une perfusion au bras et la figure tuméfiée. À ses côtés, une infirmière lui tenait la main.

— Bonjour. Vous devez être Cathie ?

— Oui, c'est bien moi… bonjour.

— Je suis Alana, la fille de Yann.

Cathie ne put s'empêcher d'observer la soignante. Ses traits étaient fascinants : un visage ovale, de fins cheveux couleur bronze retenus par un bandeau, des taches de rousseur à peine perceptibles, un sourire légèrement énigmatique, mais surtout des yeux bleus magnétiques. Une silhouette de jeune fille, mais un regard qui dégageait une volonté sereine et déterminée. Cathie comprit ce que Yann avait voulu dire quand il lui avait expliqué que sa fille n'était pas du genre à se laisser marcher dessus.

— Qu'est-il arrivé à Yann ? s'enquit-elle en redescendant sur terre. Il est gravement blessé ?

— Accident de voiture. Papa a quitté la route en remontant sur Quimper dans la matinée. Il a eu beaucoup de chance de s'en sortir à si bon compte.

— À le voir, ce n'est pas l'impression que ça donne.

— Il aura besoin de quelques jours avant de pouvoir se raser de nouveau, mais il ne s'est rien cassé. Son ange gardien était de service aujourd'hui.

— Il va rester là combien de temps ? se renseigna Cathie.

— Le médecin veut le garder au moins deux jours en observation, répondit Alana, mais…

— Mais il n'en est pas question, grogna Yann.

— Tu ne dormais pas, papa ? s'étonna la jeune femme. Malgré ce que le docteur Fenris t'a prescrit ?

— Il est gentil, Fenris, mais ce n'est pas sa voiture qu'on a sabotée, nom de Dieu ! jura le journaliste.

— Votre voiture a été sabotée ? intervint Cathie.

— Ça, c'est la version de papa qui a raté un virage ! À la vitesse où il roulait, il avait neuf chances sur dix de finir dans un fauteuil, voire dans une chambre froide. Il s'en tire juste avec la tête de Stallone à la fin d'un film de Rocky ! Mais il faut qu'il trouve une excuse pour son accident, il est comme ça ! Vous connaissez les hommes, lâcha-t-elle à Cathie avec une moue complice, rien n'est jamais leur faute.

— Fiche-toi de moi, ma fille, râla Yann, mais tu ne m'enlèveras pas cette idée de la caboche ! Je prenais mon virage à une vitesse tout à fait raisonnable et les freins n'ont pas répondu. La bagnole sortait de chez le garagiste. Et quand Mouloud s'occupe d'une voiture, c'est du boulot de pro. D'ailleurs, est-ce que tu as pu le contacter ?

Alana Lemeur poussa un soupir et s'adressa à Cathie.

— Papa est persuadé qu'on a essayé de l'assassiner.

— À cause de mon enquête sur la mort de Quéré ! intervint Yann.

— Alors il a insisté pour que j'appelle la gendarmerie afin que sa vieille Peugeot soit dépannée par Mouloud, et moi, bonne fifille bien obéissante, je me suis exécutée.

— Et du coup ? s'inquiéta Yann.

— Ta splendide automobile trône actuellement dans son atelier, le rassura Alana.

— Tu es géniale, ma grande ! exulta le journaliste avec une grimace de douleur. Cathie, pourriez-vous aller voir Mouloud pour lui demander de vérifier l'état des freins ? C'est le garagiste de Locmaria.

— Avec plaisir, Yann, ce sera l'occasion de le rencontrer. Et vous, s'enquit-elle auprès de la jeune femme, qu'allez-vous faire avec votre père ?

— Je vais négocier avec le docteur Fenris, répondit Alana avec une mine faussement désabusée. Lui expliquer que M. Yann Lemeur est un ancien loup de mer grincheux qui se sent confiné dans un lit d'hôpital. Je vais essayer d'obtenir sa libération pour ce soir. Pas facile de s'occuper de son père ! ajouta-t-elle en se levant et en lissant sa blouse blanche. Maintenant, il faut vraiment que tu récupères, papa.

— Promis, mais n'oublie pas de donner ce que tu sais à Cathie, lui rappela Yann.

— Oui, je vais avec elle jusqu'à mon bureau. Je repasserai dans la journée. Allez, dodo !

— Reposez-vous bien, Yann, lança Cathie en suivant Alana.

— Merci… et méfiez-vous de Highbury, murmura le journaliste avant de fermer les yeux, épuisé.

Les deux femmes traversèrent l'hôpital avant d'arriver dans le service où travaillait Alana. Elle discuta deux minutes avec ses collègues, puis saisit un document dans la poche de sa veste et rejoignit Cathie qui attendait dans le couloir. Un seul mot était écrit sur le papier.

— C'est le nom de la molécule qui a causé la mort de Jean-Claude Quéré. On a retrouvé des traces du même produit dans le sang des trois autres victimes.

— Votre père avait raison. Vous ne manquez pas de ressources.

— C'est lui qui m'a appris à ne jamais rien laisser tomber, affirma-t-elle avec un large sourire. Le restaurant où ça s'est passé, c'était le vôtre, n'est-ce pas ?

— Oui.

— Papa est convaincu que vous n'y êtes pour rien et que votre établissement a servi de théâtre à un règlement de compte entre habitants de Locmaria. Et il se méfie d'un Anglais dont j'ai oublié le nom.

— Highbury.

— C'est ça, confirma Alana.

— Et que pensez-vous des suppositions de votre père ?

— Il a toujours eu du flair. Faites-lui confiance. Vous connaissez bien papa ?

— On a sympathisé, mais on n'est pas vraiment proches.

— En tout cas, il m'a beaucoup parlé de vous. Je peux vous demander quelque chose ?

— Bien sûr !

— J'ai fait semblant de prendre son hypothèse de sabotage à la légère. Mais, s'il a raison, l'assassin de Quéré sera prêt à tout pour le faire taire, et peut-être vous faire taire par la même occasion, s'il pense que vous enquêtez ensemble. Alors, soyez prudente et n'hésitez pas à freiner son enthousiasme, même s'il n'a pas forcément un caractère facile.

En se mettant sur la pointe des pieds, elle lui déposa un baiser sur la joue.

— Je vous laisse, j'assiste une intervention au bloc dans quelques minutes et je dois me préparer. J'ai vraiment été très heureuse de faire votre connaissance.

— Tout pareil, répondit chaudement Cathie en lui adressant un geste amical alors que l'infirmière s'éloignait d'un pas dansant.

Quelle fille envoûtante et pleine de surprises ! Tellement différente physiquement de son père, mais tout aussi volontaire !

48

Les listes

Le capitaine Grandsir avait jugé inutile de rester en permanence à Locmaria. Il avait décidé d'appeler le matin pour tenir un briefing avec l'équipe et de passer le soir pour un bilan de la journée. Ce jour-là, juste avant de quitter Quimper, le procureur lui avait mis un gros coup de pression. L'enquête n'avançait évidemment pas assez vite et on s'impatientait en haut lieu. On lui avait même suggéré de procéder à une première arrestation : cet Erwan Lagadec ne se retrouvait-il pas au centre de tous les soupçons ? Histoire familiale agitée, ancien délinquant, envie de vengeance, pulsions incontrôlées : les raisons ne manquaient pas pour en faire un suspect idéal ! Sa mise en examen permettrait de calmer le jeu et de s'offrir du temps. La veille, Grandsir avait tenu à rencontrer des proches d'Erwan. S'il s'était battu avec son frère, il n'était pas d'un naturel violent. Par ailleurs, il envisageait de nouveau le futur avec enthousiasme. Pourquoi aurait-il pris le risque d'empoisonner la tablée quand tout l'accusait ?

Certes, les méandres du cerveau peuvent regorger de noirceurs et les passions déclencher des réactions insensées, mais Grandsir n'était pas convaincu de la culpabilité du cuisinier.

Dix-neuf heures. Le major Julienne avait donné congé à ses hommes. Il partagerait seul les résultats de la journée avec son supérieur hiérarchique. Grandsir s'installa dans le bureau et lui résuma l'appel du procureur. Éric Julienne sentit ses épaules se contracter. La mort de Quéré était son affaire la plus sérieuse depuis qu'il avait rejoint Locmaria, dix ans plus tôt. Il avait déjà eu à enquêter sur deux meurtres sordides, mais les assassins avaient été arrêtés dès le lendemain. L'un des deux était même venu se constituer prisonnier. Avec Quéré, on jouait dans une autre catégorie.

— Alors, quoi de neuf de votre côté ? questionna l'officier.

— J'ai avancé sur la liste des débiteurs de Quéré. Je suis retourné voir Madeleine Quéré ce matin et elle a accepté que je copie tous les fichiers personnels de son ex-mari.

— Bravo, et vous avez eu accès à ses mails ? Il s'était peut-être engueulé avec quelqu'un avant sa mort.

— Quéré notait tout, c'était un maniaque des listes. Par contre, il utilisait très peu sa messagerie électronique. Il avait peur d'être espionné.

— À juste titre, reconnut Grandsir. Alors, ces fichiers ?

— Je vais commencer par le plus sordide. La

liste des femmes avec lesquelles il a eu des relations sexuelles au cours des deux dernières années.

— Effectivement, archiver à ce point, ça force l'admiration. Lui qui n'aimait pas prendre de risques, il était quand même limite, sur ce coup-là.

— N'oubliez pas qu'il était persuadé que son épouse ne connaissait rien à l'informatique… et qu'il imaginait d'autant moins qu'elle avait découvert son mot de passe. Il l'avait écrit sur un carnet qu'il conservait précieusement dans sa veste.

— Encore un type qui a eu tort de sous-estimer sa femme… mais continuez.

— En vingt-quatre mois, il a couché avec douze personnes, des prostituées de Brest ou de Rennes pour la plupart. Il a même eu une aventure avec une call-girl à Paris, une certaine Ginger.

— Des habitantes de Locmaria dans la liste ?

— Une à Locmaria, une à Concarneau et une au Guilvinec. Il notait au centime près le montant des cadeaux qu'il leur offrait.

— Vous connaissez celle de Locmaria ?

— Rose Dentremont. Une célibataire de quarante-cinq ans, propriétaire du salon de coiffure qui tient lieu d'institut de beauté.

— Du genre à vendre ses charmes ? interrogea Grandsir.

— Je ne pense pas. On ne lui connaît pas d'amant… enfin moi en tout cas. Une femme toujours pleine d'enthousiasme et pas bégueule pour deux sous. Mais de là à aller tailler des plumes au père Quéré !

— Parce que vous disposez des détails, en plus ?

— Tout est consigné. Leur relation a commencé il y a un an et demi. En regardant les dates, je me suis aperçu qu'elle lui administrait une gâterie tous les premiers mercredis du mois, précisa Julienne.

— Elle aurait pu faire ça sous la contrainte ?

— Contrainte rétribuée alors. Chaque fois, il lui donnait deux cent soixante euros.

— Mazette, à ce prix-là, elle devait lui mettre les doigts de pied en éventail. Et ses autres conquêtes ?

— Toutes rétribuées aussi. S'il en a forcé quelques-unes, il a eu la prudence de ne pas les noter dans son carnet de bal.

— Donc on fait encore chou blanc, soupira l'officier.

— Il y a quand même un nom qui m'a surpris dans cette liste. Celui de Cécile Micolou-Minor.

— Micolou, c'est le charcutier !

— Exact, confirma Julienne, Cécile est sa sœur.

— Je m'en souviens. Une belle femme, avec un sacré caractère, d'ailleurs. Vous pensez qu'elle fait partie de son tableau de chasse ?

— Je n'en sais rien. Je n'ai trouvé aucune date de rencontre ni aucune somme en face de son nom.

— Du coup, vous avez une explication ?

— Quéré n'a jamais caché son attirance pour Cécile Micolou-Minor. Par contre, cela relevait du pur fantasme pour deux raisons. La première, c'est une haine entre les familles Quéré et Micolou qui dure depuis des années. Jean-Claude Quéré avait essayé d'escroquer les parents de Cécile et Malo peu avant leur mort. Il avait fait le forcing pour acheter leurs terres pour un prix dérisoire. Malo a sauvé le coup à la dernière minute. La seconde raison, c'est que Cécile Micolou-Minor exprimait régulièrement tout le bien qu'elle pensait de ce « gros porc lubrique ».

— Ah, la vie paisible des villages ! Du coup, pourquoi son nom se retrouve-t-il dans cette liste ?

— J'ai peut-être obtenu la réponse en étudiant le fichier des débiteurs de Quéré. Il avait prêté cinquante mille euros à la SARL Micolou, qui lui en devait encore… vingt-trois mille cinq cent vingt-deux, ajouta-t-il en consultant quelques feuillets. Un règlement de deux mille cinq cents euros devait être versé le lendemain de l'empoisonnement au restaurant.

— Et vous pensez que…

— Je ne pense rien. Mais il était noté en face de cette échéance : « Ne pourra pas payer à la date voulue !! » Et il a inscrit ce même jour le nom de Cécile Micolou sur la liste de ses conquêtes.

— Il aurait échangé une traite contre une faveur sexuelle ? conclut Grandsir. Rien ne l'arrête !

— Ce n'est pas ce que j'affirme, mais c'est une piste à explorer. Cécile se serait peut-être sacrifiée pour sauvegarder l'exploitation familiale.

Éric Julienne lui avait succinctement raconté l'histoire de ces frère et sœur frappés par un double malheur conjugal et sauvés grâce à la reprise de la ferme. Il n'avait pas envie d'imaginer cette femme courageuse céder aux caprices de son usurier… ou, tout aussi dramatique, l'assassiner.

— J'irai l'interroger demain, assura Julienne.

— Et vous pensez qu'elle vous répondra ? Qu'elle

vous expliquera qu'elle a couché avec un type qu'elle méprise pour conserver sa ferme ?

— Si on ne le lui demande pas, on ne le saura jamais !

L'officier réfléchit un instant. Effectivement, ils pouvaient toujours lui poser la question. Au pire, elle garderait le silence. Dans tous les cas, sa façon de réagir serait déjà une indication.

— Très bien. Sinon, d'autres choses à retenir dans la liste des débiteurs ?

— Quinze personnes, que l'on a commencé à interroger hier. Quéré leur avait prêté des sommes allant de cinq mille à soixante mille euros.

— Dites-moi, il faisait de la concurrence au Crédit Mutuel de Bretagne !

— Les gens allaient le consulter après un refus de demande d'emprunt à la banque. D'où les taux d'intérêt abusifs et les conditions de remboursement aberrantes qu'il décrétait. J'ai lu le contrat des Micolou. S'ils n'honoraient pas une traite à la date voulue, ils devaient payer le double sous quinzaine… ce qui était irréalisable sauf miracle. Et, si le miracle n'avait pas lieu, ils devaient vendre leur exploitation pour solder leur crédit.

— Et les autorités fiscales acceptent ce genre de pratique ?

— C'est un contrat privé, et je ne pense pas qu'une copie ait été envoyée aux impôts.

Grandsir se releva et s'étira. Quéré était vraiment une belle pourriture, et il pouvait difficilement blâmer celui ou celle qui s'en était pris à lui. Mais le vengeur était un assassin et, en tant que tel, il devait répondre de ses actes devant la justice.

— Et ces quinze personnes, qui sont-elles ?

— Trois commerçants, quatre agriculteurs, trois marins pêcheurs. Les autres sont des particuliers.

— Qui bosse là-dessus ? se renseigna Grandsir.

— Jusqu'à hier, c'était uniquement le maréchal des logis Patrick Colin. Depuis ce matin, je lui ai adjoint Ronan Salaün. Avec son expérience et la connaissance du pays, les paysans et les pêcheurs discuteront plus facilement. Les problèmes d'argent, on n'en parle pas à n'importe qui.

— Et le brigadier Riou, celui qui a tout balancé au journaliste ?

— Le savon que je lui ai passé l'a remis sur cales. Je l'ai sorti de l'enquête. La vie continue à Locmaria, il y a les affaires courantes à traiter.

49

Mouloud

Cathie entendit sonner les cloches de Saint-Ternoc au loin. La messe d'enterrement de Jean-Claude Quéré venait de débuter. Participaient à l'office les vieux du village, les supporters de l'ancien maire de Locmaria, des hommes politiques locaux qui n'avaient pas encore oublié son nom. S'y ajoutaient quelques bonnes âmes estimant que, malgré une vie d'abus, le défunt avait droit à une dernière prière pour essayer d'adoucir son destin dans l'au-delà. Cependant, de nombreux habitants avaient décidé qu'il ne méritait pas leur présence. Les blessures infligées par Jean-Claude Quéré étaient toujours brûlantes.

Cathie, elle, n'avait pas de grief particulier contre cet homme. Il n'inspirait pas la sympathie et se comportait comme un goujat, mais il ne lui avait jamais nui. En revanche, elle n'était pas retournée dans une église depuis l'enterrement de sa sœur. Ce jour-là, c'était une partie d'elle-même qui avait été mise en terre. L'abbaye d'Andlau avait accueilli les prières de la famille et de ses amis. La messe s'était déroulée dans une église bondée. Jamais Cathie n'aurait imaginé que Sabine serait si bien accompagnée pour son dernier voyage. Cela l'avait aidée à tenir le coup.

Elle se rendait donc chez Mouloud plutôt qu'à la cérémonie. Elle l'avait appelé la veille. Il n'avait pas encore eu le temps d'expertiser la voiture de Yann, mais il lui avait promis de s'en occuper pendant la nuit si cela se révélait nécessaire. Le garage était situé à la sortie du village, sur la route de Concarneau. Un étrange mélange de styles, mêlant de vieux hangars en tôle et une véranda qui accueillait deux pick-up de démonstration. D'après Marine, Mouloud avait de l'or dans les doigts. Il réparait aussi bien un tracteur Massey Ferguson des années 1970 que la Yamaha 950 cc du propriétaire de l'hôtel du port ou la paillote de la plage naturiste. On venait de tout le canton pour lui confier des travaux minutieux.

Cathie s'arrêta un instant devant l'entrée, impressionnée par tous ces véhicules qui allaient de l'épave au 4 × 4 flambant neuf. Si elle maîtrisait parfaitement l'art culinaire et qu'elle se débrouillait à peu près pour le bricolage domestique, la mécanique automobile avait toujours représenté pour elle une source de mystères. Changer une roue, vérifier le niveau d'huile et remplir la cuve du lave-glace étaient des tâches qu'elle acceptait de réaliser… si elle n'avait pas le choix. Quand elle devait remplacer les essuie-glaces, dont les modes de fixation évoluaient d'une fois à l'autre, elle atteignait la limite de ses compétences.

— Bonjour, madame Cathie !

Un homme de petite taille mais aux bras et aux épaules musclés sortit de l'atelier et lança ce salut joyeux.

— Bonjour, monsieur Kervurlu !

— Appelez-moi Mouloud, comme tout le monde, madame Cathie !

— D'accord, Mouloud. Du coup, appelez-moi Cathie.

— D'accord, madame Cathie.

Cathie l'observa. Un sourire était accroché à ses lèvres, sans aucune trace d'ironie. Elle serait donc madame Cathie pour le temps qu'elle passerait à Locmaria. Des rides déjà profondes parcheminaient le visage basané du garagiste, bien qu'il ait sensiblement le même âge qu'elle.

— Ça me fait plaisir de vous rencontrer, madame Cathie. Yann m'a dit que vous étiez quelqu'un de très bien. Il a beaucoup de respect pour vous.

— C'est gentil à lui, remercia Cathie en notant qu'elle devrait avoir une discussion avec le journaliste une fois qu'il serait remis sur pied.

— Vous voulez un petit café ? J'ai attaqué le boulot à six heures ce matin et ça me redonnera un coup de fouet. Et puis ça nous mettra à l'abri de ce crachin.

— Volontiers, Mouloud. Ça nous offrira aussi l'occasion de faire connaissance.

— Loïc, je bois un caoua avec madame Cathie. Si quelqu'un passe, tu l'accueilles !

— Bien, patron, répondit une voix du fin fond de l'atelier.

— C'est un bon gars, expliqua Mouloud. Je l'ai eu

comme apprenti et ça fait maintenant quinze ans qu'on bosse ensemble.

Ils pénétrèrent dans un bureau au décor digne de la galerie des Glaces. Mouloud haussa les épaules en montrant théâtralement l'édifice en verre et en aluminium brossé.

— C'est Mme Kervurlu qui a voulu qu'on construise ça il y a deux ans. Elle trouvait que le garage ne faisait pas assez « actuel ». Je lui ai dit que je n'avais pas besoin de travailler dans l'Empire Statt Bildingue, mais pensez-vous ! Elle me répétait tous les soirs que Dieu fait : « Mouloud, il faut que tu accueilles le client avec un beau local, *et cætera, et cætera* ! » Moi, je lui expliquais que le client, il vient pour que je lui répare sa voiture, pas pour payer sa facture au château de Versailles. Mais elle insistait, elle insistait. Alors..., conclut-il avec un soupir et un regard navré vers la structure « actuelle ».

— C'est quand même très joli, tempéra Cathie.

— Je le dirai à ma femme, ça lui fera plaisir. Parce que je râle un peu, mais je l'aime, ma Florence. Avec tout ça, j'en oublie de préparer le café !

Impressionnée par la logorrhée de son interlocuteur, Cathie s'assit dans un fauteuil moderne et confortable.

— On est bien installé, apprécia-t-elle.

— Pour le prix qu'il coûte, c'est le minimum, remarqua-t-il, désabusé.

— Vous connaissez bien Yann ? relança Cathie, alors que Mouloud lui tendait son café.

Il prit place en face d'elle, ajouta trois sucres dans sa tasse et répondit :

— C'est mon meilleur ami. Il faut que je vous explique, et ensuite on parlera de sa Peugeot. J'ai atterri ici à l'âge de cinq ans. On arrivait du Maroc avec ma mère. Mon père était mort au travail dans une mine de phosphate. Vous imaginez le choc pour moi ? Passer d'un pays où on ne voyait pas la pluie à un pays où on ne voyait pas le soleil ! En plus, quand tu t'appelles Mouloud, c'est pas facile. Les enfants peuvent être cruels, murmura-t-il en perdant quelques instants son sourire. Le jour de ma rentrée au CP, je me suis retrouvé à côté de Yann Lemeur. C'était un des plus costauds de la classe, il me faisait un peu peur. Pendant toute la matinée, il n'a pas desserré les dents. À l'heure de la cantine, un élève a essayé de me voler mon dessert. Yann était installé une table plus loin et il me surveillait. Il s'est levé sans ouvrir la bouche, mais il a balancé un bon coup de pied dans le tibia de celui qui m'embêtait. Et puis il a pris son assiette, il est venu s'asseoir à côté de moi et il m'a dit : « Moi, c'est Yann. » Après ça, personne ne m'a plus cherché de problème. Depuis, avec lui, c'est à la vie à la mort.

Émue par l'histoire de Mouloud, Cathie tenta d'imaginer le journaliste âgé de six ans. Son caractère de justicier ne datait donc pas d'hier !

— Quand j'ai eu huit ans, continua le garagiste lancé dans son récit, ma mère a épousé Paul Kervurlu. C'était un vétérinaire chez qui elle faisait des ménages. Ils sont tombés amoureux l'un de l'autre, comme dans un conte de fées. Paul m'a donné son nom, d'où cet étrange mélange des genres dans mon identité. Mon père, parce que je l'ai toujours appelé « mon père », était catholique pas trop pratiquant. Maman, elle, était musulmane pas trop pratiquante non plus. Alors je me suis construit ma propre religion, avec la bénédiction de mes parents, conclut-il en riant.

— Du coup, la charcuterie de Malo entre dans vos critères, déduisit Cathie.

— Évidemment ! Comment vivre en Bretagne sans goûter ses spécialités ? Vous savez, madame Cathie, je crois en Dieu et, avec le temps, je me suis fait ma propre image de lui. Il est pas là pour nous dicter un régime alimentaire. Il a autre chose à penser. Dieu, il est content si j'aide celui qui vient vers moi. Donc je répare les voitures du mieux possible et avec bonne humeur. Et Dieu, il est aussi très content quand il voit mes factures, parce que je fais toujours des prix justes à mes clients ! Avec Mouloud, y a pas d'entourloupes !

L'enthousiasme et la simplicité de son interlocuteur mirent du baume au cœur de Cathie.

— Vous êtes un sage, Mouloud.

— Merci, madame Cathie. Vous êtes gentille. Heureusement, ma femme me rappelle régulièrement mes défauts pour m'éviter de me prendre pour un saint. Bien, on a fini nos cafés. Prête à parler de la Peugeot de Yann ?

Cathie remarqua que toute trace de sourire avait disparu du visage du garagiste.

— Oui, bien sûr. Ça va peut-être vous surprendre, mais Yann est persuadé qu'on a trafiqué sa voiture.

— Il a raison, admit Mouloud en hochant la tête. J'avais fignolé la vérification des deux cent mille kilomètres la veille de son accident. Je vous promets qu'elle était plus sûre qu'un véhicule qui sort de chaîne. Quand Alana m'a téléphoné pour me demander d'expertiser l'épave, elle m'a fait part des soupçons de Yann. J'ai commencé par les freins. Il m'a fallu un peu de temps pour trouver les preuves du sabotage, mais je n'ai aucun doute. J'ai pris des photos pour la police.

— Ça veut dire que la personne qui a trafiqué sa voiture l'a fait dans la nuit de mercredi à jeudi, remarqua Cathie.

— Tout à fait. Et je peux vous dire que le malfaisant est doué en mécanique. On a essayé d'assassiner Yann, c'est certain.

50

Sortie de messe

L'assemblée quittait lentement Saint-Ternoc par son majestueux portail. La pluie fine avait laissé place à un ciel chargé et toujours menaçant : un temps de circonstance. Après avoir présenté leurs condoléances à une Madeleine Quéré très digne, les fidèles bavardaient sur le parvis de l'église. Retrouvailles entre personnalités politiques de la région qui ne s'étaient pas croisées depuis des années, éternelles supputations sur les causes de la mort du défunt, propos plus banals sur les activités de la journée. Les rares amies de Madeleine et les quelques nostalgiques de Jean-Claude accompagneraient le cercueil jusqu'à l'ancien cimetière en bordure du village. D'autres continueraient leur discussion dans les bars et la plupart retourneraient à leurs occupations.

Ronan Salaün avait revêtu son uniforme de cérémonie pour assister à la messe : non qu'il appréciât Quéré, mais les autorités se devaient de participer au dernier adieu à l'ancien maire du village. En activité à

Locmaria depuis plusieurs décennies, Salaün était l'un de ceux qui en connaissaient le mieux les secrets… avec le père Loïc Troasgou, le notaire Jean-Marie Rivaillan et la coiffeuse Rose Dentremont. Il sourit intérieurement en repensant à la relation entre Rose et Quéré. Elle avait bien caché son jeu ! Il n'en parlerait à personne. Inutile que des ragots courent sur cette femme si sympathique.

— Hmm, hmm, adjudant ?

Salaün se retourna et tendit la main à son interlocuteur.

— Maître Rivaillan, comment allez-vous ?

La soixantaine, des cheveux poivre et sel fournis et une paire de lunettes d'écaille sur le nez, le notaire le salua chaleureusement. Même s'ils venaient de milieux sociaux très différents, les deux hommes s'appréciaient et se rendaient mutuellement de petits services.

— Belle messe, n'est-ce pas ? entama Jean-Marie Rivaillan.

Il invita Ronan Salaün à s'éloigner légèrement.

— Avez-vous progressé dans l'enquête sur la mort de Jean-Claude Quéré ? demanda-t-il discrètement.

Le gendarme n'hésita pas longtemps avant de répondre. Il savait que le notaire n'était pas du genre à diffuser des informations confidentielles.

— Pour tout vous avouer, maître, nous ne disposons que de peu de pistes. La plus facile conduit à Erwan Lagadec, mais ni Julienne ni moi n'y croyons. On l'a à nouveau interrogé après son altercation avec son frère. C'est un écorché vif, mais pas un abruti ! Il a un nouveau boulot, il est en train de refaire sa réputation, il tente de reconquérir le cœur de sa dulcinée... Pourquoi aurait-il fait une chose pareille ?

— Je suis d'accord avec vous. D'ailleurs, je souhaite vous faire part de quelque chose qui pourrait éventuellement vous intéresser.

— Je vous écoute, maître, l'encouragea le gendarme en s'assurant que personne ne pouvait surprendre leur conversation.

— Il y a dix jours, Jean-Claude m'a appelé dans un état d'excitation assez étrange. Il m'a annoncé qu'il voulait modifier son testament. Ça le faisait presque rire. Nous avons pris rendez-vous pour le mardi suivant à l'étude. Il n'a jamais pu venir, puisque, entretemps, il est mort empoisonné.

— Connaissez-vous le contenu de son testament actuel ? s'enquit Salaün, intrigué par la nouvelle.

— Non, expliqua le notaire. Mais son ouverture aura lieu lundi prochain.

— Quel type de contrat de mariage avait-il signé ?

— Une communauté réduite aux acquêts, précisa Rivaillan. Comme la plus grande partie de sa fortune venait de son père, il pouvait pratiquement faire ce qu'il voulait de son argent. En tant qu'héritière réservataire, Madeleine percevra au moins un quart de la succession. Il lui restera aussi évidemment ce qu'elle détenait de sa propre famille, un petit pécule non négligeable. Jean-Claude a pu distribuer les trois quarts restants à sa guise : à son épouse, à d'autres membres de sa famille, ou à n'importe quelle personne physique ou morale.

— On peut donc imaginer qu'un des légataires aurait appris qu'il allait être déshérité… et qu'il serait passé à l'acte avant que le nouveau testament arrive entre vos mains.

— On peut imaginer ce que l'on veut, adjudant, et sans doute cette décision de Jean-Claude n'a-t-elle aucun rapport avec sa mort. Mais je tenais tout de même à vous avertir.

— Merci, maître. Tenez-moi au courant.

51

Refus

Les cheveux trempés, Cathie emprunta le raidillon qui descendait à la plage. L'entrepreneur était passé et avait remplacé la rampe rouillée par une nouvelle, en acier inoxydable. Le matériau était d'une qualité digne du porte-avions *Charles de Gaulle*, avait précisé l'artisan. L'esthétique de la nouvelle rampe ne l'avait pas totalement convaincue, mais le choix était réduit. Elle éviterait au moins de se briser les chevilles, voire plus, en ratant une marche.

Le visage ruisselant de pluie, elle se laissa choir sur le sable mouillé. Les îlots de Men Du avaient disparu derrière les nuages bas qui couvraient l'océan moutonnant. En d'autres moments, elle aurait peut-être trouvé ce sévère paysage romantique, mais elle ne se sentait pas d'humeur rêveuse. L'accident de Yann ajouté à son inactivité forcée jouaient sur son moral. Elle avait l'impression qu'on s'acharnait sur elle. Elle avait appelé plusieurs fois Hubert Delabrouette, l'agent qui l'avait contrôlée lors de l'affaire des réfrigérateurs en panne. Il n'avait répondu qu'une fois, bredouillant une explication confuse. Il fallait que l'enquête apporte ses conclusions officielles. Mais quelle enquête, *nondebockel* ? Attendaient-ils d'avoir démasqué le coupable avant de lui permettre de retravailler ? À la vitesse à laquelle se déroulaient les recherches, elle était partie pour rater la saison d'été… ce qui serait une catastrophe. Cathie avait reporté ses espoirs sur Yann Lemeur. Elle ne le laissait clairement pas indifférent. La maladresse du journaliste un peu rustre l'amusait, voire la flattait. Elle le remettrait juste gentiment à sa place. Néanmoins, aux dires de tous, c'était un fin limier.

Par contre, Charles occupait ses pensées… depuis qu'elle l'avait repoussé deux jours plus tôt. Quelle conne ! Ce n'est pas tous les jours qu'un mec aussi séduisant vous propose presque explicitement de baiser avec lui ! Ce qui la travaillait en cette fin d'après-midi, c'était leur conversation alors qu'ils quittaient le port. Cathie l'avait invité à dîner chez elle. Elle avait préparé une tourte à la viande et au riesling avec une salade tout droit sortie du jardin d'Anton Manach. Accompagné d'une excellente bouteille de vin, voilà un plat parfaitement adapté à la fraîcheur du jour et à la soirée plus débridée qu'elle envisageait ensuite ! La réponse de son ami avait été d'une politesse extrême, mais elle y avait détecté une pointe de froideur. Il la remerciait infiniment, mais il avait déjà d'autres projets. Cependant, une prochaine fois, il accepterait avec plaisir. Cathie avait fait contre mauvaise fortune bon cœur. C'est en revenant chez elle qu'elle avait ressenti cette pointe de jalousie qui vous laisse un arrière-goût de bile dans la gorge. En quittant la boulangerie, elle avait aperçu Natacha Prigent rire à gorge déployée d'une plaisanterie de Charles. Elle n'avait pas réussi à saisir la teneur de leurs propos et elle ne souhaitait surtout pas donner l'air de s'y intéresser, mais voir celui qu'elle imaginait une heure plus tôt dans son lit draguer Miss Seins-à-l'air, ça lui faisait mal. Elle s'en était voulu de réagir comme une midinette éconduite ! Charles ne lui avait rien promis et avait bien le droit de discuter avec n'importe qui.

Cathie avait donc décidé de marcher pour se changer les idées. Elle avait déambulé deux heures durant sur le chemin des douaniers, grimpant et descendant au gré des langues de granit qui s'avançaient dans la mer. La météo avait chassé les premiers touristes et la solitude lui avait apporté le calme qu'elle recherchait. Le rythme hypnotisant de ses pas, les cris des mouettes qui l'accompagnaient, le fracas des vagues sur les rochers, le sifflement du vent dans les arbres : tout cela lui avait parfaitement vidé la tête... au moins le temps de la randonnée. Assise sur le sable, Cathie se rejouait le film de sa rencontre avec Charles. L'avait-il vraiment écartée ou s'était-elle fait des idées ? Et sa soirée, la passerait-il avec Natacha ? Ils avaient rarement parlé ensemble de la gérante de la supérette. Si son ami avait des pulsions à assouvir, Natacha Prigent était une proie bien attirante... et surtout facile. Catherine se releva soudain. Elle avait assez souffert pendant vingt-cinq ans avec son mari et ce n'était pas à cinquante ans qu'elle allait replonger dans les affres du doute affectif. Elle mangerait sa tourte, viderait sa bouteille de riesling et irait se coucher.

52

Londres

Yann Lemeur tenta douloureusement de sourire au douanier qui le regardait avec suspicion. Son visage, qui avait pris une belle teinte violacée, ressemblait peu à celui figurant sur sa carte d'identité qui datait de près de dix ans.

— *Are you really Mister Lemioure ?* questionna le Britannique en passant régulièrement de la photo de mauvaise qualité du document officiel à la face tuméfiée du Français.

— *Yes, it is me. Car accident the day before yesterday*, expliqua-t-il.

— *With your face, you look like «* steack tartare *», as you say in French. Don't you have any hospitals in France ?*

Le journaliste décida de ne pas relever les propos désobligeants du fonctionnaire et de garder un sang-froid tout britannique. Son expérience personnelle lui avait appris qu'un agent de l'immigration se situe dans le top 3 des individus réfractaires à l'humour, juste derrière un membre des forces de l'ordre pendant un contrôle routier ou une femme qui vous demande si elle n'a pas pris des fesses.

— *Yes sir, we have hospitals. But a friend waits me to drink a pint of beer in Westminster,* essaya Yann dans son anglais approximatif.

— *Oh, if beer is at stake,* s'amusa le douanier en rendant la carte d'identité. *And please, don't drive! Take the train!*

Yann hocha la tête avec une politesse forcée. Par chance, l'état de son visage ne laissait plus transparaître ses sentiments. Les Anglais le faisaient vraiment chier, cette semaine. Heureusement qu'il allait retrouver Stuart Walker, un ami journaliste qu'il avait connu douze ans plus tôt !

Une fois libéré, il pénétra dans l'aérogare du London City Airport. Il repéra le quai de départ du train, se battit avec un distributeur pour acheter un ticket à un prix proche du racket, puis s'installa dans un wagon. Il avait eu raison de creuser la piste Charles Highbury. Il devait avouer que cela le réjouissait d'imaginer ce bellâtre embourbé dans un potentiel scandale. Même s'il savait depuis des années qu'il ne fallait pas mélanger les affaires professionnelles avec les affaires personnelles, il avait du mal à évacuer les preuves à charge contre le Britannique.

Yann avait quitté le centre hospitalier de Quimper deux jours plus tôt avec un sac de médicaments et une tête totalement congestionnée. Il s'était gavé de cachets antidouleur et avait pris rendez-vous avec le banquier de Pont-l'Abbé qui s'occupait des comptes de Charles Highbury. Il l'avait vu la veille, juste après l'heure de fermeture. Yann lui avait rendu un important service deux ans plus tôt et le banquier souhaitait lui renvoyer l'ascenseur. En toute illégalité, il lui avait expliqué la situation financière de l'Anglais. Seul son compte personnel était géré à Pont-l'Abbé et les sommes qui y transitaient étaient dérisoires. Et tout à fait incompatibles avec le train de vie de l'Anglais. Où Highbury trouvait-il l'argent pour ses vêtements de prix, sa voiture, ses voyages, les coûteux dîners qu'il offrait à Cathie ? Le banquier devait se sentir particulièrement redevable, car il avait enquêté sur le commerce de Highbury. Il s'agissait d'une succursale d'une société anglaise, Commonwealth Food Inc., basée sur l'île de Man. *God save the Queen*, le boui-boui de l'Angliche, avait donc des liens avec un paradis fiscal.

Fort de cette révélation, Yann Lemeur était retourné au journal et avait travaillé jusque tard dans la soirée. Chaque découverte apportait sa part de jubilation supplémentaire. Ses recherches n'avaient plus aucun rapport avec l'assassinat de Quéré, mais il devinait qu'il tenait quelque chose de gros ! À deux heures du matin, il avait appelé un ami anglais qu'il savait noctambule et avait acheté un billet d'avion Brest-Londres pour le lendemain midi. Totalement excité par ses trouvailles et souffrant de ses multiples hématomes au visage, il n'avait pratiquement pas fermé l'œil de la nuit.

Yann Lemeur quitta la ligne *Jubilee* et descendit à la station Westminster. Il avait décollé de Brest sous un ciel nuageux pour atterrir à Londres sous un ciel nuageux… mais avec quelques degrés en moins. Aucune importance, il n'était pas là pour faire du tourisme. Il ne put s'empêcher d'admirer l'abbaye séculaire. Une file d'Asiatiques attendaient patiemment pour pénétrer dans le saint des saints de l'anglicanisme et de la monarchie anglaise. C'était la quatrième fois que Yann venait à Londres. Il se souvenait de son premier voyage comme si c'était la veille.

Cette fois-là, sa belle-sœur avait accepté de garder Alana. Yann avait profité du week-end pour aller encourager les Bleus qui jouaient à Twickenham dans le cadre du Tournoi des Six Nations. Partis à quatre, ils avaient réservé les billets pour le match et deux chambres dans un *bed and breakfast* bon marché. C'était un des premiers moments de détente que Yann s'offrait sans Alana depuis la mort de sa femme. L'avant-match s'était naturellement déroulé dans les pubs, et c'est bien échauffés qu'ils s'étaient rendus au stade. Les Anglais menaient d'un point à la dernière minute, quand les Français avaient marqué un essai venu de nulle part, emportant ainsi le match le plus important de l'année pour les supporters de rugby des deux pays. Les locaux avaient perdu leur célèbre flegme devant les moqueries des Français. Yann n'était pas d'un tempérament batailleur, mais l'enthousiasme de la victoire, l'effet de groupe conjugué à celui des six pintes qui avaient précédé la rencontre l'avaient entraîné dans un début de bagarre générale. Ils avaient fini au poste, Français et Anglais confondus. L'histoire s'était terminée dans la soirée autour de tournées de bière et Yann avait fait la connaissance de Stuart. Journalistes tous les deux, ils avaient rapidement sympathisé. Heureusement pour le Breton dont l'anglais était sommaire, Stuart, marié à Béatrice, une Nantaise exilée dans les brumes londoniennes, parlait un excellent français. Ils se revoyaient tous les ans, la plupart du temps en Bretagne.

Yann suivit les indications envoyées par son ami et s'arrêta devant la façade du *Red Lion*. Il pénétra dans le pub, satisfait de retrouver la chaleur humaine, le fumet de la nourriture et les boiseries du bar. Un gaillard de plus d'un mètre quatre-vingt-dix se leva et le héla :

— Hey, ma petite grenouille préférée, viens par là !

Les deux compères tombèrent dans les bras l'un de l'autre.

— Mais qu'est-ce qui t'arrive ? s'exclama Stuart Walker en découvrant le visage tuméfié de Yann. Tu as joué un match de rugby contre des Brits ?

— Un accident de voiture, mon gros rosbif. Je t'expliquerai ça !

— OK, passons d'abord commander au bar. J'ai une faim de loup, et toi ?

— Moi, répondit Yann, je rêve d'une gigantesque part de *steak and kidney pie* accompagnée d'une assiette de frites et d'une pinte de *Bass ale* !

— *Good choice, my friend.* Je prendrai la même chose.

53

Stuart

Installés devant leur repas, les deux amis avaient partagé les dernières nouvelles de leurs familles et connaissances communes. La seconde pinte de bière avait disparu pratiquement aussi rapidement que la première et, après une nécessaire pause aux toilettes, ils avaient décidé d'entrer dans le vif du sujet. Stuart Walker travaillait pour le tabloïd *The Sun* et avait la réputation d'être un excellent journaliste d'investigation.

— Je te remercie d'avoir pris le temps de t'occuper de ma demande, commença Yann. D'ailleurs, ça me gênait un peu. Béatrice ne m'en veut pas de l'avoir privée de toi pendant le week-end ?

— Béatrice ne t'en voudra jamais, mon ami. Et tu sais, ici, on n'est pas perpétuellement en vacances… comme vous en France.

Yann répondit par un sourire. Stuart était en permanence sur le pont, ce qui en faisait un des piliers de son journal.

— Dans le cadre d'une enquête, résuma Yann, je m'intéresse à un de tes compatriotes, un dénommé Charles Highbury. Pour te la faire courte, il tient une boutique de couillonnades anglicisantes sur le port de Locmaria. À côté de ça, il raconte, sous le sceau du secret, mais aux pires commères du village, qu'il descend d'une famille noble proche de la couronne. Bon, pourquoi pas ! Seulement, quand je me suis renseigné sur lui, j'ai découvert que les comptes de son commerce, qui ne doit pas générer plus de quelques milliers d'euros par mois, sont hébergés dans un paradis fiscal. Du coup, ça m'a mis la puce à l'oreille. Et là, en faisant une recherche internet un peu poussée sur Charles Highbury, je m'aperçois que l'aristo qui porte ce nom ne ressemble pas du tout à celui de Locmaria. D'où mon appel et notre déjeuner…

Stuart hocha la tête en trempant une frite dans la sauce *gravy* qui accompagnait sa tourte.

— Dis-moi, Yann, c'est qui la jolie blonde qui se tient à côté du sosie de Hugh Grant sur ta photo ?

— Catherine Wald, répondit le Breton avec un rosissement indétectable sur sa peau irisée. C'est chez elle qu'a été empoisonné Quéré… Tu avais toutes les infos dans le mémo que j'avais joint à mon mail.

— Je l'ai lu avec attention, ne t'inquiète pas. Je dois te dire *good luck* ?

— Pourquoi ?

— *My friend*, tu ne pourras jamais atteindre le niveau de détachement d'un aristocrate britannique, précisa Stuart. C'est une femme splendide, elle te plaît et ça t'emmerde qu'elle regarde Highbury comme ça, *doesn't it* ?

Yann fixa son compagnon, ébahi. Il le savait excellent journaliste, bon joueur de rugby, mais ne lui connaissait pas cette sagacité psychologique qui l'avait mis à nu aussi rapidement.

— Il y a du vrai, effectivement, mais ce n'est pas la raison de mon enquête. Je pense que c'est lui qui a essayé de me tuer.

Stuart fut surpris à son tour. Yann lui raconta son accident, ses questions qui dérangeaient, sa voiture sabotée…

Stuart insista pour commander une part de *toffee pudding* et une dernière pinte avant de révéler le résultat de ses investigations. Une fois la bombe calorique déposée devant lui, il attaqua :

— Le type sur la photo ne s'appelle pas Charles Highbury, ou tout du moins, ne s'appelait pas Charles Highbury il y a quatre ans. Il a sans doute réussi à se procurer des faux papiers quelque part. Le véritable Charles Highbury vit retiré dans une maison londonienne, avec deux domestiques et sans descendance. Il apparaît bien sur la liste des héritiers potentiels de la couronne, mais à un rang si éloigné qu'il faudrait qu'il soit plus efficace qu'une armée de Jack *the Ripper* s'il veut un jour prétendre au trône. Il a cinquante ans, une rente qui lui permet de subvenir à un train de vie bourgeois et il ne participe plus depuis longtemps aux festivités royales. Tiens, voilà une photo récente de notre très cher Charles.

Yann regarda le cliché, de bien meilleure qualité

que celui qu'il avait téléchargé la veille sur un site improbable dédié à l'aristocratie anglaise. De petite taille avec quelques cheveux qui se battaient en duel sur son crâne, il n'avait pas un physique de séducteur.

— Et alors, notre Charles Highbury de Locmaria ? Tu as trouvé quelque chose sur lui ? reprit Yann.

— *Yes, sir*, répondit Stuart avant d'avaler une gorgée de bière. Ton épicier s'appelle Mark Cavendish. Il est connu de la justice anglaise et a quitté le territoire britannique il y a quatre ans. Je l'ai reconnu, car on avait publié un article sur lui. J'ai retrouvé son portrait dans les archives du journal. La photo ne laisse aucun doute. C'est bel et bien le même homme.

— T'es vraiment un crack !

54

Mark Cavendish

— C'est parti pour l'histoire de Mark Cavendish, se lança Stuart. Ce gars-là est un fabuleux mythomane. Il ne ment pas complètement lorsqu'il prend le nom de Highbury. Sa mère travaillait comme domestique chez les Highbury en Écosse. Son père avait quitté le domicile familial peu de temps après sa naissance, un type assez peu fréquentable retrouvé flottant dans la Tamise quelques années plus tard. Cavendish a donc été élevé en compagnie du véritable Charles Highbury. Charles joue dans la catégorie de ce que vous, Français, appelez avec délicatesse les « fins de race », fruit de croisements un peu trop consanguins : pas un mauvais *boy*, mais pas vraiment une lumière. Mark, lui, était brillant. Les deux garçons avaient le même âge et Charles considérait presque Mark comme un frère. Il profitait de l'amitié que lui portait Charles pour apprendre en permanence. Et il a très rapidement manié avec dextérité l'art de la dissimulation.

— Ça explique pourquoi il se comporte comme un

milord. Comment est-ce que tu es au courant de tout ça ? s'étonna Yann.

— Cavendish a donné une interview à l'un de mes collègues juste après son arrestation. Alors, même si le journal a tenté de recouper les faits, nous n'avons évidemment qu'une version sans doute enjolivée par son auteur.

— Je n'imaginais pas qu'on côtoyait une telle célébrité à Locmaria. Vas-y, continue, l'invita Yann.

— À onze ans, les garçons ont dû abandonner le domaine écossais pour aller habiter à Londres. Lord Highbury, le père, avait contracté de colossales dettes de jeu. Elizabeth Cavendish et son fils Mark ont été emportés avec les bagages. Autant cet exode a été vécu comme un drame par Charles, autant Londres a été une révélation pour Mark. Tant de choses à découvrir ! À l'adolescence, il s'est éloigné de Charles. Le jeune aristocrate était en permanence plongé dans les archives rappelant la grandeur passée de sa lignée. Mark, lui, parcourait la ville, à la recherche de sensations fortes et de filles à rencontrer. Quand il a eu quinze ans, sa mère s'est mariée avec un homme riche et a quitté le service des Highbury. Fin de l'histoire entre les deux familles.

— Du coup, qu'est-ce qu'il est arrivé à Mark ?

— Son beau-père ne lui a pas offert son affection, mais il a pris en charge ses études. Mark n'en demandait pas plus. Il s'est installé dans la nouvelle maison familiale de Kensington, nettement plus luxueuse que celle des Highbury. Son beau-père avait un fils unique de dix-huit ans, Hugh : un *daddy's boy* dont l'occupation principale consistait à dépenser l'argent de son père en traînant dans les endroits à la mode. Inutile de te dire que ça a enchanté Mark ! Les deux garçons sont devenus inséparables. Quand le père a décidé de serrer la vis pour les obliger à consacrer du temps à leurs études, ils se sont tournés vers des activités illicites pour garder leur train de vie. Trafic de drogue : ça, c'était facile. Ils rencontraient tous les soirs leur clientèle de riches héritiers et se fournissaient auprès d'un gang du côté de Ealing. C'est Mark qui avait pris la direction des affaires et, apparemment, c'est à ce moment qu'il a commencé à jouer de temps à autre le rôle de Charles Highbury. Mais il était prudent, car dans le milieu qu'il fréquentait tout le monde connaissait tout le monde.

— Il vous a raconté tout ça ?

— Oui, et j'ai passé une partie de ma matinée à écouter l'enregistrement de la discussion. Ça avait duré plus de deux heures ! confirma Stuart.

— Quel intérêt pour lui d'en dévoiler autant ?

— Toujours le même, Yann…

— La vanité, compléta le Breton.

— Tout à fait. Comme tu t'en es rendu compte, Cavendish a une très haute opinion de lui-même. Quand il avait vingt-deux ans, sa mère Elizabeth et son mari se sont noyés au cours d'une croisière. On n'a jamais retrouvé le voilier. Là, les choses se sont corsées. Hugh a hérité de la fortune de son père et Mark a récupéré les quelques biens de sa mère. Transformation immédiate de Hugh : il n'a plus montré d'intérêt que pour son portefeuille financier et il a abandonné leur vie mondaine crapuleuse. Rapidement, il a coupé les ponts avec son demi-frère. Mark avait de la ressource ; il a donc continué à mener son existence de pacha. Il plaisait aux femmes et savait leur parler : il a entamé une carrière de gigolo. Il s'est aussi lancé dans un trafic de voitures volées. Il semble avoir été connu dans le milieu à cette époque.

Yann repensa à son accident. Un indice de plus qui accusait Charles, ou Mark, quel que soit son nom.

— J'en arrive à la fameuse arrestation il y a quatre ans. Sa situation financière s'était dégradée : les célibataires et veuves londoniennes friquées avaient jeté leur dévolu sur des garçons plus jeunes. Cavendish trempait toujours dans des petites magouilles, mais il avait besoin d'argent. Il a alors monté une combine qui force l'admiration. Il est devenu Charles Highbury ! Il s'est mis en affaire avec le concierge d'un hôtel luxueux dans le quartier de Kensington. Le concierge proposait à de très riches clients de son établissement de découvrir Buckingham Palace en compagnie d'un membre de la famille royale. Mark/Charles rencontrait les touristes appâtés, souvent des Asiatiques d'ailleurs, dans un salon de l'hôtel. Il leur sortait le grand jeu et, moyennant mille livres par personne, il les invitait à pénétrer, en mode VIP, dans la partie privée du palais. Il constituait des groupes de cinq au maximum et organisait deux visites par semaine. Et, d'après lui, il aurait pu en faire une par jour…

— Ensuite, il les larguait devant les grilles ? continua Yann.

— Non, et c'est là que c'est splendide. Il avait

soudoyé deux gardes qui les laissaient entrer discrètement. Une fois à l'intérieur, Mark connaissait suffisamment l'étiquette pour tromper les domestiques. À force de le voir, le personnel le prenait réellement pour un membre éloigné de la famille royale. Alors bien sûr, il n'allait pas dans les appartements de la reine et se contentait de parcourir les communs, mais les visiteurs étaient bien assez émerveillés comme ça. Ils faisaient partie d'un cercle de privilégiés admis à Buckingham et rentraient avec de quoi briller dans leurs longues soirées d'hiver.

— Où est-ce que ça a merdé ?

— Un jour, un Néerlandais a estimé qu'il n'en avait pas eu pour son argent. En sortant, il est allé se plaindre à l'office du tourisme. Quand il a montré ses photos, la garde rapprochée de la reine a été avertie et a rapidement remonté la piste. Cavendish a été arrêté : on ne plaisante pas avec la sécurité d'Elizabeth. S'est ensuivie une tempête médiatique, que nous avons d'ailleurs contribué à alimenter, avoua Stuart.

— Comment est-ce que le *Sun* a pu l'interroger s'il était en prison ?

— Il s'est échappé lors d'un transfert entre la prison et le tribunal. On n'a jamais su si les gardiens étaient de mèche ou s'ils ne se méfiaient pas d'un homme qui ressemblait plus à une inoffensive gravure de mode qu'à un égorgeur. Peu de temps après, il nous a contactés en nous proposant de nous vendre sa version de l'histoire.

— Et vous avez accepté ?

— Bien sûr ! Il voulait être interviewé par une

femme. Une de mes collègues l'a donc rencontré à un endroit secret choisi par lui.

— Si ce n'est pas indiscret, ça vous a coûté cher ?

— Je ne me souviens plus de la somme exacte, mais elle s'élevait à plusieurs dizaines de milliers de livres.

— Waouh, c'est pas mon journal qui pourrait mettre un tel paquet de fric ! s'exclama Yann.

— Je peux te dire qu'on ne l'a pas regretté. On a publié l'article sur trois jours et les ventes ont explosé.

— Et ensuite ?

— Il a quitté le Royaume-Uni, sans doute avec l'aide de ses relations dans la pègre. S'il s'est installé il y a deux ans en Bretagne, je n'ai aucune idée de ce qu'il a fait entre-temps.

— Et tu as pu enquêter sur la société Commonwealth Food Inc. ?

— Je n'ai pas eu beaucoup de temps depuis ton appel d'hier soir, j'ai seulement pu contacter un ami bien placé. Je te fais grâce des détails, mais il se pourrait bien que le commerce de Cavendish, ou Highbury, n'ait été monté que pour servir à blanchir de l'argent sale…

— … qui viendrait de ses connaissances dans la pègre ? continua Yann.

— Sans aucun doute. Et ce n'est sûrement pas en vendant de temps en temps un sandwich, quelques brownies et des tasses à l'effigie de la famille royale qu'il peut vivre confortablement. Voilà ce que j'ai trouvé, *my friend* !

— Alors là, tu m'épates, tu m'épates, tu m'épates ! s'exclama Yann.

— Tu t'es adressé au meilleur, en toute modestie, s'amusa Stuart. Par contre, je ne vois pas pourquoi il aurait assassiné ton maire… Même si Cavendish a fait du business avec lui, il n'a jamais été un tueur.

— Tu m'as vraiment bien aidé, Stuart. À moi de trouver la suite.

— *Yes*, Sherlock. Tu me raconteras à l'occasion dans quelle histoire s'est encore embarqué Cavendish… et comment tu t'en sors avec ta jolie blonde. Tu repars quand en France ?

— Ce soir à dix-huit heures.

L'Anglais regarda sa montre.

— L'aérogare de City Airport est déprimante. Tu as le temps de venir boire un thé à la maison. Béatrice sera heureuse de te voir.

55

Dettes

— Tu sais ce que Madeleine Quéré va faire de tout l'argent que son mari avait prêté aux habitants du village ? demanda Ronan Salaün à son supérieur.

— Je lui ai posé la question juste après la mort de son époux, mais elle n'y avait pas encore réfléchi, répondit Éric Julienne. Peut-être qu'elle attend de prendre connaissance du testament avant de se décider.

— Il y en a quand même pour près de cinq cent mille euros ! Tu as une idée de la fortune de Quéré ?

— Entre toutes ses terres, les propriétés qu'il loue, le fruit de la vente de la conserverie et les comptes qu'il doit planquer à gauche et à droite, il a sans doute accumulé… pas loin de dix millions d'euros, osa le major.

— Bel héritage ! Il a quand même mené une drôle de vie, ce lascar, lâcha Salaün.

— Pourquoi tu dis ça ?

— Avec tout le blé qu'il avait, il aurait pu s'offrir une retraite tranquille, jouer les mécènes !

— Quéré, un mécène ? s'esclaffa Julienne. Tu le connaissais mieux que moi, Ronan. Ce type n'a vécu que pour le pouvoir : politique, financier, sexuel, personnel ! Tiens, d'ailleurs, comment ça s'est passé, son enterrement ?

— Un truc à son image : faste à l'extérieur, mais creux à l'intérieur !

— Rien que ça !

— Le curé a été charitable, expliqua Salaün. Il a fait un sermon sur la miséricorde de Dieu sans jamais pointer du doigt les manquements du défunt. Le bagad a interprété quelques morceaux émouvants, mais je n'ai pas vu couler une larme ni pendant la cérémonie ni à la sortie… à part peut-être sa petite-nièce Natacha, pour peu qu'on puisse croire en sa sincérité. Malgré ce que Quéré proclamait, les résultats des dernières élections l'avaient définitivement mis sur la touche.

L'adjudant Salaün se leva et introduisit une capsule dans la machine à expresso.

— On a terminé d'étudier la liste des débiteurs de Quéré, annonça-t-il en couvrant les sifflements de l'appareil.

— Et tu ne me le dis que maintenant !

— C'est tout chaud. Je discutais encore avec le dernier de la liste il y a une heure.

— Et alors ? Tu as un suspect potentiel ?

— Je n'en ai pas un, j'en ai quatorze sur quinze.

— On est bien barrés avec ça, soupira Julienne. Tu as vérifié leur alibi ?

— Oui. Aucun d'entre eux ne dînait chez Cathie Wald ce soir-là. À part Romy Micolou qui prenait part au service… mais on a déjà discuté avec elle, elle est trop fine pour faire un truc qui incriminerait sa mère et son oncle.

— Les autres auraient pu s'arranger avec quelqu'un, suggéra le major.

— Effectivement. Mais avec qui ?

— Et le quinzième ? Qui est-ce ?

— Charles Highbury.

— Highbury ! s'étonna Julienne. Notre Anglais faisait donc des affaires avec Quéré ? Je n'avais pas remarqué son nom sur le fichier.

— Normal, je l'ai trouvé sur une version précédente de son fichier. Il devait cinq mille euros à Quéré et les lui a remboursés il y a trois semaines.

— Ce qui le retire de facto de la liste des suspects, constata le major. Entre nous, Ronan, tu penses qu'on l'attrapera un jour, notre assassin ?

— Peut-être dans quelques années… quand tout sera oublié et qu'il fera le fanfaron au cours d'un dîner trop arrosé.

56

Le retour – Charles

Cathie avait passé toute la journée au domaine de Kerbrat. Elle avait réussi à retrouver un peu de sérénité et à vaquer à ses occupations. Après le repas, elle avait profité du retour du soleil pour aller bronzer dans la petite crique. Elle appréciait cette plage hors du temps, et surtout hors du monde. Elle craignait un peu l'arrivée de l'été et des vacanciers qui viendraient y mouiller leur bateau à marée haute.

Dire que Cathie n'avait pas pensé à Charles en ce joli dimanche de juin aurait été mentir. Elle ressentait un troublant sentiment de manque. Était-elle amoureuse du bel Anglais ? Elle aimait sa prestance, son calme rassurant, son savoir-vivre, son humour. Seraitelle, pour autant, prête à sacrifier une partie de son projet pour lui ? Pas aujourd'hui. Elle l'avait donc classé dans la catégorie « très bon plan et plus si affinités »… mais quand même très très bon plan.

Cathie regarda le coucou accroché au mur de sa cuisine : un objet totalement décalé dans la décoration de sa maison. La pendule était kitschissime, mais elle lui rappelait tant d'émotions qu'elle ne s'était jamais résolue à s'en séparer. Elle revoyait ce jour de la fête des Mères où ses enfants, alors âgés d'une dizaine d'années, étaient venus la lui offrir dans son lit. Patrick, son mari, lui avait expliqué qu'ils avaient cassé leurs tirelires pour trouver le plus beau cadeau du monde à leur maman. Ce coucou qui s'égosillait toutes les heures – jusqu'à ce que le mécanisme ait la bonne idée de rendre l'âme – avait, à ses yeux, une valeur inestimable. Ses enfants lui manquaient particulièrement en ce moment. Anna et Xavier avaient prévu de lui rendre visite au mois de juillet, et elle espérait bien avoir rouvert son restaurant d'ici là.

Dix-huit heures. Il était temps d'aller faire un tour au village, de saluer ses amis, d'écouter les dernières nouvelles, d'aérer le restaurant, bref... de sociabiliser. Vite, un saut dans la salle de bains pour se maquiller légèrement et brosser ses cheveux emmêlés par le vent ! Il fallait qu'elle prenne un rendez-vous chez Rose Dentremont, la coiffeuse. Marine et Alexia lui en avaient dit le plus grand bien. Pour changer, elle essaierait bien une coupe au carré plus facile à entretenir. Un débardeur à fines bretelles, une jupe ample et légère, des ballerines, des lunettes de soleil : elle était prête à pédaler jusqu'au centre de Locmaria.

Assise à la terrasse de son restaurant, Cathie s'était une nouvelle fois laissé hypnotiser par le spectacle du port. Les pêcheurs côtiers étaient rentrés depuis longtemps, octroyant une nuit de repos à leurs chalutiers repeints de frais. Les haubans cliquetaient sous la caresse de la brise, étrange réminiscence du tintement des clarines de son enfance. Petite, Cathie partait tous les ans dans un centre de vacances en Savoie. Elle adorait la musique des cloches des vaches qui la réveillaient au petit matin, alors qu'elle s'étirait dans le lit superposé partagé avec Sabine. C'était une invitation à gambader dans les alpages et la montagne. Elle baissa les paupières, profitant de la douceur du soleil déclinant sur son visage hâlé. C'était vrai qu'on bronzait harmonieusement en Bretagne.

— Tu as l'air très bien dans le monde des anges ! J'ai presque honte de t'en sortir.

Cathie ouvrit lentement les yeux en entendant la voix chaude près de son oreille. Un frisson la parcourut. Charles était toujours aussi irrésistible.

— Un rêve disparaît, un autre commence, souffla-t-elle en se demandant si elle n'en faisait pas un peu trop.

Non, on n'en fait jamais trop dans le jeu de la séduction.

— *Thank you, dear*, susurra Charles en lui effleurant la tempe d'un baiser.

Cathie frémit. Jamais il n'avait montré une telle tendresse. Elle se releva et lui proposa de poursuivre leur discussion à l'intérieur, devant une boisson et un petit gâteau.

— Ta soirée d'avant-hier était sympa ? ne put-elle s'empêcher de lâcher tout en maudissant sa curiosité.

— Je suis désolé de t'avoir fait faux bond, mais j'avais un rendez-vous d'affaires… avec quelqu'un que tu n'apprécies pas forcément, d'ailleurs.

L'aveu de Charles soulagea Cathie. Il n'était pas sorti avec Natacha pour coucher avec elle.

— Pas de souci, continua Cathie. De toute façon, je m'y étais prise au dernier moment.

— Je regrette ta tourte à la viande et au riesling. Elle était sans aucun doute délicieuse, et bien meilleure que la fricassée de poisson du nouveau restaurant que j'ai essayé.

Il se souvenait de la tourte. Un bon point, se réjouit Cathie en chassant ses idées sombres des deux jours précédents.

— On peut dîner ensemble ce soir, si tu veux ? proposa-t-elle. En allant vers Concarneau, on trouvera bien quelque chose d'ouvert un dimanche.

— Je suis désolé, Cathie, mais ce ne sera pas possible aujourd'hui. J'ai… j'ai un rendez-vous de *business* à Quimper auquel je ne peux pas échapper, expliqua-t-il après un instant de flottement. Mais demain, avec plaisir !

Cathie avait noté le trait de contrariété qui avait barré son visage.

— Quelque chose de grave ? s'enquit-elle.

— Non, *don't worry*, je vais résoudre ça. Je fais partie d'un peuple qui a résisté au Blitz et au *Christmas pudding*. Plus rien ne nous effraie.

— Mais si je peux faire quelque chose pour toi, dis-le-moi, insista-t-elle. N'hésite pas.

Charles saisit la bière que Cathie lui avait servie, fit tourner quelques secondes le liquide dans le verre et en avala une gorgée pour se donner du courage. Son cas était critique et il ne pouvait pas se permettre de refuser.

— Je me sens vraiment stupide, *really*, commença-t-il.

— N'est stupide que la stupidité.

Charles éclata de rire.

— Citer *Forrest Gump* avec un tel à-propos, c'est brillant ! Ma situation l'est nettement moins. J'ai contracté quelques dettes. *God save the Queen* n'a jamais marché aussi bien que je l'avais prévu. Voilà, c'est dit, et j'en ai honte ! Je te demande juste de ne jamais en parler… mais je sais que je peux te faire confiance.

— Ce ne sont que des problèmes d'argent, le rassura Cathie.

— C'est une façon de voir les choses. Mais quand cet argent te manque et que ton créancier insiste pour se faire rembourser, il arrive un moment où le flegme et l'humour ne sont plus suffisants pour s'en sortir.

— Je vais t'aider, décida-t-elle.

— Alors que tu viens de t'installer et que ta situation est au moins aussi compliquée que la mienne ? C'est adorable, Cathie, mais il n'en est pas question.

— Si je te propose, c'est que j'en ai les moyens. J'ai quelques économies de côté. Tu dois combien ?

Charles se leva et regarda les eaux du port qui scintillaient sous les feux du soleil déclinant.

— *It's very embarrassing, really, Cath.*

— Oublie quelques instants tes gènes anglais et tous tes ancêtres qui ont préféré mourir le doigt sur la couture du pantalon plutôt que de demander de l'aide. Combien dois-tu ?

— Quarante-deux mille euros…, avoua honteusement Charles.

— Je peux te les prêter. C'est ton créancier que tu vas voir tout à l'heure à Quimper ?

— Oui. Comme tu peux l'imaginer, la soirée n'aura pas le charme d'un moment passé avec toi.

— À toi d'obtenir un délai en leur annonçant que tu rembourseras tout ce que tu dois dès lundi.

— Quoi ? s'étrangla Charles. Tu serais prête à m'avancer la somme complète ?

— Si je te le dis. J'appellerai mon banquier demain, et on virera l'argent sur ton compte. Tu me signeras une reconnaissance de dettes et ça ira.

— Mais tu me fais autant confiance ? insista Charles, ébahi.

— J'ai tort ?

— Non, mais je n'ai jamais connu ça, ajouta-t-il avec une émotion qu'il peina à dissimuler.

— Si on ne s'entraide pas quand on en a l'occasion, à quoi servent les amis ? murmura Cathie en posant sa main sur la sienne. D'ailleurs, si tu as tes coordonnées bancaires sur toi, ça permettra de gagner du temps.

Charles hésita quelques instants avant d'accepter. Il était très gêné, mais ne pouvait s'offrir le luxe de refuser. Il sortit de sa poche un portefeuille plein à craquer et chercha le document. Cathie n'avait jamais compris comment Charles, toujours tiré à quatre épingles, pouvait transporter sur lui un truc aussi volumineux. Elle lui ferait cadeau d'un joli portefeuille Vuitton beaucoup plus élégant… le jour où…

— Ah, le voilà ! s'exclama l'Anglais en la tirant de ses songes. Tu as un morceau de papier et un crayon ? Je vais te noter ça.

Quand il partit vers son rendez-vous quimpérois, Cathie avait encore le goût de ses lèvres sur les siennes. Une saveur exquise qu'elle n'avait pas connue depuis longtemps.

57

Le retour – Yann

Comme Cathie, l'esprit léger, s'apprêtait à rentrer chez elle, elle vit débouler un inconnu visiblement excité.

— Désolé, mais le restaurant est fermé.

— Bonsoir, Cathie. C'est moi, Yann !

Cachant sa surprise, elle s'approcha du journaliste et l'invita à entrer.

— Oh, Yann, avec le soleil rasant dans les yeux, je ne vous avais pas reconnu. Mon pauvre, ça ne s'arrange pas vite, compatit-elle en découvrant son visage multicolore.

— Le médecin m'a dit que j'aurai retrouvé une figure humaine dans moins d'un mois. Alors, laissons agir la nature, lâcha-t-il, philosophe.

— L'hôpital ne vous a finalement libéré qu'aujourd'hui ?

— Non, le soir même, grâce à l'intervention d'Alana.

— Elle est absolument charmante, déclara Cathie.

— Elle vous a aussi beaucoup appréciée. Et, hier, je me suis offert une petite virée à Londres.

— À Londres ? s'exclama Cathie. Dans votre état ? Ça ne pouvait pas attendre ?

— J'avais d'excellentes raisons de m'y rendre, expliqua mystérieusement Yann. Pouvez-vous me consacrer un peu de temps ce soir ?

— Vous me faites peur, Yann. On peut grignoter ici..., proposa Cathie, ou aller manger une crêpe à côté si vous préférez.

— J'aime autant rester à l'abri des oreilles indiscrètes.

Inquiète et agacée par le tour que prenait la conversation, Cathie ferma la porte. Allait-il encore lui faire une crise de jalousie ? Il ne s'était sûrement pas déplacé à Londres pour profiter des soldes chez Harrods !

— Alors, allez-y, annonça-t-elle plus sèchement qu'elle ne l'aurait souhaité.

Yann ne lui en tint pas rigueur et attaqua :

— J'ai attendu que Mark quitte les lieux avant de me présenter.

— Mais de qui parlez-vous, enfin ? Et vous m'espionnez, maintenant ?

— Je ne vous espionne pas, et je parle de Charles, parce que c'est son nom, affirma calmement Yann.

— Écoutez, Yann, reprit Cathie avec plus de compassion, votre accident a dû vous bouleverser plus qu'on ne le pensait. Voulez-vous que je vous raccompagne chez vous ?

Le journaliste lui sourit, ou tenta au moins une grimace interprétable comme un sourire, et attrapa une pochette cartonnée dans son sac à dos. Il en tira une liasse de feuillets qu'il tendit à son interlocutrice.

— Voici un article du *Sun* sorti il y a quatre ans. Vous comprenez l'anglais ?

— Oui, je le parle presque couramment, répondit-elle en lui prenant le papier des mains.

Elle survola la une et le lui rendit :

— Ce n'est pas possible ! C'est quelqu'un qui lui ressemble !

— J'ai longuement discuté hier avec Stuart Walker, un ami qui est aussi rédacteur en chef au *Sun*. Il est formel : l'homme qui habite à Locmaria est bien le Mark Cavendish de cet article !

— Mais, mais… il m'a raconté sa jeunesse, bafouilla Cathie, troublée. Il n'a pas pu tout inventer !

— Non, il n'a pas tout inventé.

Yann lui résuma le parcours de Mark et lui tendit une photo du véritable Charles Highbury.

— Moins séduisant, j'en conviens, reconnut-il en reprenant le cliché.

Cathie laissa passer un silence, puis se ressaisit.

— Mais pourquoi êtes-vous allé à Londres pour enquêter sur lui ? Parce que vous êtes persuadé que c'est lui qui a saboté votre voiture ?

— Initialement, oui. Mais entre-temps, j'avais aussi appris que son épicerie *God save the Queen* est enregistrée dans un paradis fiscal… et que sa boutique sert a priori à blanchir de l'argent sale pour le compte d'un gang installé en Grande-Bretagne.

Cathie avait encaissé des coups durs dans sa vie, mais celui-là tombait vraiment au mauvais moment.

Alors qu'elle venait de se réconcilier avec Charles, voici qu'un journaliste transformait son prince charmant en escroc magouilleur et enjôleur. Qu'il ait couché avec d'autres femmes, cela ne la dérangeait pas. Elle n'était pas une oie blanche. Mais cet argent qu'elle lui avait proposé ? L'avait-il manipulée ? Non, non et non ! Il n'avait pas pu deviner que ses finances étaient bien meilleures que ne le laissaient présager les comptes de *Bretzel et beurre salé*.

— Et..., demanda-t-elle, vous êtes toujours persuadé que c'est lui qui a tenté de vous tuer ?

— Je ne dispose que de faisceaux d'indices, mais d'aucune preuve. C'est un bon mécano, il a trempé dans un trafic de voitures. Par contre, l'adjudant Salaün m'a récemment fourni une information qui m'a mis un doute.

— Je peux la connaître ?

— Ne l'ébruitez pas, Cathie, même si elle n'a rien d'un scoop. Cavendish, ou Charles si vous préférez, devait cinq mille euros à Quéré. Il les lui a rendus il y a trois semaines.

La nouvelle troubla Cathie au plus haut point. Pourquoi Charles avait-il remboursé Quéré alors qu'il devait de l'argent ? Devait-elle en parler à Yann ? Torturée, elle pesa longuement le pour et le contre. Le journaliste avait deviné qu'elle était en proie à un dilemme et gardait le silence. Cathie se décida finalement.

— Charles, je continue à l'appeler comme ça, fait en ce moment face à de gros soucis financiers.

— Vous pouvez m'en dire plus ?

— Il doit plus de quarante mille euros à un débiteur, un type pas facile apparemment. Ses affaires n'ont pas été bonnes... mais du coup... je ne comprends vraiment pas pourquoi il a remboursé Quéré.

— Moi non plus, reconnut Yann. Et, même si c'est un escroc, pourquoi aurait-il empoisonné Quéré alors qu'il ne lui devait plus rien ?

Yann Lemeur se leva. Il aimait réfléchir en marchant. Le mouvement l'aidait à se concentrer. Le regard attiré par un détail, il s'approcha du comptoir.

— Pensez à récupérer votre portefeuille avant de rentrer chez vous, prévint-il en l'attrapant.

— Je n'ai pris que mon porte-monnaie... mais, mais, c'est celui de Charles ! Il l'a oublié en partant.

Profitant de l'aubaine, le journaliste l'ouvrit et commença à l'inspecter.

— Arrêtez, Yann, vous ne pouvez pas fouiller comme ça ! C'est indiscret !

— Vous plaisantez, Cathie ? Si on n'a pas prouvé qu'il est compromis dans le meurtre de Quéré, il demeure quand même sacrément suspect.

— Vous n'avez pas le droit. Rendez-le-moi !

— Non !

La voix de Yann Lemeur claqua, impérieuse. Cathie rongea son frein, mais le laissa opérer. Peut-être que cet examen innocenterait enfin Charles... ou pas.

— Nom de nom, il transporte sa vie là-dedans !

Yann sortit les différentes pièces avec délicatesse. Il devrait veiller à les replacer exactement au même endroit. Carte de crédit, cartes de fidélité, cartes d'abonnement, tickets de carte bleue, quatre-vingts euros et soixante livres sterling.

— Je ne pensais pas trouver plus bordélique que moi, s'étonna Yann en photographiant les éléments l'un après l'autre.

Il s'arrêta sur un relevé de carte d'une valeur de trente-quatre euros. Il siffla longuement en l'étudiant.

— Qu'est-ce que c'est ? demanda Cathie qui surveillait en même temps la terrasse, craignant de voir Charles revenir pour récupérer son bien.

— Il y a quinze jours, annonça Yann, Highbury s'est rendu dans une pharmacie à Brest.

— Et alors ?

— Votre acharnement à vouloir le défendre est admirable, Cathie. Si vous aviez besoin de médicaments, vous feriez une heure de voiture pour les acheter, alors qu'il y a une pharmacie à Locmaria et plusieurs à Concarneau ?

Cathie laissa échapper un soupir. Elle ne pouvait pas nier l'évidence. Elle chassa l'inquiétude en se persuadant que Charles n'avait aucun motif pour se débarrasser de Quéré. Avec Yann, ils trouveraient une explication à ce ticket.

58

Balade brestoise

L'Audi venait de quitter Plougastel-Daoulas pour emprunter l'impressionnant pont de l'Iroise qui les amènerait à Brest. Au volant, Cathie sentait la tension monter. Malgré ses tentatives de se convaincre que tout cela n'était qu'un terrible malentendu, elle devait reconnaître que les arguments de Yann Lemeur faisaient peu à peu leur chemin. Hier soir, elle avait détesté celui qui voulait briser son rêve. Ce matin, elle avait à peu près évacué ses pensées de midinette déçue. Elle ne pouvait qu'admettre les résultats exceptionnels de l'enquête du journaliste.

— Tu tourneras à gauche en arrivant au rond-point, indiqua Alana d'une voix douce.

Cathie obéit aux ordres de son copilote. Elle passa devant Océanopolis, longea une partie du port puis bifurqua sur la droite vers le centre-ville.

— On va s'arrêter au parking de la gare, proposa Alana. On marchera quelques minutes pour aller à la pharmacie. Ça nous dégourdira les jambes.

— Tu connais bien Brest ?

— On y est restés plus d'une dizaine d'années avec papa. Il ne te l'a jamais raconté ?

— Non, nous avons peu échangé sur nos vies privées, admit Cathie.

— Maman est morte quand j'avais dix ans. On vivait à Locmaria et papa travaillait à la criée. Ses horaires étaient incompatibles avec mon éducation. Alors on a déménagé à Brest, où habitait une sœur de maman. Papa a changé de métier : il a mené de front des études de journalisme et quelques petits boulots dans l'informatique, pour faire bouillir la marmite. Il bossait et s'occupait de moi le jour et il révisait la nuit. Malgré le drame, il m'a offert une belle enfance et je lui en serai toujours reconnaissante. Il a tout sacrifié pour moi.

La découverte de ce père courage modifia l'image assez rustre que Cathie avait de Yann.

Elle se gara facilement sur un parking pratiquement désert. Le soleil réchauffait la Bretagne et, si l'objectif de leur déplacement ne l'avait pas angoissée, elle aurait apprécié cette balade dans Brest. À ce jour, elle n'en connaissait que l'aéroport de Guipavas.

Les deux femmes longèrent le jardin Kennedy avant de s'engouffrer dans la rue de Lyon. Le matin même, Yann avait annoncé à Cathie qu'Alana le remplacerait. Comment aurait réagi un pharmacien en voyant débarquer un quidam avec un reçu de carte bleue qui n'était pas le sien ? Lui aurait-il parlé ? Sûrement pas. Alana avait proposé de remplir la mission. Sa fonction d'infirmière et ses papiers professionnels serviraient de sésame.

— Attends-moi à l'extérieur, rappela Alana en arrivant devant la pharmacie du centre.

— Bien sûr, ce sera moins suspect. Bonne chance ! Et… je croise les doigts.

L'officine était vaste et particulièrement bien achalandée. Highbury avait choisi un magasin avec beaucoup de passage. Alana se dirigea vers l'employée la plus jeune : sans doute une stagiaire qu'elle serait à même de faire parler. Il ne restait qu'à espérer qu'elle ait été de service le jour de la visite de l'Anglais. Sinon, elle interrogerait quelqu'un d'autre, mais elle préférait ne pas multiplier les interlocuteurs. Le large sourire d'Alana illumina en retour le visage grêlé de taches de rousseur de la pharmacienne.

— Je peux vous renseigner ?

— Oui, s'il vous plaît. Je suis infirmière au centre hospitalier de Quimper, et je travaille avec l'établissement public de santé mentale Étienne-Gourmelen.

Alana remarqua qu'elle avait aussitôt capté l'attention de son interlocutrice, heureuse de faire autre chose que vendre du Doliprane ou des produits à base de plantes.

— Plusieurs patients de l'unité psychiatrique ont été récemment admis dans mon service à cause de vomissements qui ont nécessité, pour certains, de les placer en réanimation.

— Waouh… Et vous avez trouvé ce qui a causé ça ?

— Une ingestion de produits émétiques volontairement introduits dans leur nourriture.

— Mais c'est dégueulasse de faire ça ! se révolta la stagiaire.

— C’est sûr ! Quand nous avons découvert l’origine de leurs troubles, nous avons tout de suite prévenu les autorités. Et vous savez ce qu’ils nous ont dit ?

— Non.

— De nous débrouiller avec nos fous, glissa Alana en s’excusant intérieurement auprès des gendarmes de Quimper.

— C’est abusé ! Du coup, c’est vous qui menez l’enquête, c’est ça ?

— Mener l’enquête est un bien grand mot, parce que ce n’est pas l’activité qui nous manque à l’hôpital !

— C’est vrai, et j’admire grave ce que vous faites. Je voulais être infirmière, mais mon père trouvait que ce n’était pas assez bien et que ça ne rapportait pas assez, expliqua la jeune femme, encore indignée par le diktat familial.

— Pour le salaire, il n’a pas vraiment tort. Pour le reste, il ne sait pas de quoi il parle.

— Mais trop, vous avez complètement raison. Alors, dites-moi comment je peux vous être utile.

C’était gagné.

— Le directeur de l’établissement psychiatrique a fait ses recherches et a ciblé un de ses patients. Cet homme était exceptionnellement à Brest il y a deux semaines. Il a fini par évoquer une grande pharmacie où il se serait rendu. Comme je suis brestoise, j’ai proposé de venir me renseigner.

La jeune femme fit un rapide calcul et dessina avec ses doigts un étonnant V de la victoire.

— J’étais là ce jour-là. Comment est-ce qu’il s’appelle ?

— Highbury. Mais on m'a donné une photo de lui qui vous aidera peut-être, ajouta Alana en sortant son Smartphone.

— Vous savez, on voit passer beaucoup de monde et… ah oui, je m'en souviens bien ! s'exclama-t-elle en découvrant le visage bronzé de Charles Highbury. Ce mec est canon pour un vieux, et avec un accent trop chou ! C'est moi qui l'ai servi, et la femme du patron n'a pas arrêté d'en parler toute la journée, chuchota-t-elle avec une mimique comique. Sinon, votre Anglais avait l'air normal.

— Évidemment. Ses difficultés comportementales ne l'empêchent pas d'être cohérent dans ses propos… et particulièrement séduisant.

— Tu m'étonnes ! glissa la pharmacienne dans un tutoiement complice. Même s'il doit avoir l'âge de mon père, je n'aurais pas dit non s'il m'avait invitée à boire un verre.

— Je comprends. Sinon, tu as une trace de l'ordonnance qu'il t'a présentée ?

— Attends deux secondes, je vais te trouver ça dans l'ordi.

Alana se fendit d'un signe de tête amical à une employée plus expérimentée qui se demandait ce qui pouvait bien se tramer entre les deux femmes. La jeune pharmacienne imprima rapidement une copie de l'ordonnance et la tendit à sa cliente. Alana la parcourut. Le médicament que Highbury avait acheté ne laissait planer aucun doute. C'était bien un puissant vomitif, identique à celui retrouvé dans le sang des victimes.

— Tu es géniale, la complimenta Alana en se

dirigeant vers la sortie. Et si tu veux devenir soignante, tu seras la bienvenue.

— Tu sais que j'y pense ! Moi, c'est Soizic, et toi ?

— Suzanne, mentit l'infirmière sans hésitation.

59

Confrontation

Quatorze heures. Cathie avait à peine réussi à avaler quelques morceaux de melon. Ce moment qu'elle avait tant espéré s'était transformé en cauchemar ! Elle connaissait enfin le nom de l'empoisonneur. Avec la découverte du coupable, son restaurant serait lavé de tout soupçon. Mais quelle angoisse d'apprendre que l'homme à qui elle était prête à accorder son cœur l'avait trahie ! Comment avait-il pu jouer le rôle de l'ami prévenant et du futur amant tout en la regardant s'enfoncer dans son marasme, insultée dans les journaux et rejetée par une partie de la population ?

Installée sur sa terrasse à l'ombre d'un parasol, elle perçut le bruit d'un véhicule qui se garait sur le parking. Charles, sans aucun doute. Elle lui avait rendu son portefeuille la veille au soir, quelques minutes après le départ de Yann. L'hypocrite était revenu en hâte, juste avant de filer à Quimper. Cathie avait deviné une vraie inquiétude sous son allure flegmatique. Ils avaient pris rendez-vous pour le lendemain en début d'après-midi : il avait de l'argent à récupérer.

Cathie entendit le grincement du portail. Il faudrait qu'elle se décide à graisser les gonds, se surprit-elle à penser.

— *Hello dear, how are you ?* lança Charles en approchant, un bouquet de roses rouges à la main.

Ah non, pourquoi compliquait-il tout ? Cathie aurait aimé le trouver arrogant, pouvoir déverser sur lui sa frustration, son incompréhension et sa colère. Or, il se tenait là, avec son jean qui moulait son petit cul parfait, son polo impeccable, son sourire enjôleur et ses fleurs magnifiques. Comment fonctionnait ce type ? Elle n'entrerait pas dans son jeu et suivrait le plan qu'elle s'était fixé.

— *Not so good, dear*, répondit-elle en anglais, surprenant Charles.

Le Britannique savait qu'elle parlait très bien la langue de Shakespeare, mais selon un accord tacite, ils avaient toujours conversé en français.

— Tu es malade ? s'inquiéta-t-il, d'un ton que Cathie aurait cru sincère quelques heures plus tôt.

— Sans doute moins que toi, lâcha-t-elle en lui tendant une copie de l'ordonnance que lui avait donnée Alana.

Charles s'en saisit, la regarda rapidement et la lui rendit, peinant à cacher son trouble.

— Ça mérite une explication, non ? demanda froidement Cathie.

— Sans aucun doute, mais ça ne mérite pas de laisser de si jolies roses se faner au soleil. Respectons l'innocence de leur beauté !

Mais putain, il arrivait encore à garder son calme !

— Attends-moi là, intima-t-elle en lui prenant sèchement le bouquet des mains.

Cathie se dirigea vers la cuisine, récupérant un vase au passage. Elle avait besoin de ce temps pour retrouver un minimum de sérénité. Elle disposa les fleurs, qui étaient vraiment superbes. Ce type réalisait tout à la perfection… sauf son meurtre pour lequel il avait commis une erreur. Sur la terrasse, Charles s'était installé dans un transat et profitait de l'ombre du parasol.

Cathie se posta devant lui, les bras croisés sur la poitrine, le visage fermé.

— Alors qu'est-ce que tu vas inventer pour justifier cet achat de médicament ?

Charles la regarda quelques secondes et, malgré la situation qui se dégradait pour lui, la trouva belle et désirable quand elle se mettait en colère. En un instant, il décida de la stratégie à adopter.

— Quand une bonne âme te propose vingt mille euros pour saupoudrer un plat de vomitif alors que tu manques cruellement de fonds, tu ne peux décemment pas refuser de rendre ce petit service !

Un masque de stupeur tomba sur le visage de Cathie. Elle s'attendait à tout, mais sûrement pas à un aveu aussi direct.

— Tu as accepté de tuer Quéré pour de l'argent ? s'étouffa-t-elle.

— La mort n'était pas comprise dans le tarif. Si j'avais deviné qu'il allait décéder, j'aurais évidemment demandé plus. Pour être franc, on ne m'avait pas prévenu du risque de complications.

Cathie n'arrivait pas à discerner le vrai du faux dans ces paroles. Ce qui avait fait son charme jusqu'à aujourd'hui devenait insupportable.

— Même si Quéré n'était pas mort, tu savais pertinemment que je serais mise en cause... *Mister* Cavendish.

Charles ne chercha même pas à cacher sa surprise. Comment avait-elle appris ça ? Yann Lemeur, bien sûr ! Il avait eu raison de se méfier de lui, mais le journaliste s'était tiré pratiquement indemne de son accident. La chance tournait et sa situation venait de sérieusement se dégrader.

— Quand j'ai lu l'article du *Sun*, continua Cathie, je voulais me persuader que c'était de l'histoire ancienne. Je voulais croire que tu t'étais repenti, que je pouvais toujours avoir confiance en toi.

— Repenti de quoi ? Je pensais que ton expérience des hommes t'avait immunisée sur leurs motivations profondes. Cela dit, tu es une femme agréable, bien qu'un peu enrobée, et je regrette sincèrement de ne pas t'avoir baisée.

La gifle qui cingla son visage le prit de court. *Tssst... Les femmes ne parlent que de sincérité, et voilà ce qui se passe quand on leur dit la vérité.* Il se leva et se dressa devant elle.

— Un *gentleman* anglais ne frapperait jamais une femme. *But*, comme tu le sais maintenant, je ne suis pas un *gentleman*.

Cathie regarda autour d'elle et se pencha pour ramasser une binette qu'elle avait oublié de ranger. Elle ne laisserait pas faire ce mufle.

— Cependant, ajouta Charles sans sembler remarquer son manège, peut-être avais-tu besoin de ce geste pour exprimer ton désaccord ?

— Mon désaccord ? explosa Cathie. Tu manques de me ruiner, tu me prends pour une conne et j'apprends que je ne suis qu'un tas de viande à baiser ! C'est ça, que tu appelles un désaccord ?

— Je t'ai mieux considérée que ça, même si tu m'as beaucoup déçu le soir où tu m'as rejeté. Heureusement que Natacha s'est donné du mal pour évacuer ma frustration !

Cathie envisagea un bref instant de lacérer sa petite gueule avec l'instrument de jardinage qu'elle serrait désespérément. Non, il ne valait pas les ennuis que cela lui apporterait.

— Et c'était bien ? demanda-t-elle en tentant d'avoir l'air détaché.

Elle ne savait plus comment réagir et c'était la première réplique qui lui était venue à l'esprit.

— J'ai connu nettement plus expérimentée et plus salope. Mais elle a accepté tous mes jeux. J'avais l'impression de lui accorder une grâce en lui imposant des trucs salaces, alors ça compensait les erreurs techniques.

Cathie se dit qu'elle hallucinait. Comprendre la situation… ne pas se laisser entraîner sur des chemins de traverse. Elle recula d'un pas, relâcha sa main crispée sur son outil et posa la question la plus importante.

— C'est qui « la bonne âme » qui t'a payé ?

60

Commanditaire

Charles prit le temps de la regarder avant de répondre. C'était une fille bien, même s'il avait toujours considéré les femmes comme un moyen de satisfaire ses ambitions. Il savait pertinemment qu'il devrait quitter Locmaria dès qu'il aurait terminé sa conversation avec Cathie. Ce n'était sûrement pas elle qui avait récupéré l'ordonnance. Le document arriverait rapidement entre les mains de la gendarmerie, si ce n'était pas déjà le cas. Elle aurait pu prévenir les flics et les inviter à le cueillir chez elle, mais elle lui avait laissé sa chance. Elle méritait la vérité. Ensuite, il disparaîtrait.

— J'aurais aimé que les choses se passent différemment entre nous, commença-t-il.

— Sauf que c'est toi qui as décidé de la tournure des événements, le reprit-elle d'un ton glacial. Alors, cette bonne âme, c'est qui ?

— Madeleine Quéré.

Sidérée, Cathie le fixa avec attention. Était-il encore

en train de lui mentir ? Qu'est-ce que l'épouse de Quéré venait faire dans cette histoire ?

— Pourquoi ?

— Tu veux toute la vérité... même si elle ne fait pas plaisir à entendre ? précisa Charles.

— La première partie de notre conversation m'a vaccinée contre les coups de pute, ironisa Cathie. Je pense que je peux tout encaisser.

— Bien ! Comme tu le souhaites. Cinq jours avant ta soirée choucroute, Madeleine Quéré m'a appelé pour me faire une mystérieuse proposition. Quand la femme de l'homme le plus fortuné du coin te convoque et que tu es financièrement aux abois, tu rappliques dare-dare. Après un café et quelques échanges mondains, elle m'a demandé d'empoisonner son mari. Elle m'a donné le lieu, le mode opératoire et la récompense prévue.

— Mon restaurant, le vomitif et vingt mille euros, c'est bien ça ?

— Tu as bien suivi ! Son mari lui avait raconté qu'il allait goûter ta choucroute, sans l'inviter à l'accompagner, évidemment !

— Mais pourquoi a-t-elle fait appel à toi ? Elle prenait un gros risque en payant un étranger pour se débarrasser de son mari !

— Alors je vais faire un retour supplémentaire dans le temps, développa Charles. Madeleine Quéré ne m'a pas contacté par hasard. Elle a lié sa requête à un petit chantage. J'avais fait affaire avec Quéré quelques mois plus tôt. Il m'avait prêté dix mille euros en urgence et je lui en devais encore cinq mille. Il y a trois semaines, il m'a proposé une remise de dettes contre un peu de bricolage.

— Pour cinq mille euros ? Qu'est-ce que tu lui as réparé pour ce prix-là ?

— Rien. J'ai juste…

Il hésita un instant puis reprit :

— J'ai juste bricolé deux réfrigérateurs.

L'information mit quelques secondes à parvenir au cerveau de Cathie.

— C'était toi ? s'exclama-t-elle, incrédule. Mais pourquoi ?

— Pour apurer une partie de mes dettes. Sincèrement, je n'y ai pas pris de plaisir, mais ma situation financière était plus que critique.

Cathie n'eut même pas la force de se révolter.

— Dire que j'avais confiance en toi et que tu as failli me faire condamner par le service des fraudes !

— C'est ce que cherchait Quéré, confirma l'Anglais.

— Mais qu'est-ce que je lui avais fait ?

— À lui, rien. Il se montrait, disons, activement solidaire de Georges Lagadec à qui tu as « volé » le domaine de Kerbrat.

— Mais ça me poursuivra toujours, cette histoire ? Lagadec a voulu tordre le bras aux propriétaires en mettant sur le tapis une somme ridicule et ils ont refusé son offre. Il a perdu, point barre.

— Certes, mais il ne l'a pas digéré, précisa Charles. En te forçant à fermer ton restaurant, Quéré espérait que tu repartirais et que, du coup, tu revendrais ta maison. Par ailleurs, pour être totalement honnête, mon chiffre d'affaires avait baissé depuis ton ouverture.

— J'y crois pas ! souffla Cathie. Combien de fois

est-ce que je t'ai proposé de collaborer ? Je t'ai presque supplié pour que tu vendes mes gâteaux, mon vin et mon foie gras dans ton magasin, avec partage des bénéfices ! Tu as toujours décliné !

— Tu comprends aujourd'hui que je ne tenais pas à ce que tu mettes ton nez dans mes comptes.

— Allez, continue, au point où on en est.

— Un soir où il avait bu, Quéré s'est vanté de ses manigances auprès de sa femme. Il a, bien sûr, cité mon nom. C'est comme ça que Madeleine Quéré a eu les coordonnées d'un homme peu regardant prêt à s'engager pour de l'argent. Elle m'a gentiment menacé de me dénoncer si je refusais son offre, sans se douter que je l'aurais acceptée même sans cet argument supplémentaire.

— Mais pourquoi voulait-elle l'empoisonner ? s'étonna Cathie. Après des dizaines d'années de mariage ?

— Je ne me suis pas renseigné sur ses motivations. Dans ces cas-là, moins on en sait, mieux on se porte. Voilà l'histoire.

Ils se tenaient toujours debout sur la terrasse. Gênée par le soleil qui avait tourné et lui brûlait les bras et la nuque, Cathie retourna s'asseoir à l'ombre du parasol, prenant de nouveau conscience de la stridulation des criquets qui paressaient dans l'herbe. Elle avait une dernière question avant de renvoyer Charles à jamais.

— Quand tu m'as parlé des quarante-deux mille euros que tu devais, est-ce que tu te doutais que je te proposerais de te les prêter ?

— Oui.

— Mais comment pouvais-tu en être si sûr ? s'étonna Cathie. Mes affaires ne sont pas suffisamment brillantes pour que je puisse tirer cette somme de mon chapeau !

— Tu as étudié mon parcours, Cathie. J'ai aussi étudié le tien de près. Si, ici, les gens ignorent qui tu es vraiment, moi, je connais l'origine de ta fortune.

Malgré la chaleur de ce début d'après-midi, Cathie frissonna en entendant la menace voilée.

— Comme tout le monde, je me suis demandé d'où tu sortais assez d'argent pour acquérir une belle propriété, y mener des travaux somptueux, monter un restaurant et ne pas sembler plus affolée que ça par sa fermeture. Mais, contrairement aux autres, je dispose d'un réseau d'informateurs très efficace. Je sais d'où viennent tes fonds.

— Si tu comptes acheter mon silence, grogna Cathie en serrant les poings, c'est peine perdue. Raconte ce que tu veux, je ne te donnerai pas un centime.

— Je dois avouer que l'idée m'a effleuré, concéda Charles. Même si je ne suis « que » Mark Cavendish, j'apprécie cependant que tu ne m'aies pas accueilli avec les gendarmes. J'échangerai donc le secret de l'origine de ta fortune contre la liberté que tu m'as accordée.

Il se leva, mettant fin à l'entretien.

— Si les gendarmes ont récupéré une copie de l'ordonnance, conclut-il, ils sont sans doute en train de m'attendre chez moi. Je vais quitter Locmaria tout de suite. Quand le major Julienne perquisitionnera ma maison, il trouvera le restant de la boîte de médicaments dans le placard de la salle de bains. Ça te dédouanera complètement auprès des autorités.

Un long silence succéda aux dernières paroles de Charles. Tout était allé tellement vite. L'Anglais saisit les doigts de Cathie, les effleura de ses lèvres et la quitta dans un ultime sourire. À cet instant, elle n'arrivait plus à le détester.

61

Sur une plage

Choquée par sa discussion avec Charles, Cathie était montée dans sa chambre mettre un bikini, avait fourré dans un sac de plage son téléphone, une serviette, de la crème solaire et une bouteille de thé glacé puis était descendue retrouver la tranquillité de la petite crique. La mer était basse, mais elle n'avait pas hésité à aller se baigner. La déclivité du sol était suffisamment importante pour pouvoir nager sans marcher des kilomètres avec de l'eau jusqu'aux genoux.

Après une demi-heure de crawl, elle avait retiré le haut de son maillot et s'était allongée directement sur le sable chaud. Les yeux fermés, elle avait profité des bienfaits de la nature avec chaque parcelle de son corps. Le chuintement régulier des vagues qui venaient doucement mourir sur la grève, les cris des mouettes qui tiraient avantage de la marée basse pour se régaler de coquillages et crustacés, l'odeur un peu âcre du varech découvert par la mer, la caresse du soleil sur sa peau, les frissons déclenchés par la brise sur son ventre encore humide. Elle arrêta de penser, concentrée sur ces petits instants de bonheur physique. Son esprit se vida et elle s'assoupit sans s'en rendre compte.

La sonnerie du téléphone la tira de son sommeil. Elle plongea la main dans son sac en bâillant et décrocha.

— C'est Yann, annonça abruptement son interlocuteur. Tout va bien ?

— Ça va. Pourquoi ?

— Les gendarmes se sont rendus au domicile et au magasin de Highbury, expliqua le journaliste. Il semble s'être évaporé. J'avais juste peur… qu'il s'en soit pris à vous.

Cathie s'accorda un moment de réflexion avant de l'inviter.

— Vous pouvez passer me voir, Yann ?

— Bien sûr. Je suis sur le port. Vous êtes chez vous ?

— Oui. Vous connaissez la petite crique au bout de la propriété ?

— Parfaitement, affirma Yann. On allait s'y baigner quand j'étais gamin.

— Vous pouvez me retrouver là ?

— J'y serai dans moins d'un quart d'heure.

Cathie raccrocha puis remit son top. Inutile d'affoler Yann ! Qu'allait-elle lui raconter ? Avec le mal qu'il s'était donné et le temps qu'Alana avait consacré à cette affaire, elle lui devait sans doute la vérité. Elle garderait évidemment pour elle ses désillusions sentimentales.

— Cathie !

Elle se retourna à l'appel de son nom et leva les yeux vers le haut de la falaise. Le journaliste avait déjà commencé à dévaler l'escalier. Un jean délavé, des chaussures bateau qui avaient servi à autre chose qu'à arpenter le marché du port, un tee-shirt plutôt ajusté, des cheveux involontairement ébouriffés. Même s'il n'avait pas la prestance de Charles, Yann avait un côté viril d'autant plus charmant qu'il n'en avait pas conscience. Mais elle avait assez soupé des hommes !

— Alors, quelles sont les nouvelles ? s'enquit Cathie en se redressant.

— Je peux ? demanda Yann en s'asseyant dans le sable.

— Faites, l'invita-t-elle avec un sourire.

— J'ai apporté l'ordonnance à la gendarmerie en fin de matinée. Ils ont été assez lents à la détente. Il a fallu que je leur explique comment elle était arrivée entre mes mains tout en minimisant le rôle d'Alana. Il faut préciser que j'étais tombé sur le brigadier Riou : gentil, le garçon, mais pas vraiment une flèche. Quand le major Julienne est revenu en début d'après-midi, les choses ont tout de suite pris une autre ampleur. Ils ont considéré que la preuve était suffisante pour interpeller Highbury. Seulement, il n'était ni chez lui ni à son magasin…

— … parce qu'il était ici, continua Cathie.

Yann déglutit en entendant les propos de son amie.

— Yann, pouvez-vous me promettre que vous ne répéterez à personne ce que je vais vous dire, pas même à Alana, en qui j'ai pourtant toute confiance ?

Comme le journaliste semblait hésiter, elle insista.

— C’est très important pour moi.

Il la fixa droit dans les yeux et la rassura d’une voix grave :

— Je vous le promets, Cathie.

Soulagée, elle s’installa sur le ventre.

— Ça ne vous dérange pas si on reste là pour discuter ?

— Au contraire.

Cathie prit le temps de lui raconter en détail ses échanges avec Charles. Elle omit l’épisode du prêt avorté et de l’origine de son argent.

— Un putain d’enfoiré ! conclut Yann, rageur. Comment est-ce qu’il a pu faire ça à une femme aussi prévenante que vous ?

— Je ne sais pas, et je ne l’ai pas vu venir.

— Une chose est certaine, enchaîna-t-il, c’est que, si les flics retrouvent la boîte de vomitif chez lui, vous serez immédiatement innocentée et vous pourrez reprendre votre activité. Et comptez sur moi pour écrire des articles qui rempliront votre restaurant !

— Vous êtes adorable, le remercia-t-elle en lui serrant la main.

La sincérité du journaliste était touchante et elle en avait vraiment besoin. Aujourd’hui, elle recherchait un ami, pas un amant. Troublé, Yann ne savait comment réagir. Il avait compris que le geste de Cathie était uniquement affectueux, mais cela l’émouvait. Il ne bougea pas, s’éclaircit la voix et continua.

— Les gendarmes vont se demander ce qui a poussé Highbury à empoisonner la table de Quéré… mais après tout, c’est à eux de mener l’enquête.

— Exactement, acquiesça Cathie. On leur a déjà servi le coupable sur un plateau, à eux de découvrir le mobile.

Elle se rassit et enserra ses genoux avec ses bras.

— Yann, vous qui connaissez l'histoire du village, à votre avis, pourquoi Madeleine aurait tout à coup voulu se venger de son mari ? Ça faisait des décennies qu'il la trompait au vu et au su de tout le monde. Pourquoi, soudain, n'aurait-elle plus supporté la situation ?

— Aucune idée. Par contre, j'ai appris par Ronan que Quéré avait souhaité modifier son testament juste avant de mourir. Sur le coup, je n'y avais accordé que peu d'importance, mais votre témoignage remet les choses en perspective. Il n'y a que Madeleine Quéré qui pourrait nous répondre…

— Eh bien, je prendrai rendez-vous demain avec elle, décida Cathie.

— Laissez plutôt faire les autorités !

— Vous pensez sérieusement qu'elle confiera la tentative d'assassinat de son mari à un magistrat ? Éventuellement à un prêtre, puisqu'il paraît qu'elle est catholique pratiquante. Et peut-être encore plus à une femme qui ne sera là ni pour la juger ni pour la condamner, mais uniquement pour la comprendre. Un tel acte doit être difficile à porter : on a parfois besoin de partager ses fardeaux.

— Après tout, reconnut Yann, le seul risque que vous prenez, c'est qu'elle refuse de vous parler.

62

Le secret

Cathie s'engagea sur le chemin qui serpentait à travers le splendide jardin. Comme le temps avait dû paraître long à la pauvre Madeleine, seule dans cet immense manoir ! Quand Cathie l'avait appelée, Madeleine Quéré avait immédiatement accepté de la recevoir, la conviant à prendre le café. « Cela nous offrira enfin l'occasion de faire connaissance », avait déclaré la veuve avec ce qui ressemblait à de l'enthousiasme.

Cathie avait choisi sa tenue avec soin : un pantalon léger et un chemisier en soie, élégant sans être ostentatoire. Elle s'était maquillée discrètement et avait rassemblé ses cheveux en un chignon sage. Madeleine Quéré attendait son invitée sur le perron. Cathie avait parfois aperçu sa silhouette menue dans les rues de Locmaria, les jours de marché. La propriétaire des lieux l'accueillit courtoisement, puis elles contournèrent la maison pour s'installer à une petite table, à l'ombre protectrice d'un pommier. Une cafetière et deux tasses patientaient tranquillement, accompagnées d'une assiette de financiers.

— Puis-je vous appeler Catherine ? demanda la veuve.

— Volontiers, Madeleine.

Elles burent leur café, devisant sur les charmes de la Bretagne en ces périodes ensoleillées.

— Pourrais-je connaître la raison de votre agréable visite ? s'enquit Madeleine Quéré, une fois les échanges de politesse effectués.

— Je souhaite vous parler d'une relation commune, attaqua Cathie qui avait décidé d'aller droit au but.

— Avec plaisir. De qui s'agit-il ?

— De Charles Highbury, asséna Cathie en scrutant la réaction de son hôtesse.

Madeleine Quéré ne montra aucun signe de gêne.

— Je vous écoute, mon amie.

— Je vais vous paraître abrupte, Madeleine, mais pourquoi avez-vous payé M. Highbury pour empoisonner votre mari et ses camarades dans mon restaurant ?

— La question a le mérite d'être claire, reconnut Madeleine Quéré. Pouvez-vous me dire ce qu'il vous a raconté ?

— Que vous lui avez demandé, pour la somme de vingt mille euros, de saupoudrer la choucroute qui serait servie à votre époux d'un puissant vomitif.

— A-t-il relaté cela à quelqu'un d'autre ?

— Je ne sais pas, mais j'en doute fort, précisa Cathie. Je suis peut-être la seule à être au courant de votre marché. Tous les indices l'accusent, à juste titre d'ailleurs. Aujourd'hui, il est en fuite, et vous impliquer n'améliorerait en rien sa situation.

— Vous me dites donc, résuma Madeleine, que je suis libre de vous parler ou de vous prier de partir.

— C'est exactement ça.

— Si je vous parle, rapporterez-vous ensuite mon témoignage au juge ?

— Tant que vous ne m'aurez pas donné la raison de votre acte, si vous me la donnez, je ne peux rien vous promettre, admit Cathie.

— J'aime votre franchise et le choix que vous me laissez. C'est vrai, vous auriez pu m'envoyer directement les gendarmes sur la base des confidences de Charles Highbury. En bas de la propriété, il y a un petit banc qui fait face à la mer, expliqua Madeleine. Accepteriez-vous que nous nous y rendions ? Je serai plus à l'aise pour… me confesser à vous, ajouta-t-elle avec un sourire triste.

Protégées des morsures du soleil par la ramure d'un cèdre, les deux femmes s'imprégnèrent du paysage majestueux avant que Madeleine n'entame son récit.

— Nous aurions fêté nos quarante-cinq ans de mariage le mois prochain. Enfin non, « fêter » n'est pas le mot approprié, car Jean-Claude s'en est toujours moqué. Vous avez sans doute appris que notre union avait été arrangée par nos parents. J'étais une jeune infirmière qui rêvait de parcourir le monde pour soigner les pauvres. Je suis devenue l'épouse d'un satyre qui n'avait d'yeux que pour les jolies filles. J'étais consciente d'avoir un physique ingrat : il a su me le rappeler dès le jour de nos fiançailles. Le ton était donné.

Cathie la considéra avec commisération. Son propre mariage avait aussi échoué, mais au moins lui restait-il Anna et Xavier et le souvenir de quelques années de passion au début de son aventure avec Patrick.

— Je vous épargnerai une description misérabiliste de ma vie conjugale. J'espérais de tout cœur avoir des enfants, mais vous avez remarqué que cette maison est mortellement vide. Jean-Claude m'a aussitôt accusée d'infertilité. Cependant, un jour, je me suis retrouvée enceinte. Je ne lui ai rien dit, jusqu'à ce que cela ne puisse plus se cacher.

— Pourquoi ne pas avoir partagé cette nouvelle avec lui ? s'étonna Cathie.

Madeleine se retourna vers son invitée, les yeux humides.

— Il n'en était pas le père, c'est ça ? déduisit Cathie.

— Ce que vous avez mis quelques secondes à deviner, il ne l'a compris qu'il y a deux mois. Jean-Claude était stérile, même s'il n'a jamais voulu l'admettre. D'ailleurs, aucun bâtard n'est jamais venu réclamer sa part d'héritage, malgré toutes ses aventures !

— Vous aviez donc rencontré un autre homme ? recentra Cathie.

— Un rêve éveillé qui a duré deux mois, les deux seuls mois heureux de ma vie. Deux mois bien trop courts qui m'ont permis de découvrir la passion amoureuse et qui m'ont peut-être aidée à supporter le reste de mon existence ! Est-ce que j'espérais inconsciemment le revoir un jour ? Peut-être…

Cathie ne dit rien, comprenant que Madeleine avait besoin de raconter sa brève idylle.

— Vous êtes la première personne à qui je dévoile cela… après mon confesseur de l'époque, qui m'avait vertement tancée. Paul était un ingénieur polytechnicien venu étudier le réaménagement du port de Locmaria. J'avais vingt-huit ans et il en avait trente. Je l'avais rencontré au cours d'une cérémonie d'accueil à la mairie. Ce n'était pas un apollon… mais je n'étais pas non plus une pin-up de magazine. Dès notre premier échange, quelque chose de très fort nous a rapprochés. Quelques jours plus tard, je me souviens avoir entendu Jean-Claude se moquer de nous, disant que les laiderons s'étaient trouvés. Pour la première fois, sa méchanceté m'avait satisfaite. Jamais il ne se douterait que nous étions amoureux. Pendant un mois, j'ai nagé dans le bonheur, un véritable conte de fées. Nous nous retrouvions, avec Paul, dans la petite maison qu'il louait à ma tante. Elle m'adorait et a vite compris ce qui se passait. Elle a couvert tous nos ébats. Je peux vous assurer que je n'étais plus la femme passive qui partageait le lit de Jean-Claude. Lui-même, qui ne voyait jamais rien, a été surpris par ma nouvelle joie de vivre. Il n'en a pas pour autant cherché l'origine. Et puis Paul a terminé son projet et a dû repartir. Il m'a suppliée de quitter Jean-Claude et de le suivre à Lyon. Je n'ai pas eu le courage d'affronter la pression sociale du village et je suis restée à Locmaria… avec un souvenir de lui. Quand j'ai appris que j'étais enceinte, j'ai paniqué. J'ai fréquenté plus assidûment le lit conjugal et j'ai fini par avouer mon état à mon époux. Il s'en est réjoui et a aussitôt répandu la nouvelle. Cela m'a rassurée et presque absoute de mon infidélité.

63

La chapelle

Madeleine se tut et son regard s'échappa vers un bois de pins qui jouxtait la propriété.

— Mais il était écrit que je n'étais pas faite pour le bonheur. Deux semaines avant le terme, le bébé est mort dans mon ventre… un garçon… Je l'ai appelé Paul, précisa-t-elle avec un discret sanglot.

Émue, Cathie passa son bras autour des épaules de la mère éplorée et la serra contre elle. Madeleine se laissa aller, profitant d'un geste de tendresse si rare dans sa vie. Puis elle se redressa et reprit d'une voix plus ferme :

— Je l'ai fait baptiser et inhumer à côté de la petite chapelle cachée au fond de la propriété. Une vieille chapelle du XIVe siècle posée sur un terrain qui appartient à la famille de Jean-Claude depuis cinquante ans.

— Et comment a réagi votre mari ?

— Avec son tact habituel. Fou de rage, il m'a traitée de bonne à rien incapable de lui donner une descendance. Les années qui ont suivi ont été un enfer. Deux fois par mois, je devais passer dans son lit au moment de mon ovulation. C'était perdu d'avance, mais ma grossesse précédente l'avait convaincu que j'étais la fautive.

— Il n'a jamais pensé que vous ayez pu concevoir cet enfant avec un autre ? s'étonna Cathie.

— Ça ne l'a pas effleuré une seconde. D'ailleurs, il n'imaginait même pas qu'un homme aurait pu s'intéresser à moi. Pendant près de quarante ans, je me suis rendue tous les jours sur la tombe de mon bébé pour me recueillir. La douleur de la perte du petit Paul s'était atténuée et la tranquillité de ce vieil édifice qui a vu monter tant de prières me rassérénait. Jusqu'à ce que…

Cathie comprit que le dénouement approchait.

— Il y a deux mois, reprit Madeleine, Jean-Claude est entré dans ma chambre. Imaginez ma surprise, cela ne lui était pas arrivé depuis des années ! Son teint était rubicond : il avait trop bu, une fois de plus. Désabusée, je m'apprêtais à affronter ses sarcasmes, quand j'ai remarqué dans sa main le papier jauni d'une ancienne lettre. Il n'a pas hurlé, comme à son habitude, mais s'est contenté d'être fielleux. « Et tu m'as reproché toute ma vie de fréquenter des femmes qui, elles, me faisaient bander, sale pute ! » m'a-t-il craché. Je suis désolée, Catherine, mais ce sont ses mots. Il avait fouillé dans mes affaires et découvert la lettre de Paul qui m'annonçait sa joie d'être père et me suppliait de le rejoindre.

— Votre infidélité l'a tant perturbé que ça ? s'étonna Cathie. Il tenait donc un peu à vous.

— Si seulement… Il venait juste de comprendre qu'il était stérile, et ça, c'était tellement plus humiliant qu'une aventure de son épouse ! Sa froideur m'effrayait plus que ses coups de sang. Qu'avait-il prévu ? Car je savais qu'il n'en resterait pas là. Sa vengeance m'a glacée. Il avait décidé de modifier son testament pour vendre le terrain de la chapelle, qui me revenait, à un promoteur immobilier. « Les ossements de ton bâtard finiront dans la benne d'une pelleteuse », m'a-t-il lancé en quittant ma chambre. À mon âge, j'étais prête à pratiquement tout accepter… mais pas ça.

Madeleine lui raconta ensuite comment elle avait entendu parler de Charles Highbury, leur rencontre et leur contrat. Son résumé correspondait à celui de l'Anglais.

— Pourquoi lui administrer un vomitif ? reprit Cathie. Certes, vous lui donniez une leçon, mais en quoi cela l'aurait-il empêché de vous déshériter de la chapelle ?

— Sous ses allures robustes, Jean-Claude était de santé fragile. Il payait les excès d'une vie entière. J'avais discuté il y a quelques mois avec son médecin et j'étais persuadée que l'ingestion de ce produit lui déclencherait une hémorragie interne. Ce n'est pas ce qui s'est passé, mais le résultat final m'a satisfaite.

Un long silence suivit l'aveu de Madeleine. Elle avait sciemment fait assassiner son mari et elle était passible de la justice des hommes. Cependant, Cathie n'arrivait pas à la condamner : elle connaissait la puissance de la vengeance, et la décision immonde de Jean-Claude Quéré aurait moralement anéanti son épouse. Son geste était-il assimilable à une sorte de légitime défense ? Cathie n'était pas là pour la juger.

— Je ne suis pas fière de moi, reprit Madeleine. Je suis chrétienne et je sais que j'ai commis un meurtre. Je devrais donc implorer le pardon de Dieu. Mais pour demander le pardon d'un acte, il faut le regretter. Or, aujourd'hui, je ne le regrette pas. Que dois-je faire ?

— Je suis incapable de vous répondre, hésita Cathie.

— Évidemment, s'excusa Madeleine, je n'ai pas à vous faire porter les conséquences de mes actes. J'ai pensé à me rendre aux gendarmes…

— Mais ?

— Mais il y a ce projet dont je rêve depuis des années. Je me disais que si Jean-Claude mourait avant moi, je quitterais cette horrible bâtisse. Avec l'argent de la succession, je voulais la transformer en maison d'accueil pour des femmes abandonnées avec leurs enfants. Croyez-moi ou non, c'est ce qui me retient de me dénoncer.

Cette femme d'apparence si fragile avait un cœur gros comme ça.

— C'est un beau projet, la félicita Cathie en lui serrant la main.

64

Affaire classée

— Vous n'avez plus rien à rajouter, madame Wald ? Vous n'avez absolument aucune idée de l'endroit où Charles Highbury a pu s'enfuir ? insista Barnabé Grandsir.

— Vous pensez vraiment qu'un homme qui a assassiné quelqu'un dans mon restaurant en me laissant porter le chapeau allait me dire où il comptait se rendre une fois démasqué ?

— Il aurait pu, dans l'intimité, lâcher quelques pistes.

— Si vous insinuez qu'il m'aurait fait des confidences sur l'oreiller, rétorqua Cathie d'un ton glacial, vous faites fausse route. Nous n'avons jamais couché ensemble, comme vous semblez le suggérer.

— Je vous prie d'excuser ma maladresse, se rétracta l'officier en sentant qu'un orage couvait. Ce n'était pas du tout mon propos. Comme vous m'aviez expliqué au cours d'un précédent entretien que vous aviez toute confiance en Highbury, j'espérais juste qu'il aurait pu se trahir.

— Ce n'est pas lui qu'il a trahi, mais moi…

— Quoi qu'il en soit, conclut Grandsir pour évacuer un sujet qu'il sentait lui échapper, nous avons maintenant toutes les preuves de sa culpabilité. Nous avons retrouvé chez lui une boîte de médicaments contenant la même molécule que celle détectée lors de l'autopsie de Quéré. Le docteur Menon, de Locmaria, assure ne jamais avoir rédigé l'ordonnance récupérée par Yann Lemeur : Highbury a donc réalisé un faux pour s'en procurer. Enfin, sa fuite est la confirmation qui nous manquait s'il nous en fallait une dernière. D'ailleurs, Julienne, où en est la traque ?

— Rien de nouveau, expliqua le major. Nous avons repéré sa Mini Cooper dans un parking à Rennes. Depuis, plus rien. On a épluché les films de vidéosurveillance de la gare, sans succès.

— D'après Mouloud Kervurlu, commenta Cathie, Highbury était doué pour la mécanique. Si vous additionnez ça à son passé d'escroc, on peut imaginer qu'il a déjà volé deux ou trois voitures pour brouiller les pistes.

— En tout cas, reprit Julienne, il est recherché pour le meurtre de Quéré et la tentative de meurtre des trois convives qui dînaient avec lui. J'ai transmis sa photo à tous les collègues de France et à la police aux frontières.

— Est-il aussi accusé de la tentative d'assassinat sur la personne de Yann Lemeur ? insista Cathie.

— Hélas, nous n'avons aucune preuve permettant d'affirmer que c'est lui qui a saboté les freins de la Peugeot, regretta Éric Julienne. Nous ne le saurons que si nous lui mettons la main dessus.

— Ne pensez pas un instant que je doute de l'efficacité de la gendarmerie française, mais Charles est un manipulateur hors pair et je suis persuadée qu'il dispose d'amis bien placés qui l'aideront à disparaître.

— L'avenir nous le dira, philosopha Grandsir en haussant les épaules. J'aimerais quand même comprendre pourquoi il a assassiné Quéré. On n'a rien trouvé qui aurait pu justifier un tel acte. Vous n'en avez vraiment aucune idée ?

— Mais ça tourne à l'obsession, capitaine ! souffla Cathie. Vous estimez que j'ai un air de famille avec Mata Hari ?

— Vous êtes charmante, mais il est vrai que vous ne faites pas très danseuse orientale… même si Mata Hari était néerlandaise, sourit Grandsir pour se sortir le plus rapidement possible du nouveau chemin de traverse dans lequel il s'était fourvoyé. Quoi qu'il en soit, madame Wald, l'enquête vous innocente définitivement. Soyez certaine que j'interviendrai personnellement auprès des services de l'hygiène pour que vous puissiez rouvrir votre restaurant le plus rapidement possible.

— J'apprécie votre geste, se détendit Cathie. Vous y serez le bienvenu… et vous aussi, messieurs, ajouta-t-elle à l'adresse des gendarmes locmariaistes.

Épilogue

— On met une nappe ? demanda Alana en disposant les chaises pliantes autour de la longue table.

— Oui, elles sont rangées dans la commode du salon, indiqua Cathie en s'assurant que tous les convives seraient bien assis à l'ombre.

Elle déplaça le grand parasol en anticipant la trajectoire du soleil. Si la Bretagne n'était pas entrée dans la canicule, elle s'en approchait à grands pas. Trente degrés en bord de mer, ce n'était pas si courant.

— Tu t'en sors avec le barbeuc ? lança-t-elle à Yann qui, plus loin, s'activait à préparer le déjeuner.

— Ça va, je suis prêt à jouer dans *La Guerre du feu*.

— Si tu veux du charbon de bois, j'en ai dans la cabane au fond du jardin.

— *Tsss, tsss*, refusa Yann en secouant vigoureusement la tête. Ce charbon industriel, c'est bourré de saletés chimiques. J'ai apporté du châtaignier coupé dans la forêt de Locmaria et séché pendant deux ans au vent marin.

— Je ne te connaissais pas cette âme d'écolo, s'amusa Cathie.

Le journaliste l'avait rejointe la veille au soir, il avait creusé un trou dans le sol et avait installé des parois en briques réfractaires pour réaliser le four parfait. Ils avaient ensuite dîné tranquillement sur la terrasse.

— J'ai pris celle-là, ça te convient ? demanda Alana en montrant une nappe au motif antillais.

— Oui, très bon choix.

Comme elles dressaient la table, Cathie baissa le ton :

— Je peux te poser une question, Alana ?

— Je te vois venir, la titilla la jeune femme, mais vas-y.

— J'ai été franche avec ton père hier. Je lui ai dit que c'était un excellent ami… mais juste un excellent ami.

Alana éclata d'un rire cristallin.

— Il m'en a parlé ce matin, s'amusa Alana. On peut dire que tu l'as balancé dans la *friend zone*.

— Merde, je ne voulais absolument pas le blesser. Surtout pas lui !

— Il a peut-être été un peu déçu, mais ça ne me regarde pas. Par contre, il a apprécié ton honnêteté. Et je te remercie aussi d'avoir mis les choses au clair.

— Pourquoi ?

— Il fait gros dur, voire ours, quand on ne le connaît pas. Et c'est vrai qu'il ne se laisse pas faire. Mais à côté de ça, mon père, c'est un véritable cœur d'artichaut. Quand il s'engage, il est à fond… une parfaite midinette. Je l'ai récupéré plusieurs fois totalement abattu après une rupture. En clarifiant votre situation, tu lui as vraiment rendu service.

— Yann est adorable, se justifia Cathie, soulagée, mais après l'épisode Charles, j'ai besoin de me poser. Ça a remis des choses en question. Et c'est grâce à ton père que je n'ai pas plongé dans une relation toxique. Dire que je lui en ai voulu pendant un temps !

— Je n'ai jamais rencontré Highbury, mais les quelques filles qui m'en ont parlé avaient les mains moites et des papillons dans le bas-ventre. J'aurais peut-être craqué…, conclut-elle en voyant son père qui s'approchait d'elles.

— Une bière pour le travailleur de force ? suggéra-t-il.

— Pour les travailleuses aussi, acquiesça Cathie. Allez, on s'envoie une petite mousse avant que nos invités arrivent !

Les rires fusaient de toutes parts et le volume sonore était monté d'un cran. L'apéritif à base d'Eddu et de kir breton pour les plus assoiffés avait été suivi d'un repas largement arrosé au rosé de Provence bien frais dégoté par Émile Rochecoët.

Cathie avait convié chez elle ses plus fervents alliés et amis : Yann et Alana, Marine et Hervé Le Duhévat et leurs trois filles, la libraire Alexia Le Corre et son mari Alain, les éleveurs Malo Micolou, Cécile et ses deux filles, le sonneur Alex Nicol et son épouse et enfin le patron du *Timonier oriental* Émile Rochecoët, exceptionnellement venu avec sa femme Annick. Ne manquait qu'Erwan Lagadec, visiblement en retard. Malo avait rejoint Yann derrière le barbecue pour préparer du poisson grillé qui accompagnerait les salades confectionnées par Cathie. L'ancien pêcheur était passé tôt le matin à la criée et avait rapporté des bars, des saint-pierre et des turbots tout juste sortis de l'eau. Malo avait complété le festin avec un chapelet de merguez qu'il avait spécialement cuisinées la veille, suivant le précepte de sa nièce Margot : pas de barbecue réussi sans merguez.

— Je peux avoir encore une merguez ? demanda la petite voix de Gwendoline, la benjamine de Marine.

— Tu en as déjà mangé deux, ma chérie !

— Oui, mais il me reste du pain et de la moutarde et tu dis toujours qu'il faut pas gâcher la nourriture parce que, les enfants en Afrique, ils ont faim.

— D'accord, d'accord, tu peux en reprendre une, accepta Marine, un peu gênée.

— En plus, insista sa fille aînée Viviane, quand tu fais des grillades à la maison, c'est super rare d'avoir des merguez. On a beau t'expliquer que c'est ce qu'on préfère, t'achètes chaque fois une tonne de chipos et on se partage une pauvre merguez à trois. Alors, laisse-la vivre, conclut-elle avec une bienveillance tout adolescente.

— Et mes poissons, personne ne les aime ? s'esclaffa Yann, faussement jaloux.

— Ils sont excellents, et la cuisson est parfaite ! le rassura Alex.

— Très sincèrement, Yann, le complimenta Cathie, je n'en ai jamais mangé d'aussi bons de ma vie… et un jour j'aimerais que tu m'emmènes à la pêche, si ta proposition tient toujours.

Instantanément projeté sur un nuage de félicité, Yann répondit par un sourire béat.

— Et ton restaurant, tu le rouvres quand ? s'enquit Alexia.

— Vendredi prochain ! Je vais refaire un buffet pour fêter ça, et j'ai obtenu de la mairie le droit d'empiéter sur la chaussée. Je pressens une soirée à guichets fermés.

— Tu auras besoin d'aide ? s'écrièrent aussitôt ses amies.

— C'est super gentil, les filles, les remercia Cathie, mais je devrais m'en sortir. J'ai déjà passé mes commandes de charcuterie à Malo, on préparera les tourtes et les desserts avec Erwan les deux journées précédentes, et j'ai embauché une serveuse à plein temps.

— Ah bon, qui ça ?

— Julie Fouesnant ! annonça Cathie.

— Erwan est au courant ? s'intéressa Viviane qui abandonna ses réflexes d'adolescente blasée pour se délecter de ce qui ressemblait à un début de romance.

— Pas encore. C'est une surprise que je compte lui faire quand il arrivera.

— Alors, comment est-ce que vous vous y êtes prise ? insista Annick Rochecoët, soudain passionnée par la conversation et les ragots qu'elle pourrait rapporter à ses amies.

— J'ai pris rendez-vous avec Julie. Erwan m'avait glissé qu'elle avait travaillé deux ans dans un restaurant du côté de Concarneau et qu'elle en avait assez de son job actuel.

— J'avais entendu dire qu'elle fricotait avec le Mathieu Lagadec, cancana Annick.

— C'est ce qui se raconte dans le village, précisa Cathie, mais elle ne s'est jamais décidée à passer le pas. Elle n'apprécie pas le côté m'as-tu-vu de Mathieu… et, au fond, elle est toujours amoureuse d'Erwan.

— Elle te l'a avoué ? s'exclama Viviane, passionnée par le tour que prenait l'histoire.

— Pas aussi clairement, mais, à cinquante et un ans, on sait décrypter les messages. Quand tu discuteras avec un futur chéri, Viviane, n'écoute pas ce que dit sa bouche, mais regarde ses yeux, conseilla Cathie à l'adolescente reconnaissante.

— Mais qu'est-ce qui l'a poussée à accepter ? demanda Alex, embarqué par la conversation.

— Trois choses : d'abord le fait qu'Erwan ait retrouvé une situation stable et de l'enthousiasme, ensuite qu'il se soit enfin décidé à casser la figure de son frère dans le bar des Prigent. Et puis le salaire que je lui ai proposé…

— C'est bien les femmes, ça, commenta Émile. Ça fait des manières pour qu'on leur parle avec des fleurs, mais c'est la castagne qui les émoustille.

— Mon pauvre Émile, répliqua son épouse, consternée. Si j'avais dû attendre tes faits d'armes pour frémir…

— Et alors, elle est prête à travailler avec Erwan et avec toi ? relança Alexia pour éviter une dispute conjugale.

— Elle a signé son contrat hier ! Du coup, ça me permettra de m'absenter certains soirs de la semaine si je veux aller voir mes enfants ou faire autre chose. Elle débutera vendredi pour l'ouverture, et Romy a accepté de m'aider une fois encore avant de partir suivre sa formation de comptabilité à Brest.

— Tu mérites vraiment cette équipe de choc, s'enthousiasma Marine. On sera tous là ! Et, oui, les *girls*, ajouta-t-elle à l'attention de ses enfants, avant que vous me le demandiez : vous aurez le droit de venir aussi.

Le claquement du portail attira l'attention des convives.

— Eh, Erwan, on ne t'espérait plus ! lança Yann en se dirigeant vers lui.

La pâleur de l'arrivant le surprit. Erwan salua distraitement les invités et s'approcha de Cathie.

— Je peux vous parler un peu à l'écart ?

Sous les regards interrogateurs, Cathie se leva et s'éloigna de la tablée.

— Quelque chose ne va pas, Erwan ?

— J'ai un sérieux problème, Cathie.

— Du genre ?

— Du genre mon passé qui me rattrape et qui risque de provoquer des dégâts collatéraux pour le restaurant.

Cathie fixa alternativement son ami franchement inquiet et les îlots de Men Du qui scintillaient sous le soleil. Décidément, Locmaria n'était pas la petite station tranquille vantée par les brochures de son syndicat d'initiative.

REMERCIEMENTS

Nous tenons à remercier tous ceux qui nous ont aidés et encouragés dans l'écriture des aventures de Cathie et consorts.

Avec une aventure portée par des femmes, qu'elles soient bretonnes ou alsacienne, nous ne pouvons que commencer par mettre en avant celles qui nous ont relus, qui nous ont enrichis de leurs commentaires, voire qui nous ont inspiré certains personnages.

Commençons par Chantal Guyonvarch qui a vibré avec les héros en nous envoyant au fur et à mesure ses questionnements et hypothèses sur les protagonistes.

Merci à Sophie de La Roche, toujours présente pour nous offrir son œil aiguisé, et à Karine Mesinele, une Belle-Isloise émigrée dans une autre belle île qui nous a relus, conseillés, encouragés… et reboostés grâce à un excellent rhum arrangé guadeloupéen.

Merci également à Véronique Perdu qui a, elle aussi, apporté son œil critique.

Mais si des femmes nous ont aidés, des hommes ont aussi largement contribué à la réalisation de ce roman.

Nous commencerons par Alex Nicol, fin connaisseur de la Bretagne, de ses coutumes et de ses spécialités culinaires qui, de son antre de Sainte-Marine, a su traquer les incohérences régionales et qui méritait bien d'avoir un personnage sur mesure.

Un grand merci aussi à Nicolas Eschrisch, présent depuis le début de notre aventure et qui a toujours su apporter son avis constructif et direct quand il le fallait.

Un petit nouveau encore, avec Loïc Esturillo et son œil affûté, qui possède toutes les qualités requises pour un relecteur et a bien mérité, lui aussi, un personnage à son nom.

Évidemment, nous tenons à remercier chaudement Caroline Lépée et Camille Lucet qui nous ont fait confiance et croient dans les tribulations de Cathie Wald et de tous ses amis… et ennemis.

Dès que nous avons parlé à Caroline de la création d'un projet de *cosy crime* breton, elle a montré son intérêt et son enthousiasme.

Merci à Mélanie Trapateau et à toute l'équipe de Calmann-Lévy qui ont porté ce texte jusqu'à vous dans les meilleures conditions.

En espérant que ce livre vous a plu, car les aventures de Cathie en Bretagne ne sont pas terminées !

À PROPOS DES AUTEURS

C'est une discussion sur une route finistérienne qui a décidé Margot et Jean Le Moal à écrire les péripéties de Cathie Wald que vous venez de découvrir.

Mariés dans la vie depuis quelques années et amateurs des livres d'Exbrayat dans leur jeunesse, ils ont eu envie de tenter l'aventure du *cosy crime*.

Si la Bretagne leur a tout de suite paru être le décor idéal pour le scénario qu'ils avaient en tête, encore fallait-il donner vie à des personnages attachants. Jean ayant des origines bretonnes et Margot étant une Alsacienne pure souche, il n'a pas fallu longtemps pour les trouver. Quel plaisir de faire cohabiter les caractères forts et entiers de ces deux régions françaises !

La construction du scénario à quatre mains s'est faite tout naturellement au cours de leurs nombreuses randonnées en pays breton, dans la joie et la bonne humeur…

Forts de cette première expérience concluante, Margot et Jean ont prévu de poursuivre l'aventure grâce à d'autres épisodes de la vie de Cathie.

Si le genre *cosy crime* est une première pour eux, Margot et Jean ne débutent pas dans l'écriture. Sous le pseudonyme de *Jacques Vandroux*, ils ont une expérience du *thriller*, avec déjà plusieurs romans à leur actif et de très nombreux lecteurs. Jean en tant qu'auteur et Margot en tant que relectrice et éditrice.

Tous les deux ingénieurs dans le civil, cette activité littéraire leur ouvre d'autres perspectives, pleines de surprises et de belles rencontres.

Pour contacter les auteurs : margot.et.jean@gmail.com

PAPIER CERTIFIÉ

Le Livre de Poche s'engage pour l'environnement en réduisant l'empreinte carbone de ses livres. Celle de cet exemplaire est de :
200 g éq. CO_2
Rendez-vous sur
www.livredepoche-durable.fr

Composition réalisée par Soft Office

Achevé d'imprimer en France par
CPI BRODARD & TAUPIN (72200 La Flèche)
en avril 2024
N° d'impression : 3055669
Dépôt légal 1re publication : mai 2022
Édition 06 - avril 2024
LIBRAIRIE GÉNÉRALE FRANÇAISE
21, rue du Montparnasse – 75298 Paris Cedex 06

78/3784/7